NOIR COMME LE SOUVENIR

DU MÊME AUTEUR

À La Table Ronde

Présumée coupable, 1993.

CARLENE THOMPSON

NOIR COMME LE SOUVENIR

roman

Traduit de l'américain
par Hélène Amalric

LE GRAND LIVRE DU MOIS

Titre original : *Black for Remembrance*
Éditeur américain : Little, Brown & Company, Boston

ISBN 2-7103-0496-1

PROLOGUE

L'homme et la petite fille atteignirent le sommet de la colline, pâles silhouettes se détachant sur un rideau d'arbres que le crépuscule estival rendait bleu-vert. L'homme, grand et mince, serrait dans la sienne la main de la petite fille, qui tenait dans ses bras un clown de chiffon. Il se pencha pour lui murmurer quelque chose à l'oreille, et ils éclatèrent de rire. Montrant du doigt une balançoire suspendue à la grosse branche d'un chêne majestueux, il demanda :

– Un petit tour?

Elle hocha la tête avec enthousiasme, puis hésita, une ombre voilant ses yeux bleus.

– La nuit tombe. Maman va s'inquiéter.

– Pas si ça ne dure que quelques minutes.

La petite fille réfléchit un moment, puis s'épanouit.

– D'accord. Tu pousses?

– Je le fais toujours, non?

Elle posa délicatement son clown par terre, et il la souleva pour l'asseoir sur la balançoire, serrant avec précaution ses petites mains autour des cordes usées. Il se plaça ensuite derrière elle, et poussa d'abord doucement, puis de plus en plus fort, jusqu'à ce qu'elle décrive un arc de cercle, ses cheveux dorés volant au vent.

Un cri discordant, semblable à celui d'un animal, déchira le calme de la pénombre. L'homme blêmit, tourna vivement la tête sur sa gauche et baissa les bras. La balançoire le percuta violemment à l'estomac et le renversa. L'impact projeta la petite fille en avant. Elle tomba à quatre pattes et se traîna vers l'homme.

– Qu'est-ce que c'était? demanda-t-elle d'une voix tremblante en se blottissant près de lui.

– Quelque chose a crié.

Il passa une main sur les cheveux brillants de l'enfant.

– Quelquefois des gens posent des pièges par ici. Peut-être qu'à la place d'un lapin, c'est un chien qui s'est fait prendre. Je devrais aller enquêter.

Elle buta sur le mot *enquêter*, mais sentit la contraction de ses muscles, tout son corps tendu dans la direction du cri.

– N'y va pas! lui dit-elle en agrippant sa chemise.

– Il faut que je voie ce que c'est.

Il se leva, la relevant en même temps.

– J'ai peur. C'est peut-être un loup.

Il la souleva et l'installa sur la balançoire, puis lui mit le clown de chiffon dans les bras.

– Hayley, il n'y a pas de loups par ici. C'est notre forêt magique, tu sais bien? Ici, rien ne peut te faire de mal.

Elle écarquilla les yeux.

– Je reviens dans une minute.

Elle suivit du regard sa grande silhouette maigre,

qui disparut dans l'ombre des arbres. Elle se tint d'abord immobile et raide, serrant contre elle sa poupée, puis très lentement se détendit. Elle inspecta ses genoux, qui n'étaient que légèrement éraflés. L'un d'eux saignait un peu. Elle se lécha un doigt, qu'elle passa sur l'écorchure, et grimaça sous la morsure de la salive sur la peau à vif. Se désintéressant de ses genoux, elle leva les yeux. Bien que le ciel ne soit pas encore totalement noir, elle apercevait un quartier de lune et une étoile scintillante dont elle savait que ce n'était pas une étoile, mais Vénus. Quel joli nom, Vénus, pensa-t-elle. Elle aurait bien aimé s'appeler Vénus. Dans quelques semaines, quand l'école commencerait, elle pourrait dire au professeur : « Bonjour, je m'appelle Vénus », et le professeur lui sourirait...

Il y eut un bruissement dans les arbres. Elle tenta de percer l'obscurité, mais aucune silhouette grande et mince ne venait vers elle. Seules se rapprochaient les ombres écarlates du couchant.

C'est alors qu'elle entendit les cloches. Des clochettes tintant joyeusement, de plus en plus près.

Elle eut un sursaut lorsqu'une silhouette émergea des arbres en dansant. Le visage peint en blanc, avec de grands ronds rouges pour les joues et des diamants noirs à la place des yeux, elle portait un ample costume de satin scintillant, rouge et blanc, et sa bouche s'élargissait en un énorme sourire cramoisi. Un chapeau blanc débordant de clochettes surmontait une chevelure orange toute frisée. Un clown. Elle adorait les clowns.

La stupéfaction de la petite fille se transforma en ravissement. Papa avait bien dit que c'était une forêt magique. Elle voyait maintenant qu'il avait raison.

– Bonjour ! Tu ressembles exactement à Twinkle ! dit-elle gaiement en montrant sa poupée de chiffon.

Le clown fit une cabriole maladroite et tomba. Elle éclata de rire tandis qu'il se remettait prestement sur ses pieds et dansait dans sa direction en tendant une grande main gantée de rouge.

Elle tendit la sienne sans cesser de rire. Le clown, resserrant sa prise, la fit descendre de la balançoire et la tira en avant.

Elle recula.

– Je suis désolé, clown, mais je ne dois pas bouger d'ici.

Le clown fit non de la tête et eut un geste en direction des arbres.

Elle fronça ses sourcils pâles et réfléchit en serrant les lèvres. Puis elle s'écria :

– C'est une surprise, hein ? Papa veut que je vienne avec toi !

Le clown hocha la tête avec vigueur, et les clochettes tintèrent joyeusement. Il esquissa un pas de deux, puis la tira de nouveau par la main avec fermeté.

Cette fois-ci, elle le suivit sans hésiter en souriant, tandis qu'il l'entraînait dans les ténèbres de la forêt.

1

– Pourquoi tu m'as donné du beurre de cacahuètes à la place du fromage blanc?

Caroline Webb regarda Melinda, sa fille de huit ans, qui écartait d'un œil critique les tranches de pain de froment de son sandwich.

– Papa a dit que le fromage blanc pouvait s'abîmer d'ici midi.

– Jenny, elle, apporte des sandwiches au fromage blanc.

– Et Jenny a également souffert d'une légère intoxication alimentaire il y a quinze jours.

David Webb redressa sa cravate devant le miroir de la cuisine, puis se retourna pour sourire à sa fille, les traits de son visage taillé à la serpe se plissant avec gentillesse.

– Tu ne tiens pas à être malade, non?

– Non, d'accord.

Melinda remballa maladroitement son sandwich et fureta dans son panier-repas.

– C'est du Fanta orange, dans ma thermos?

– Du jus de pomme, dit Caroline.

– Beurk. Et où est mon Mars ?

– Je t'ai donné une barre aux céréales à la place.

Melinda gémit de désespoir, et son père lui tomba dessus en la chatouillant.

– Tais-toi, et arrête d'embêter ta mère, chérie.

– Papa, *arrête* ! dit Melinda en riant.

– Pas tant que tu n'auras pas dit à quel point tu adores les barres aux céréales.

– Jamais !

David reprit ses chatouilles.

– D'accord, d'accord, j'*adore* ça ! hurla Melinda.

David la lâcha, et elle s'effondra sur le linoléum jaune et blanc dans un concert de gloussements et de soupirs. George, leur labrador noir, se précipita pour la noyer de baisers qui provoquèrent une nouvelle crise d'hystérie.

– Qu'est-ce que c'est que ce boucan ? demanda Greg Webb, quinze ans, en pénétrant dans la cuisine, ses cheveux bruns bouclés encore mouillés après son passage sous la douche.

– Maman m'a donné du jus de pomme et une barre aux céréales, l'informa Melinda d'un ton vexé en se relevant.

– C'est de la nourriture de hippie, annonça Greg. Ils mangeaient ce genre de truc dans les années soixante.

Caroline leva un sourcil.

– Eh bien, ici, on en mange toujours. Et Melinda, si tu veux devenir ballerine, tu dois te nourrir sainement. Si tu te goinfres de Mars, tu deviendras tellement grosse que personne ne pourra te soulever.

– Bafishnirov, si.

– Baryschnikov. Et il sera depuis longtemps à la retraite quand tu deviendras première danseuse.

– Oh, merde, marmonna Melinda, qui rougit et ajouta à la hâte : Je veux dire, zut.

– Le catéchisme lui fait un bien fou, à cette petite, dit David en plantant un baiser sur les cheveux châtains de sa fille. Est-ce qu'on peut poursuivre les dames catéchistes en justice ?

– Non, uniquement les médecins, dit Caroline en plaçant la dernière assiette dans le lave-vaisselle et en refermant la porte.

– Inutile de me le rappeler, dit David avec une grimace. Je viens de faire un chèque pour payer l'assurance contre les fautes professionnelles. Bien, je quitte cette maison de fous, ajouta-t-il en haussant les épaules dans son imperméable.

Il entoura de son bras la taille mince de Caroline.

– Quel est ton programme aujourd'hui ?

– Je porte quelques objets chez Lucy, puis je vais à l'épicerie. Fidelia vient.

David leva ses yeux bruns.

– De toutes les femmes de ménage de la ville, pourquoi faut-il que nous soyons tombés sur celle qui pratique le vaudou ?

– Ce n'est pas parce qu'elle vient de Haïti qu'elle est nécessairement une adepte du vaudou.

– Oh, elle est toujours en train de fabriquer des trucs avec des feuilles de thé.

– Pas des feuilles de thé, papa, dit Melinda d'une voix flûtée. Des cartes de tarot. Fidelia dit que je suis le Valet de Beurre.

– De Beurre de cacahuètes, sans doute.

Melinda gloussa, mais David regarda Caroline en fronçant les sourcils.

– Je crois que je n'apprécie pas que les enfants soient mêlés à ce genre de singeries, dit-il de son ton vague caractéristique qui mettait Caroline hors d'elle.

– C'est uniquement pour s'amuser, expliqua-t-elle en dissimulant son irritation. Fidelia est quelqu'un de parfaitement respectable. Elle a même enseigné à Haïti.

– Alors pourquoi fait-elle des ménages ici?

– Elle n'a pas les références équivalentes. De plus, jusqu'à ces derniers mois, elle a dû garder son père malade, parce qu'ils n'avaient pas les moyens de payer une maison de retraite. Enfin elle ne travaille pas que pour nous, mais pour six autres familles. Elle est consciencieuse et polie. Elle apprend même un peu de français à Melinda.

– Et moi, je suis un vieux grincheux, dit David en l'embrassant. Désolé. Si elle te satisfait, c'est tout ce qui compte.

Ce qui était l'exacte vérité, Caroline le savait. A sa façon préoccupée, son mari l'adorait et, bien qu'il ne le comprenne pas, faisait de son mieux pour tolérer le fait qu'elle acceptait dans son entourage des gens très différents d'elle-même.

Elle l'embrassa sur la joue, toujours soulignée par une ombre de barbe noire drue qui ne s'harmonisait plus à ses cheveux presque entièrement gris.

– Ne mets pas trop de bébés au monde aujourd'hui, lui dit-elle d'un ton affectueux.

– Il n'y en a pas de prévu au programme, mais on ne sait jamais. Qui veut se faire déposer à l'école? demanda-t-il en se tournant vers les enfants.

– Moi! dit Melinda en refermant avec un claquement le panier-repas incriminé. Quand Greg m'accompagne, il traîne toujours pour regarder les filles, et je veux arriver en avance pour voir Aurore.

– Qui diable est Aurore? demanda David en fronçant les sourcils.

– Mon germe de haricot, je te l'ai déjà dit. Je l'appelle Aurore parce que c'était le nom de la Belle au bois dormant, et mon germe de haricot dort toujours. Tous ceux des autres poussent, ajouta-t-elle d'un air désespéré.

– Fidelia a peut-être jeté un sort à Aurore, dit Greg en épluchant une banane, malgré l'énorme petit déjeuner qu'il avait englouti vingt minutes plus tôt.

– Des germes de haricot, soupira David. De mon temps, on apprenait Shakespeare.

– Au cours moyen? demanda Caroline, pince-sans-rire.

– J'étais un enfant surdoué.

– Ne le laisse pas te raconter de bobards, moustique, dit Greg à sa sœur. Shakespeare n'était même pas né quand il était au cours moyen.

David lui jeta un torchon à la tête, et Caroline rit, sachant que les plaisanteries sur son âge ne le dérangeaient pas, bien qu'à cinquante-six ans il soit plus âgé que les pères des amis de Greg.

– *Toi*, tu vas à l'école à pied. Viens, dit-il à Melinda en la prenant par la main. Quand on finira par arriver, Aurore aura trente centimètres de haut.

– Je vous revois après l'école, dit Caroline.

Melinda secoua violemment la tête.

– Je dois aller chez Jenny après l'école, tu te souviens bien! Sa maman fait des spaghettis.

– Sa mère vient te chercher à la sortie? demanda Caroline.

– Bien sûr. Et elle me raccompagnera à la maison.

– Bon, alors, d'accord, mais j'aurais préféré que ce soit *moi* qui te ramène.

– Mais, maman, c'est déjà tout arrangé.

– Et moi, j'ai mon entraînement de basket, dit Greg en jetant sa peau de banane. Et après, j'emmène Julie manger une pizza.

– Je veux que tu sois rentré à huit heures.

– *Huit heures!* Aucun de mes copains n'a de couvre-feu stupide comme ça.

– Tu as école demain, et étant donné tes notes...

– Huit heures, c'est un peu tôt, Caroline, intervint David. Huit heures et demie.

L'expression hargneuse devenue familière depuis qu'il était entré dans l'adolescence se peignit sur le visage de Greg.

– Génial. A cette heure-là, il n'y a pas de danger qu'un loup-garou me saute dessus.

– Sauf si c'est la pleine lune, dit gentiment Caroline, et Greg sourit malgré lui. Eh bien, nous serons tout seuls, on dirait, ajouta-t-elle en regardant David.

– Chérie, nous sommes lundi. J'ai des gardes de soirée.

– David, je croyais que nous avions décidé que tu ne travaillerais que les mardi et vendredi soir. Trois soirs par semaine, c'est trop.

– Je sais. Je réduirai dès que les choses se seront calmées.

Caroline n'avait aucune idée de la nature des « choses » qui devaient « se calmer ». Il s'agissait encore d'une des excuses de David lorsqu'il ne tenait pas à discuter de son travail, qui le dévorait. Caroline soupira et ne releva pas.

– Je te promets d'être de retour à neuf heures.

– Bien sûr, dit-elle en se forçant à sourire, et sachant que cela signifiait qu'il ne serait pas rentré au moins avant dix heures.

A la queue leu leu, ils franchirent tous les quatre la porte menant au garage. Tandis que David aidait Melinda à s'attacher sur le siège de la Mercedes, Caroline actionnait l'ouverture automatique, et l'énorme porte se soulevait en vrombissant. Avec une nonchalance adolescente étudiée, Greg s'éloigna sans un regard en arrière, mais, lorsque David recula, Melinda fit des signes d'adieu frénétiques, comme si elle s'embarquait pour une traversée transatlantique.

Dieu merci, elle a passé le cap des crises qui la voyaient rentrer de l'école en larmes au moins deux fois par semaine le printemps dernier, pensa Caroline. Après que sa mère lui eut consacré beaucoup de temps et d'attention au cours de l'été, l'angoisse qui habitait Melinda et dont elle refusait de parler semblait s'être apaisée. Bien que sa maîtresse, miss Cummings, dise qu'elle avait tendance à s'accrocher à elle, Melinda paraissait maintenant à peu près à l'aise à l'école. C'est peut-être de ma faute, songea Caroline. Je les ai toujours surprotégés, Greg et elle. Mais quelle mère ayant vécu ce que j'ai vécu n'aurait pas fait de même?

Elle sourit et fit un signe en retour à Melinda. Puis elle ferma la porte, se versa une seconde tasse de café, et s'assit à la table de la cuisine, avec George étendu à ses pieds.

Ils avaient emménagé neuf ans auparavant lorsque Caroline avait appris qu'elle était enceinte de leur second enfant, et, dès le premier jour, elle avait adoré cette maison, plus particulièrement sa vaste cuisine avec son fourneau au milieu et l'énorme table en érable ancienne face à la baie vitrée s'élevant du sol au plafond. Elle regarda la pelouse encore verte sous un ciel d'octobre couleur de glycine. Sous la fenêtre se pressaient des massifs fournis de chrysanthèmes blancs et jaunes, et un rouge-gorge écarlate était perché d'un air important sur le lampadaire en fer forgé de la pelouse.

– Je suis une femme comblée, dit-elle à voix haute, écoutant le battement de la queue de George sur le sol tandis qu'il levait les yeux sur elle. Je suis une femme incroyablement comblée. Si seulement je pouvais oublier...

Elle commençait d'éprouver ce serrement d'estomac horriblement familier lorsqu'on frappa à la porte de la cuisine, et elle se précipita pour ouvrir, ravie, de façon totalement absurde, de découvrir Fidelia.

– Je suis en avance. Trop ? Je peux revenir dans un moment.

– Ne dites pas de bêtises. Je suis contente que vous soyez là.

Fidelia entra, ses bras nus hérissés de chair de poule.

– Je me demande quand vous allez réaliser que vous n'êtes plus à Haïti et vous habiller en tenant compte du froid. Un peu de café pour vous réchauffer ?

– Bonne idée. Noir, avec du sucre.

Caroline aimait le doux accent de Fidelia, l'accent des Caraïbes qu'un père de langue anglaise originaire de l'Ohio et un séjour de plusieurs années aux États-Unis n'avaient pas réussi à atténuer. Celle-ci se baissa, et sa robe de coton rouge imprimé passée tournoya autour de ses jambes nues et minces.

– Bonjour, George, mon beau garçon !

Le chien roula sur le dos pour se faire caresser le ventre, et Fidelia s'exécuta en riant.

– Lui, c'est le plus gros bébé de la maison.

– Oh, mais vous seriez surprise de voir combien il peut se montrer protecteur, dit Caroline en servant le café. L'année dernière, un homme s'est introduit dans la maison une nuit où David n'était pas là, et George lui a presque arraché la main. Le type a eu le culot d'essayer de nous faire un procès, mais il n'a pas réussi, bien sûr.

– Vous devriez vous estimer heureuse de vivre en Ohio, et pas en Californie. Là-bas, il aurait peut-être trouvé un juge pour l'écouter.

Elles s'assirent, et Fidelia observa attentivement Caroline. L'étrange regard de ses yeux bleu clair brillant dans son visage café au lait.

– Vous allez bien ce matin?

– Bien sûr, dit Caroline avec un sourire. Enfin, j'allais bien jusqu'à il y a dix minutes, puis je me suis mise à penser à quelque chose de triste.

– Votre petite fille... Hayley?

Caroline la regarda, surprise :

– Vous êtes vraiment médium!

Fidelia secoua la tête.

– Pas besoin d'être médium pour savoir quand une femme pleure sur son enfant.

– Mais je ne vous ai jamais parlé de Hayley.

– Je vis ici depuis cinq ans. On m'a raconté beaucoup de choses pendant tout ce temps, surtout depuis que je travaille pour une dame qui vous connaît.

Le regard de Caroline s'attarda sur les chrysanthèmes aux couleurs gaies.

– Oui, j'aurais dû y penser. Je crois bien que l'enlèvement et le meurtre de ma petite fille, et mon divorce avec Chris sont les sujets de conversation favoris d'Alice Anderson.

– Oui, Mrs. Anderson parle beaucoup. Pourquoi pensez-vous à Hayley aujourd'hui?

– Je ne cesse jamais d'y penser. Mais, la nuit dernière, j'ai rêvé d'elle, un rêve horrible et effrayant à propos de sa mort. C'était très violent.

– Je connais tous les détails, dit doucement Fidelia.

– Et puis, aujourd'hui, c'est l'anniversaire de Hayley. Je mets toujours des fleurs sur sa tombe le jour de son anniversaire. Elle aurait vingt-cinq ans aujourd'hui. L'âge que j'avais lorsqu'elle est morte.

Fidelia portait aux oreilles de beaux anneaux d'argent qui scintillaient à la lumière lorsqu'elle secouait la tête.

– Difficile de vous imaginer avec un enfant de cet âge, dit-elle. Vous ne paraissez pas plus de trente-cinq ans.

– Vous êtes gentille, Fidelia.

– On m'a bien souvent taxée de beaucoup de choses, mais jamais de gentillesse, dit celle-ci en éclatant d'un rire rauque de fumeuse, ses dents blanches régulières se détachant sur son rouge à lèvres.

Caroline avait toujours été incapable de deviner son âge : la chevelure noire brillante naturelle suggérait les vingt ans ; la peau tannée disait les soixante ans passés au soleil.

– Pourquoi ne sortez-vous pas pour vous changer les idées ?

– J'avais l'intention de passer chez Lucille Elder.

– Pour acheter ou vendre ?

– Vendre.

Elder's Interiors était l'atelier de décoration d'intérieur le plus populaire de la ville.

– Pamela Fitzgerald lui a passé commande de six coussins et huit couvre-chaises de salle à manger en tapisserie pour sa nouvelle maison.

– Je ne la connais pas.

– En fait, elle s'appelle Burke maintenant. Elle est mariée à Larry Burke, le fils du propriétaire de la Burke Construction Company. C'est peut-être ça qui me déprime en partie, ajouta Caroline en fronçant les sourcils. Pamela était en classe à la maternelle avec Hayley, mais je l'avais complètement oubliée, jusqu'à ce que Lucy m'en parle ces derniers temps. Je ne cesse de penser que, si les choses s'étaient passées différemment, ce serait peut-être Hayley, aujourd'hui, qui serait mariée à un riche jeune homme et en train de décorer une grande maison neuve.

– Ça ne sert à rien d'essayer d'interpréter le destin.

– Je n'ai jamais cru au destin, Fidelia. La vie m'a toujours paru être une question de hasard. (Elle vida sa tasse d'un trait.) Seigneur, voilà que je tombe dans la philosophie. Décidément, il est temps que je sorte.

– Prenez toute la journée, dit Fidelia. Amusez-vous. Je vais briquer la maison, et je fermerai à clé en partant.

Caroline monta, prit une douche, se lava les cheveux et, après les avoir séchés, se mit des rouleaux chauffants. Elle les portait tombants sur les épaules et légèrement bouclés, mais bien qu'ils soient encore d'un châtain brillant, le gris se limitant aux quelques cheveux qu'elle arrachait toujours rapidement, elle se demandait depuis un moment si elle ne devrait pas adopter une coiffure de style plus mûr. Elle se disait qu'elle les portait longs pour David, mais elle savait qu'il n'y attachait pas d'importance particulière. C'était Chris qui, des années auparavant, avait adoré son épaisse chevelure qui tombait alors jusqu'à la taille, Chris qui l'avait peinte nue, assise sur le lit en train de passer une brosse en argent dans le voile de mèches teintées de roux qui la dissimulait en partie.

Elle effaça de la main la buée qui recouvrait le miroir et sourit.

« Caroline, tu es d'humeur mélancolique aujourd'hui. Tu devrais mettre une grande robe blanche et brandir un chandelier. »

Son sourire s'évanouit, et elle scruta plus attentivement son visage. Fidelia avait raison – elle ne paraissait pas ses quarante-quatre ans, ce qui, Dieu sait pourquoi, lui donnait le sentiment d'être superficielle. Après tout ce qu'elle avait subi, pourquoi son front pâle ne portait-il que quelques rides fines, pourquoi ses yeux étaient-ils d'un vert aussi clair, pourquoi son regard était-il aussi calme que vingt ans auparavant ? Melinda me ressemblera lorsqu'elle aura quarante-quatre ans, pensa-t-elle. Melinda est mon portrait craché.

Une demi-heure plus tard, vêtue d'un pantalon de lainage brun, d'un pull jaune vif et d'un blazer de tweed, elle chargeait les coussins dans la Thunderbird et faisait au revoir de la main à Fidelia, dont le regard tranquille la suivit longuement dans l'allée.

Caroline baissa sa vitre et absorba l'air vif, au goût aussi pur que le bleu du ciel. Le soleil d'automne avait pris des reflets jaune pâle, et les arbres des teintes flamboyantes d'or et de rouge. Elle passa devant l'école, et son regard s'attarda sur la classe de Melinda. Du carton découpé en forme de feuilles décorait les fenêtres, et un feu follet lui souriait, ce qui lui rappela qu'il ne restait plus que deux jours avant Halloween. Elle devait mettre la dernière main au costume de Melinda et ne pas oublier de stocker assez de bonbons pour les hordes d'enfants qui déferlaient dans leur rue jusqu'à neuf heures, heure à laquelle la municipalité avait décrété que tous les fantômes devaient rentrer chez eux.

Caroline s'arrêta pour prendre de l'essence et vérifier l'huile, puis se dirigea vers Elder's Interiors. Comme d'habitude, elle s'engagea dans le minuscule parking situé à l'arrière du magasin, où la Corvette blanche de Lucy et la Volkswagen de son assistante Tina Morgan étaient blotties dans l'ombre de l'immeuble. Elle gara la Thunderbird près d'un arbre de façon à ne pas bloquer les autres voitures. Elle pouvait facilement la déplacer si quelqu'un avait besoin de sortir, bien qu'elle doute que la jeune Tina le lui demande : le magasin semblait représenter toute sa vie. Lucy racontait qu'elle arrivait à sept heures et demie du matin, apportait un en-cas, et partait en général bien après six heures du soir. Caroline avait constaté par elle-même l'étendue du dévouement de Tina lorsque Lucy avait redécoré la maison des Webb deux ans auparavant. Tina semblait avoir toujours été là, à mesurer, faire des suggestions, soumettre sans relâche des échantillons de papier peint et de peinture, jusqu'à ce que Caroline finisse simplement par fermer les yeux et faire son choix au hasard en demandant à Lucy de corriger ses erreurs les plus grossières. Si l'on exceptait cette insistance, Tina était belle et pleine de vie. Greg avait eu pour elle un béguin, et, lorsqu'elle était partie, Melinda avait annoncé qu'à l'exception de maman et Lucy Tina était sa favorite chez les « grandes ».

Caroline ouvrit la porte de derrière et pénétra dans la réserve, moins bien éclairée qu'à l'habitude. Une des ampoules fluorescentes suspendues au plafond de cinq mètres de haut était éteinte, et l'autre grésillait faiblement, répandant une lueur bleuâtre et blafarde. Soudain, pour une raison inconnue, l'obscurité mit Caroline mal à l'aise, et elle accéléra le pas, tentant d'éviter tous les pieds de table qu'elle distinguait avec difficulté par-dessus ses sacs pleins de coussins et de couvre-chaises. Elle atteignait la porte de la réserve lorsqu'elle trébucha sur un agenouilloir, bascula sur le côté et tomba lourdement sur la hanche.

– Merde! marmonna-t-elle en ramassant les coussins qui s'étaient répandus.

Elle eut un sourire en constatant qu'ils n'étaient pas tachés, et les fourrait de nouveau dans les sacs lorsque la sensation d'être observée remonta dans un frisson le long de sa colonne vertébrale et atteignit sa nuque. Elle se figea, toujours assise par terre, et regarda autour d'elle.

– Lucy? Tina?

Personne ne répondit, mais quelqu'un l'observait. Elle sentait une présence dans la pièce avec autant de force que l'élancement de sa hanche. L'unique ampoule émit un sifflement, puis s'éteignit. Caroline cligna des yeux dans l'obscurité totale.

– Il y a quelqu'un?

Quiconque se trouvait là n'avait aucune intention de répondre, et Caroline était aussi troublée par les battements de son cœur et le frisson glacial qui l'avait envahie que par l'obscurité.

– Reprends-toi, marmonna-t-elle tandis qu'elle agrippait ses sacs, se relevait et tâtonnait au milieu des meubles en direction du rai de lumière perçant à travers les portes battantes qui donnaient sur le magasin.

C'est alors qu'elle entendit le doux chuchotement :

– Maman?

Caroline se figea. Bien que ce ne soit qu'un murmure, elle connaissait cette voix.

– Hayley? demanda-t-elle.

Cette fois-ci, la voix s'éleva.

– Maman, j'ai besoin de toi!

– Hayley? dit Caroline en jetant autour d'elle des regards frénétiques, sans rien distinguer que les ténèbres. Hayley, tu es là?

Seul le silence lui répondit, un silence contraint qui palpitait à ses oreilles et résonnait dans ses entrailles.

Caroline passa sa langue sur ses lèvres sèches.

– Hayley, ma chérie, où es-tu? demanda-t-elle, tandis que son esprit lui disait : « C'est de la folie, Hayley est morte. »

La lumière revint, palpitant dans un léger grésillement.

Tremblante, Caroline parcourut du regard les moindres recoins, le large escalier menant au second étage. Mais ce qui s'était trouvé là avait disparu. Le silence redevint inhabité, et aucun regard ne la détailla plus. Elle laissa échapper un faible gémissement et se précipita dans le magasin.

Les portes qu'elle ouvrit à toute volée claquèrent contre le mur, et elle déboula dans le salon d'exposition. Une jeune femme vêtue d'un strict tailleur gris se retourna pour lui lancer un regard désapprobateur par-dessus ses énormes lunettes. Caroline lui jeta un sourire nerveux et regarda autour d'elle.

– Mrs. Elder est en haut, annonça la femme d'un ton circonspect. Elle est montée avec miss Morgan chercher pour moi des échantillons de tissu.

Elle insista sur le « pour moi », prévenant ainsi Caroline que, même si elle était arrivée avec précipitation, elle devrait patienter jusqu'à ce que Lucy et Tina aient fini de traiter des affaires plus importantes.

Donc, il ne s'agissait ni de l'une ni de l'autre, dans la réserve, pensa Caroline en allant poser ses sacs sur une table de salle à manger Hepplewhite. Mais, bien évidemment, si Lucy ou Tina avaient été là, elles lui auraient répondu, et elles ne se seraient certainement pas amusées à se dissimuler dans l'obscurité en murmurant « maman ».

Avec la voix de Hayley.

Arrête! Ce n'était pas la voix de Hayley, se dit Caroline avec fermeté. Tu t'inventes des histoires à cause de cet épouvantable rêve, et parce que tu as pensé à elle toute la matinée.

Elle s'assit sur un fauteuil à bascule bostonien de bois dur et, prenant une profonde inspiration, tenta de se calmer. Regarde le magasin, s'ordonna-t-elle, ignorant les regards curieux que lançait dans sa direction la jeune femme en gris. Regarde toutes les jolies choses et cesse de laisser ton imagination battre la campagne.

Elle s'obligea à examiner le délicieux mobilier artistement disposé dans le grand salon. Elle se souvint de l'époque où Lucy s'était lancée dans cette affaire, vingt ans auparavant. Tout le monde s'était attendu à la voir échouer, certain que derrière ses façons bohémiennes et excentriques, elle ne possédait pas une once de sens du commerce. Et, bien entendu, Chris avait été atterré qu'elle se dispose à gaspiller ses impressionnants talents artistiques pour « vendre des salons et du bric-à-brac aux parvenus ».

Que Chris était donc snob à l'époque, pensa Caroline avec douceur. Mais bien sûr, lui, dont un grand critique d'art avait remarqué que « Christopher Corday serait un jour le plus grand paysagiste de ce pays, si ce n'est déjà le cas », avait à ce moment-là le vent en poupe. Elle avait été ravie pour lui, heureuse de pouvoir dire à ses parents : « Je vous avais dit qu'il était merveilleux, même si vous ne l'aimiez pas et si vous n'avez pas approuvé que nous nous soyons mariés à dix-huit ans. » Et elle avait su que toutes ces années où elle avait travaillé comme réceptionniste chez David au lieu de poursuivre des études en valaient la peine. Elles avaient permis à Chris de peindre en toute liberté sans être bridé par la routine d'un travail. Oui, l'avenir s'offrait à eux lorsque Lucy avait ouvert son premier petit magasin.

– Caroline !

Elle leva les yeux et découvrit Lucy au sommet de l'escalier en colimaçon, les bras chargés d'étoffes.

– Je ne savais pas que tu étais là.

– Je suis un peu en avance, dit Caroline en remarquant que Tailleur gris marchait d'un pas décidé vers l'escalier, de peur que la piquée au col roulé jaune ne lui prenne sa place. Termine avec ta cliente, et je t'emmène déjeuner.

– Fantastique, dit Lucy avec un sourire. Je *meurs* de faim.

Cette bonne vieille Lucy, toujours aussi excessive. Elle n'avait jamais simplement faim ; elle *mourait* de faim. Elle n'était jamais fatiguée, mais *épuisée*, et n'avait jamais peur, mais était *terrifiée*. Aurait-elle été terrifiée dans la réserve sombre où une enfant morte depuis longtemps avait supplié qu'on l'aide ?

Un frisson parcourut Caroline. Elle allait raconter à Lucy ce qui lui était arrivé, et celle-ci lui parlerait en détail de l'acoustique étrange de la réserve, lui décrirait exactement le bruit qui s'était trouvé déformé jusqu'à ressembler à la voix d'une petite fille. Caroline avait appris à compter sur les interprétations terre-à-terre de Lucy, qui surprenaient toujours beaucoup de gens à cause de la façon dont elle s'habillait. Elle regarda son amie, qui montrait patiemment à sa cliente échantillon après échantillon. Leur association paraissait ridicule : l'une toute en lignes sévères, cheveux tirés, maquillage imperceptible, une étude en tons neutres ; l'autre semblable à un arc-en-ciel pourpre, vert et doré avec une chevelure tombante cuivrée et magnifique, des yeux lourdement rehaussés de violet dans un visage légèrement chevalin. Le maquillage et les vêtements lui donnaient une séduction tapageuse, et elle paraissait toujours aussi peu conformiste que vingt-trois ans auparavant, lorsque Chris les avait présentées l'une à l'autre.

Chris avait un soir ramené Lucy à dîner en disant :

– Caro, voici Lucille, une vieille amie à moi. Je l'ai aperçue aujourd'hui dans Mallory Park, en train de peindre la statue de ce vieux Mallory d'un air extatique. Je me suis dit : « Comment ce vieux hibou moralisateur peut-il inspirer à quelqu'un le désir de le peindre, et avec autant de transport, qui plus est ? » Je me suis approché d'elle par-derrière, j'ai vu qu'elle le représentait tout nu, et je me suis dit : « Lucy n'a pas changé d'un iota. Il faut que je lui fasse rencontrer Caroline et le bébé. »

Lucy avait eu un rire éclatant, tandis que Caroline lui adressait un sourire timide.

– Je ne suis pas vraiment si perverse, Caroline. Simplement, mon professeur m'a *obligée* à peindre cet hommage hideux au *moi* de Mallory, alors j'ai décidé de le choquer pour qu'il me laisse dorénavant peindre ce que je veux.

Au lieu de cela, elle avait reçu une note catastrophique, qu'elle avait paru prendre de bonne grâce, comme elle prenait la plupart des rejets, mais Caroline avait toujours pensé que cette note l'avait en partie détournée de la peinture.

– Je suis prête, disait Lucy. Caroline, tu vas bien?

Celle-ci sursauta et regarda Lucy, qui la dominait de son mètre soixante-quinze.

– Bien sûr. Je suis juste un peu nerveuse aujourd'hui.

– On va en parler.

Lucy sourit et caressa les cheveux de Caroline. Ces petits signes physiques d'affection mettaient autrefois celle-ci mal à l'aise, mais elle y était maintenant habituée.

– Où veux-tu manger? demanda Lucy.

– Chez Zeppo?

– Cet endroit plein de jeunes, avec les types qui descendent avec un gâteau quand c'est l'anniversaire de quelqu'un, et où les hamburgers sont énormes et bien gras? *Fantastique.*

Caroline remarqua Tina qui descendait les escaliers. Sa longue chevelure brune brillait à la lumière, un pantalon noir et un chemisier de soie blanche mettaient en valeur sa silhouette mince. Ses pommettes hautes, son nez droit, ses grands yeux sombres et ses lèvres soulignées de rose lui donnaient une beauté classique. Caroline s'était souvent demandé si elle avait jamais envisagé de faire une carrière de mannequin.

– Tina, je vais déjeuner chez Zeppo avec Lucy, dit-elle spontanément. Vous voulez venir avec nous?

Tina eut un bref sourire éclatant.

– Merci, Mrs. Webb, mais je dois garder le magasin, répondit-elle de sa voix légèrement rauque qui évoquait toujours à Caroline celle de Kathleen Turner.

– Je ne crois pas qu'on fera faillite si on ferme pour une heure, dit Lucy en lui lançant un regard d'encouragement. Venez, on va s'amuser.

– Et si, pendant cette heure-là, Jackie Onassis passait pour nous demander de redécorer toutes ses maisons, Lucille?

Lucy eut une grimace.

– Évidemment. Et elle sera suivie de la reine Élisabeth. Enfin, si vous êtes décidée à consacrer votre vie au travail, je n'y peux rien. Vous voulez que je vous rapporte quelque chose?

– Non merci. J'ai mon déjeuner.

– Probablement quelque chose d'aussi excitant que des miettes de thon et des œufs durs, dit Lucy à Caroline. Elle ne mange rien.

Tina lui adressa un clin d'œil.

– Tout le monde ne peut pas être aussi mince que vous naturellement.

– Vous voulez dire maigre. Croyez-moi, si manger des œufs durs pouvait me donner un corps comme le vôtre, je ne toucherais plus à un hamburger de ma vie. Malheureusement... (Elle jeta un regard vers la vitrine.) Zut, voilà la vieille Mrs. Edwards, et, si je ne me trompe pas, elle a dans les mains son horrible bout de brocart mangé aux mites et vieux comme le monde. Elle est venue au moins cinq fois pour essayer de trouver quelque chose d'approchant, mais rien ne lui convient, et elle ne se souvient même pas qu'elle est déjà venue.

– Allez vous amuser toutes les deux, dit Tina avec un sourire. Je m'occupe de Mrs. Edwards.

Elle se dirigea vers la devanture et déclara d'un ton ravi :

– Mrs. Edwards, quel plaisir de vous voir! Vous avez apporté quelque chose?

– Une étoffe, ma chère, chevrota la vieille dame en brandissant un tissu fané. Je viens juste de tomber dessus. J'ai pensé que vous pourriez peut-être me dénicher quelque chose qui y ressemble et me faire des tentures comme celles que nous avions dans la maison de grand-père.

– Nous allons regarder les collections d'échantillons. Mon Dieu, qu'il est joli, n'est-ce pas? Asseyez-vous là, dans cette chaise confortable, et je vous les descends. Vous prendrez bien une tasse de thé?

Lucy eut un hochement de tête émerveillé.

– C'est une perle, Caroline. Pleine de talent, et incroyablement patiente avec nos clients les plus pénibles. A propos de clients pénibles, tu as apporté les trucs pour Pamela?

Caroline avait presque oublié la raison de sa visite. Elle prit les sacs sur la table de salle à manger et en tira des coussins et des couvre-chaises brodés de couleur pêche et turquoise.

– Oh, ils sont exquis, Caro! s'exclama Lucy. Magnifiques. Ton travail est superbe.

– Espérons qu'ils plairont à Pamela. Tu as dit qu'elle coupait toujours les cheveux en quatre.

– Je crois que j'ai dit pire que ça. Elle est impossible, mais je ne vois pas comment même elle pourrait leur trouver des défauts. Pourquoi ne viens-tu pas avec moi pour les déposer? On ira avant le déjeuner, ce qui me donnera une bonne excuse pour m'éclipser en vitesse. Elle est très douée pour trouver matière à se plaindre si on ne lui fausse pas compagnie très vite.

La petite Pamela Fitzgerald. Caroline ne l'avait pas revue depuis la maternelle. Même à l'époque, elle n'aimait pas la petite Pamela, et, d'après ce qu'en disait Lucy, le temps n'avait guère adouci sa personnalité. Pourtant, il serait intéressant de la revoir – elle avait été une très jolie petite fille. Et Caroline savait que Lucy voulait qu'elle voie la maison Burke, dont elle effectuait la décoration.

– D'accord, dit-elle enfin, mais n'oublie pas que nous avons faim toutes les deux. Je ne veux pas traîner là-bas des heures, et je ne veux à aucun prix inviter Pamela à déjeuner.

– Plus facile à dire qu'à faire, dit Lucy avec un rire lugubre. Elle a une façon bien à elle de toujours obtenir ce qu'elle veut.

2

Pamela Fitzgerald Burke ouvrit la porte de teck sculpté de sa magnifique résidence à flanc de coteau et afficha un sourire gracieux.

– Bonjour, Lucille.

– Bonjour. J'ai amené une amie. Voici Caroline Webb.

Pamela eut un battement de paupières, ses longs cils recourbés balayant des yeux de velours bruns.

– Mrs. Webb?

– Oui. Nous nous sommes rencontrées il y a bien longtemps, Pamela, lorsque vous étiez à la maternelle, au pique-nique de printemps.

Caroline se demanda si elle avait imaginé la couleur qui monta aux joues de Pamela.

– Ah oui, je me souviens maintenant.

– Vraiment? C'est stupéfiant.

– J'ai une bonne mémoire, et puis vous n'avez pas changé. Mais vous vous appeliez Corday alors.

Pamela hésita, puis sourit de nouveau.

– Voulez-vous entrer? Je viens de faire du thé.

– Nous ne pouvons pas nous attarder, Pam, prévint Lucy.

Même lorsqu'elle était enfant, la jeune femme avait toujours détesté qu'on l'appelle Pam. Lucy avait confié à Caroline qu'employer cette abréviation constituait un des quelques moyens de compenser l'obligation qu'elle avait de supporter les manières hautaines de Pamela.

– Si ce travail ne nous rapportait pas une petite fortune, je lui dirais d'aller se faire voir, avait dit Lucy. Mais les choses étant ce qu'elles sont, je dois me contenter de revanches mesquines.

Pamela les conduisit dans un salon immense au plafond cathédrale. Un plancher de chêne étincelant s'étendait jusqu'à une cheminée de pierre suffisamment grande pour contenir un bœuf, et de gigantesques baies vitrées offraient une vue panoramique des collines aux couleurs automnales et de la ville en arrière-plan. Elles foulèrent un tapis de lin couleur tabac qui avait dû coûter une fortune, pensa Caroline, et Pamela les invita d'un geste à s'asseoir sur des fauteuils avant de disposer sa silhouette mince en forme de *S* sur le divan vanille incurvé incroyablement long, appuyant sur sa main une joue couleur pêche, et parfaitement consciente du joli spectacle qu'elle offrait.

– Votre maison est magnifique, Pamela, lui dit Caroline.

– C'est mon mari qui l'a conçue. Il a beaucoup de talent, il n'est pas qu'un simple entrepreneur, comme le pensent beaucoup de gens.

– *Moi*, je n'ai jamais pensé que l'héritier de la Burke Construction Company n'était qu'un simple entrepreneur en bâtiment, dit Lucy en riant. Mais parlons affaires. Caroline a terminé ce que vous aviez commandé.

Seuls les yeux de Pamela bougèrent, pour se fixer sur les sacs dans lesquels Lucy plongeait les mains.

– Regardez ces coussins, dit Lucy avec enthousiasme. La nuance turquoise rehausse parfaitement la couleur de ce fauteuil de velours à oreillettes.

Elle jeta un des coussins à Pamela. Il frappa la jeune femme en plein visage et tomba à terre. Lucy rougit.

– Je suis désolée. Je pensais que vous l'attraperiez au vol.

Caroline elle-même perçut la sincérité de son regret, mais Pamela la regarda froidement.

– Je n'aime pas attraper au vol. Je préfère que l'on me tende les choses.

– Je vois...

Lucy se pencha, ramassa le coussin et le plaça doucement sur la main tendue et chargée de bagues de Pamela.

– Merci, dit celle-ci d'un ton sec. Très joli, ajouta-t-elle en étudiant le coussin.

Caroline eut l'impression qu'elle était censée se mettre à genoux pour exprimer sa gratitude devant sa majesté. Elle en éprouva un léger amusement et une grande tristesse. De toute évidence, Pamela s'était simplement transformée en une version adulte de la magnifique petite fille prétentieuse qui s'était moquée de Hayley parce que celle-ci vivait dans une maison en rondins, et avait « accidentellement » troué le tableau représentant un vol d'oies canadiennes que Christopher avait peint pour leur maîtresse à la fin de l'année de maternelle.

– J'adore les couleurs, insista Lucy.

– Oui, dit Pamela d'un ton languide, avant de froncer des sourcils inquiets. Mais je me demande si nous n'aurions pas dû privilégier le marron et l'orange.

– Le marron et l'orange! s'exclama Lucy d'un ton brusque. Mais vous aviez dit que vous aimiez ces couleurs. Toutes nos harmonies sont basées dessus.

– Je sais. Mais je ne suis plus très sûre...

Lucy prit une profonde inspiration et un air convaincant.

– Les tons terreux sont complètement passés de mode, Pamela. *Complètement.*

– Vraiment? Oh, eh bien...

Voilà qui réglait visiblement le problème pour Pamela, quels qu'aient pu être ses goûts personnels. Caroline saisit le bref sourire de triomphe de Lucy.

– Au moins, ce sont des couleurs intéressantes, concéda Pamela avec magnanimité.

Lucy serra les lèvres pour contenir son irritation.

– Comme je vous l'ai dit, nous ne pouvons pas rester. Tina viendra poser les couvre-chaises de la salle à manger.

– Oh, mais je voulais vous demander votre avis sur la couleur du tapis de la chambre à coucher principale. L'ocre des Bahamas est reposant, mais je ne suis pas sûre de ne pas m'en lasser au bout d'un moment.

– Mais vous ne l'êtes pas encore, n'est-ce pas? Alors ne nous attardons pas là-dessus pour l'instant, vous voulez bien, Pam?

Caroline baissa les yeux. Lorsque Lucy disait des choses comme « vous voulez bien? », c'est qu'elle était en proie à une colère froide. Elle se leva.

– Nous devons vraiment partir, avec Caroline.

Pamela se redressa comme un chat qui se déplie au soleil.

– Eh bien, nous parlerons plus tard du tapis. Il y a aussi la peinture de la seconde chambre d'ami... Vous allez déjeuner? demanda-t-elle en les regardant l'une après l'autre.

– Non, chez le médecin, intervint vivement Caroline. L'ophtalmologiste. Lucy doit conduire, parce qu'il va me mettre des gouttes dans les yeux.

Est-ce que j'avais vraiment besoin d'en faire autant? se demanda-t-elle tandis que le regard velouté de Pamela trouvait le sien et tentait d'y dénicher le mensonge.

– Je vois, dit tout net Pamela. A propos, Mrs. Corday, ajouta-t-elle, je n'ai pas encore accroché une des toiles que je possède de votre mari. Une huile qui représente le soleil tombant du toit en ruine d'une grange sur une barrière de fil de fer barbelé couverte de neige. Je ne l'aime pas beaucoup, mais Lucy dit qu'il est de bon goût.

– Il est magnifique! Le jeu d'ombres et de lumière. L'attention portée aux détails. L'atmosphère de sérénité...

La voix de Lucy, trop haute, se brisa sur une note malheureuse après ce dernier cliché...

Caroline sourit.

– Chris et moi ne sommes plus mariés depuis longtemps, mais vous avez de la chance de posséder une de ses toiles, Pamela. C'est un grand artiste.

– Même à quatre-vingts ans, ce sera toujours une sale gamine, fulmina Lucy lorsqu'elles s'éloignèrent de la maison. Elle a parlé de Chris uniquement par dépit, parce que nous ne l'avons pas invitée à déjeuner.

Caroline regarda les hectares d'arbres aux nuances éclatantes qui s'étendaient autour d'elles. La maison est vraiment isolée, pensa-t-elle, presque autant que celle où nous vivions avec Chris.

– Je suppose que ce n'est pas entièrement de sa faute, Lucy. D'après ce que j'ai entendu raconter, ses parents lui ont toujours tout donné, à l'exception de leur attention. Son père est obsédé par ses affaires et sa mère fait partie de tous les clubs possibles et imaginables, hormis la ligue de bowling.

– Elle ne pourrait pas en faire partie, elle est grosse comme une baleine, dit Lucy d'un ton acide. J'espère que Pamela lui ressemblera dans quelques années.

– Lucy, tu es épouvantable!

– Je ne fais que dire tout haut ce que tu es trop gentille pour penser. Mais, sincèrement, je la plains aussi un peu, malgré moi. Elle est tellement odieuse qu'elle n'a pas d'amis. C'est un miracle qu'elle ait trouvé Larry.

– Il faut croire que tout le monde a une âme sœur.

– Tu peux faire confiance à Pamela pour trouver une âme sœur riche.

Caroline rit, et Lucy se retourna pour la regarder.

– Eh bien, au moins, tu es de meilleure humeur. Tu veux me dire ce qui n'allait pas?

Caroline se referma brusquement. La voix de Hayley dans la réserve perdait toute réalité au contact joyeux de Lucy.

– J'ai cru entendre une enfant dans la réserve.

Lucy fronça les sourcils.

– Une enfant? Dans *ma* réserve? Je sais que je devrais faire plus attention et fermer ces portes à clé! Mais j'ai été si occupée après la livraison de ce matin...

– Il n'y avait pas d'enfant, Lucy. C'était mon imagination. Les lumières se sont éteintes, et j'ai cru entendre... Hayley.

– Oh!

Caroline vit les mains de Lucy se crisper sur le volant.

– C'est son anniversaire, Lucy.

– Je sais. J'ai mis des fleurs sur sa tombe ce matin.

– Eh bien... L'esprit peut vous jouer de drôles de tours, hein?

– Surtout un jour comme celui-ci. Mais, Caro, dit Lucy en lui jetant un regard de côté, si tu as cru entendre Hayley, *c'était bien* un tour de ton imagination. Tu le sais, n'est-ce pas?

– Bien sûr. Je viens de le dire, non?

– Oui, tu l'as dit. Sans grande conviction.

– Écoute, ça ne pouvait être ni toi ni Tina.

– Non, il n'est pas dans mes habitudes de rôder dans les réserves pour essayer de t'effrayer. Et Tina m'aidait lorsque tu es arrivée.

– Alors, à moins qu'une enfant ne se soit réellement cachée dans ta réserve, je *sais* que je l'ai imaginé.

– Eh bien, simplement pour vérifier, je vais appeler Tina dès que nous nous arrêterons pour déjeuner, et je lui demanderai d'aller voir et de fermer à clé. Je ne tiens pas à retrouver des restes de sucette sur les coussins de mon mobilier ancien.

– Et tu ne tiens pas non plus à ce qu'on te vole quelque chose.

Lucy aspira une longue bouffée de la cigarette qu'elle avait allumée à peine étaient-elles dans la voiture, et, pour changer de sujet, Caroline dit vivement :

– Je me demande comment Pamela pouvait bien se souvenir que j'étais mariée à Chris?

– Il est connu par ici, Caro. Et toi aussi, parce que tu étais sa femme à l'époque où Hayley est morte.

– Tu dois avoir raison.

La fumée de cigarette commençait à lui picoter les narines.

– Est-ce que Chris peint beaucoup en ce moment?

– Plus qu'il ne l'a fait depuis des années. J'ai commencé à m'occuper un peu de sa production, mais sa place est dans une galerie. Je crois qu'il va mieux ces temps-ci et, s'il pouvait laisser tomber les femmes, je crois qu'il remonterait la pente.

Caroline soupira.

– Chris et ses femmes...

– Après la mort de Hayley, elles sont devenues son refuge.

– Je sais. Il est difficile de croire aujourd'hui qu'il ait pu un jour être un mari fidèle. Il sort avec une en particulier?

– Il ne sort *jamais* avec une en particulier. N'importe laquelle de disponible dans un bar lui suffit. Mais cela ne te touche plus, non? demanda-t-elle en jetant un coup d'œil à Caroline.

– Non, mais je déteste le voir gâcher sa vie et son talent, sans parler des risques qu'il prend avec sa santé.

Lucy écrasa sa cigarette à demi fumée.

– Tu es diablement généreuse, après la façon dont il t'a traitée.

– Je ne l'ai pas toujours été. Tu le sais. J'ai passé des années à bouillir intérieurement. J'en suis même arrivée au point où je me surprenais à parler à voix haute, à lui crier tout ce que j'étais bien trop anéantie pour lui dire lorsque nous avons divorcé.

– Lui aussi souffrait énormément à cette époque.

– Je sais. C'est pour cela que je ne pouvais pas me raccrocher à mon amertume. (Elle regarda Lucy.) Je suis heureuse que tu sois demeurée son amie, même si je n'ai pas pu rester sa femme.

– Chris et moi, nous sommes des inadaptés. Des excentriques. Nous nous comprenons.

– Tu tiens à être une excentrique, Lucy Elder, mais, au fond, tu ne l'es pas. Quelquefois, il m'arrive de penser que tu es bien plus conformiste que moi.

Lucy haussa les sourcils avec dérision.

– Je doute que quiconque soit d'accord avec toi sur ce point, mais libre à toi de le croire.

Chez Zeppo, Lucy pressa Caroline de prendre un daiquiri avec son déjeuner.

– Juste un, acquiesça-t-elle à contrecœur. J'ai encore des courses à faire.

Une heure plus tard, lorsque le troisième verre arriva, elle regarda Lucy avec sérieux et lui dit :

– Au diable l'épicerie et la blanchisserie. Ça te dirait de voir la nouvelle comédie qu'ils donnent à la séance de deux heures ?

– Et comment ! Je vais rappeler Tina et lui demander de garder la maison. Elle sera probablement soulagée de ne pas m'avoir dans les parages pendant deux heures de plus.

Caroline montra sa surprise.

– Tu disais que c'était une perle. Tu as des problèmes avec elle ?

– Elle paraît un peu à cran ces derniers temps. Distraite. Quelque chose la tracasse.

Caroline hocha la tête d'un air entendu.

– Et tu as essayé de lui tirer les vers du nez.

Lucy eut un mouvement de recul, l'air blessé.

– Caro, tu sais bien que je ne ferais jamais une chose pareille ! (Elle sourit.) En plus, je sais ce que c'est. Elle sort avec Lowell Warren.

– L'avocat ?

– Premier associé du cabinet Warren, Tate et Stern.

– Il me paraît un peu vieux pour elle.

– Pas loin de la cinquantaine. Le problème, c'est aussi qu'il est un peu marié. Bien sûr, Claire est toujours par monts et par vaux à faire campagne pour l'une de ses causes, du genre « Sauvez le paresseux à trois doigts », ou quoi que ce soit qui lui permette d'apparaître dans un de ces débats télévisés lénifiants, aussi est-il difficile d'affirmer qu'elle *est* sa femme, mais, s'il y a eu divorce, je ne suis pas au courant.

– Tu es sûre que Tina et lui ont une liaison?

Lucy acquiesça.

– Je sais qu'il a appelé au magasin trois ou quatre fois en la demandant. Il n'a pas laissé son nom, bien entendu, mais on n'oublie pas cette voix de basse cultivée lorsqu'on l'a entendue une fois. Et puis, un soir, je les ai croisés tous les deux dans sa voiture. J'espère simplement qu'elle s'en tirera sans mal, dit-elle en détournant le regard avec un soupir.

– Elle me paraît très indépendante, Lucy. Et puis, qui sait, peut-être Lowell a-t-il enfin l'intention de divorcer?

– De toute façon, Tina Morgan est une femme adulte, et sa vie ne me regarde absolument pas. Pourquoi ne pas l'oublier, et nous amuser un peu?

Une fois au cinéma, Lucy et Caroline s'offrirent deux énormes Coca-Cola et deux parts de pop-corn ruisselant de beurre, tout comme si elles ne sortaient pas d'un copieux déjeuner.

– Je mange comme Greg, dit Caroline lorsqu'elles s'installèrent dans la salle obscure et à moitié vide et attaquèrent leur pop-corn. Aujourd'hui, je vais prendre cinq kilos.

– Non, dix, et tout sur les hanches, dit Lucy d'un ton grave.

Elles éclatèrent en gloussements hystériques, comme si la remarque de Lucy était étonnamment spirituelle, et un homme d'âge mûr assis plus bas se retourna en leur lançant un regard noir, ce qui ne fit que redoubler leur rire.

Lorsqu'elles sortirent du cinéma un peu avant quatre heures, Caroline arborait un sourire heureux.

– Tu as ensoleillé ma journée, Lucy. Merci d'être venue avec moi.

– Je me suis plus amusée que toi. J'espère juste que David ne se fâchera pas si son dîner a dix minutes de retard, ajouta-t-elle avec un clin d'œil, sachant parfaitement que David ne se fâchait jamais contre personne, sa femme encore moins que quiconque.

Ils étaient tous deux devenus assez amis après que David eut surmonté ses réticences initiales à l'encontre d'une femme dont il disait qu'elle s'habillait comme une beatnik. Caroline lui avait rappelé que les beatniks n'existaient plus depuis les années cinquante, mais il avait refusé de mettre son vocabulaire à jour, s'accrochant avec obstination aux expressions de sa jeunesse.

Caroline ne retourna pas au magasin avec Lucy, prétendant qu'elle était pressée de rentrer. En réalité, elle voulait s'arrêter chez un fleuriste avant cinq heures, l'heure de fermeture. Elle ne pouvait pas laisser s'écouler la journée sans déposer des fleurs sur la tombe de Hayley. Elle choisit un bouquet d'œillets roses orné de dentelle et d'un nœud rose, et se rendit en voiture jusqu'au cimetière isolé à flanc de colline où Chris avait insisté pour que leur fille soit enterrée. « D'ici, on peut voir toute la ville », avait-il dit tandis qu'ils titubaient tous deux de chagrin, le lendemain du jour où le corps de Hayley avait été identifié. Ils étaient si jeunes, ils n'avaient jamais pensé à acheter une concession de cimetière. Et, du jour au lendemain, ils en avaient besoin. « C'est magnifique ici, la nuit », avait-il continué. Caroline se souvenait avoir pensé à son bébé gisant sur la colline froide tout au long des heures sombres de la nuit, et pour la première fois depuis la disparition de Hayley, un mois auparavant, elle avait éclaté en sanglots violents. Chris l'avait tenue dans ses bras pendant près d'une heure, jusqu'à ce que ses larmes s'éclaircissent et qu'elle puisse regagner la voiture.

Aujourd'hui, un air de désolation régnait sur la colline, et les feuilles volaient au-dessus des tombes dans le vent froid qui s'était levé lorsque le soleil s'était brusquement évanoui dix minutes plus tôt. Caroline frissonna et boutonna son blazer en foulant l'herbe folle. A l'époque de l'enterrement de Hayley, le cimetière était parfaitement entretenu. Mais la gérance avait changé, et depuis quelques années, Caroline avait remarqué avec désespoir l'aspect de plus en plus négligé des lieux. Lorsqu'elle en avait parlé à David, il avait suggéré de déplacer Hayley dans un cimetière plus agréable et plus proche de chez eux, mais l'idée de déterrer son enfant perturbait Caroline. Hayley avait déjà trop souffert sans que l'on vienne de surcroît la déranger dans son dernier repos.

Lorsque Caroline approcha de la tombe de Hayley, les larmes jaillirent de ses yeux. L'ange que Chris avait amoureusement sculpté dans du marbre rose italien et posé au-dessus de la pierre tombale avait été profané, la fine tête penchée brisée et jetée à quelques mètres.

Caroline tomba à genoux et ramassa les minuscules éclats de marbre éparpillés, qui semblaient avoir été tailladés très récemment. Était-il possible que quelqu'un ait fait cela le jour même? Elle s'assit sur ses talons et essuya les larmes qui coulaient sur ses joues froides, se demandant qui pourrait bien accomplir une chose pareille. Des vandales, voilà qui était une réponse évidente, et pourtant elle était sûre que ce n'était pas le cas. Aucune des autres pierres tombales n'avait été touchée, et puis la destruction paraissait bien trop étudiée, presque comme si le profanateur savait que Hayley avait été décapitée.

Caroline réalisa lentement qu'elle avait laissé tomber son bouquet lorsqu'elle avait aperçu l'ange brisé. Elle le ramassa, le déposa près de la pierre tombale et regarda le joli bouquet de roses rouges et blanches que Lucy laissait toujours le jour de l'anniversaire de Hayley, ainsi que les violettes familières de Chris. Mais parmi ces fleurs reposait une troisième offrande – une grappe d'orchidées noir satiné, nouées par un ruban de velours noir. Intriguée, Caroline ramassa les fleurs et déchiffra l'écriture ronde enfantine sur la petite carte attachée au ruban : « Pour Hayley. Noir comme le souvenir. »

– « Noir comme le souvenir », dit Caroline dans un souffle. Que diable... ?

Elle lâcha le bouquet comme si elle s'était brûlée. Le ciel avait pris une teinte mauve et pourpre, et un vent vif soufflait, faisant rouler la tête de l'ange, dont les yeux morts la fixaient.

Une voix dans une réserve déserte. Un ange fracassé. Un bouquet noir. Caroline laissa échapper un petit cri, et la peur lui coupa brusquement le souffle. Elle se remit sur ses pieds et courut jusqu'à la voiture, ignorant le couple âgé qui marchait lentement vers une tombe plus éloignée et qui la regarda bouche bée. Elle démarra dans un crissement de graviers, dévala la route escarpée et ne ralentit que lorsqu'elle atteignit la circulation de l'heure de pointe s'écoulant de la ville.

D'habitude, les embouteillages l'énervaient, mais, ce soir-là, elle se sentit soulagée par la présence des voitures de part et d'autre de la sienne. Elles étaient pleines de monde – des gens qui riaient, qui maudissaient la circulation, qui chantaient avec la radio –, mais ils avaient tous l'air serein et ordinaire, comme si des voix fantomatiques et des tombes profanées n'avaient jamais traversé leurs journées. « Amusez-vous », lui avait dit Fidelia le matin même. Caroline eut un rire sans joie. « Eh bien, j'ai essayé, Fidelia, dit-elle à voix haute. Il faut croire que le ciel n'était pas avec moi. »

Elle rentra chez elle à six heures, et comme ils venaient d'adopter l'heure d'hiver, la nuit tombait déjà. La lampe qui fonctionnait du crépuscule jusqu'à l'aube brillait sur l'allée, jetant aux alentours une lueur sans vie aux reflets bleus et blancs.

Elle pénétra dans la maison et prépara tout de suite du café, car elle avait besoin de s'éclaircir les idées. Fidelia avait laissé un mot de son écriture pointue sur le comptoir de la cuisine :

« J'espère que vous avez passé une bonne journée.

George est attaché sous le porche de derrière. Je ne savais pas quand vous rentreriez et ne voulais pas qu'il salisse. »

Pauvre George. Il aurait préféré exploser plutôt que de se laisser aller dans la maison, mais il n'y avait rien à faire pour en convaincre Fidelia. Caroline décida d'enfiler un jean et un vieux sweater avant de se préparer à son accueil chahuteur. Tandis que le café commençait à passer, elle traversa la salle à manger et le hall d'entrée, allumant les lumières au fur et à mesure. Ce soir, elle avait envie d'illuminer toute la maison. Elle atteignait l'escalier lorsqu'une voix s'éleva soudain de l'obscurité à l'étage :

– Cette nuit, temps clair et sec, avec une baisse de température. Demain, journée ensoleillée, température aux environs de 16 degrés. Et maintenant, retour à la musique avec un vieux tube de Peter Frampton, *Baby, I love your way*.

La voix laissa place à la musique, forte et grêle, comme si elle provenait du transistor de Melinda.

– Greg, Melinda, vous êtes rentrés? demanda Caroline, qui sentait pourtant que la maison était vide.

La radio ne marchait pas, ce matin, et Fidelia ne l'écoutait jamais. D'ailleurs, le transistor avait été rangé dans un tiroir de la commode de Melinda, depuis qu'elle avait reçu à Noël une radiocassette portable.

Caroline monta lentement l'escalier jusqu'à la porte fermée de la chambre de Melinda, à l'extrémité du couloir. Lorsqu'elle ouvrit le battant à toute volée, la musique l'assourdit. La lumière du couloir inonda la chambre. Elle se dirigea vers la coiffeuse de Melinda, sur laquelle était posé le transistor, dont le volume était poussé au maximum. Elle l'éteignit et resta là à regarder sans comprendre. Qui diable pouvait bien mettre la radio si fort et la laisser marcher dans une maison vide?

Ce n'est qu'à ce moment-là qu'elle réalisa combien il faisait froid dans la pièce. Elle tourna la tête et vit les rideaux imprimés voler au vent sous le clair de lune illuminant les débris de verre répandus sur le tapis bleu.

– Comment cette fenêtre a-t-elle pu se briser? marmonna-t-elle en allumant le lustre pour mieux voir.

C'est alors qu'elle poussa un cri.

Sur le lit de Melinda souriait Twinkle, le clown de chiffon qui avait disparu en même temps que Hayley dix-neuf ans auparavant.

3

I

– Un costume de ballerine m'irait exactement mille fois mieux, décréta Melinda en se regardant dans le miroir en pied de Caroline.

– Melinda, il fait cinq degrés dehors, ce soir. Tu mourrais de froid en collants et en tutu. En plus, ça ne t'irait pas mille fois mieux, parce que tu es ravissante comme ça.

– J'ai l'air ringard, dit la petite fille en se retournant vers Caroline, ce qui fit tournoyer ses grandes oreilles de lapin en peluche.

Caroline dut se mordre les joues pour s'empêcher de rire.

– Je serai obligée de démissionner de la classe.

– C'est ridicule, Melinda. Tu es magnifique, et tu auras bien chaud.

– Chaud! Je rentrerai transformée en lapin rôti. Il fait au moins deux cent cinq degrés, là-dedans. (Melinda était toujours très précise en matière de chiffres.) Maman, *s'il te plaît*, ne me fais pas sortir comme ça.

Greg, debout à l'entrée de la pièce, adressa un clin d'œil à Caroline, ses yeux bruns pétillant comme ceux de son père.

– Wow, il est génial, ce déguisement!

– Qu'est-ce que tu veux dire par là? demanda Melinda en le regardant.

– Qu'est-ce qu'il y a? Tu ne comprends plus l'anglais? J'ai dit que c'était un chouette déguisement.

– C'est vrai?

Melinda étudia une fois encore son reflet dans le miroir, comme d'habitude influencée par l'approbation de son grand frère adoré.

– Tu ne trouves pas que j'ai l'air ringard?

– Tu es folle? dit-il en s'avançant et en tirant sur l'énorme queue de lapin. Ça, c'est la touche finale.

– C'est vrai? Tu le porterais?

– Écoute, ça me paraît plutôt un déguisement de fille, mais si j'en étais une, bien sûr, je n'hésiterais pas.

Melinda fit la moue devant son reflet, et ses moustaches dessinées à l'eye-liner frémirent.

– Et tu n'auras pas honte de m'emmener ce soir?

– Bien sûr que non. J'espère même que tout le monde nous verra.

– D'accord, dit Melinda, qui, dans un de ses fulgurants changements d'humeur habituels, eut un sourire radieux et se précipita pour embrasser Caroline. Merci de m'avoir fait le costume, maman.

– De rien, mon bouchon. Et fais attention de ne manger aucune de tes sucreries avant de rentrer, pour que papa et moi nous puissions les regarder. Greg, fais...

– ... très attention à ma sœur. Bien sûr. Et je ne lui volerai rien de son butin.

La sonnette de la porte d'entrée retentit, et Melinda poussa un cri :

– Ils ont commencé! Halloween sera terminé avant même que j'aie mis le pied dehors!

– Alors, on y va, ordonna Greg. Tu as ton sac?

Melinda leva celui-ci.

– Tu te souviens de ton texte?

– Des bonbons ou je vous dépouille! Merci!

– Époustouflant. Cette gamine déborde de talent, maman.

– Je m'en suis toujours doutée, dit Caroline en riant.

Elle s'assit sur le lit et les regarda tous les deux foncer dans le couloir, Melinda descendant lourdement dans son volumineux costume. L'espace d'un instant, elle revit Hayley lors de sa dernière fête de Halloween, dans un déguisement de clown identique à celui de Twinkle, qui répétait inlassablement : « Des bonbons ou je vous chatouille », au grand ahurissement de Chris et d'elle-même. « C'est toi qui lui as appris ça? » avait demandé Chris. « Non. C'est peut-être Lucy. » Hayley avait refusé avec obstination de révéler où elle avait appris cette phrase, mais elle se l'était appropriée, la répétant encore et toujours tandis que Caroline et Chris déambulaient avec elle dans les rues résidentielles, observant avec attention lorsqu'elle sonnait aux portes et demandait des sucreries avec son sourire et ses fossettes.

Et maintenant, tant d'années plus tard, elle envoyait une autre petite fille demander des bonbons, sous la protection de son fils adolescent et musclé. Il lui était impossible d'imaginer que tout ce temps s'était écoulé. Surtout à la suite des récents événements.

L'avant-veille, Caroline avait dissimulé le clown de

chiffon et réussi à afficher un calme superficiel lorsque Melinda était rentrée de chez Jenny. La fenêtre brisée avait bouleversé l'enfant, et elle avait insisté pour que tous ses animaux en peluche et ses poupées soient transportés dans la chambre d'ami, pour qu'ils ne prennent pas froid ni qu'ils soient enlevés par le cambrioleur dont elle était sûre qu'il avait investi la maison. Caroline avait menti.

– Quelqu'un a juste jeté un caillou à travers la vitre, Lin. Je l'ai trouvé sur le sol. Rien n'a été touché. Personne n'est entré.

– Tu es sûre?

– Oui.

– La police est venue?

– Oui, avait réussi à dire Caroline sincèrement.

– Ils sont sûrs que personne n'est rentré dans la maison?

– Oui, avait de nouveau répondu Caroline sans détour.

– Bon, mais je veux dormir avec toi.

Elle dormait à poings fermés dans le grand lit, avec George à ses pieds, lorsque David était rentré à dix heures et demie. Greg se trouvait dans sa chambre, soi-disant en train de faire ses devoirs, en réalité au téléphone. Caroline était assise toute raide sur le canapé du salon.

– C'est celle de Hayley, avait-elle insisté en brandissant la poupée devant un David stupéfait. Elle l'avait le soir où elle avait été enlevée. On ne l'a jamais retrouvée, même près de son corps.

– Alors, ce n'est pas sa poupée, avait dit David d'un ton ferme. Elle lui ressemble, c'est tout.

– David, c'est *moi* qui lui ai confectionné Twinkle. Je

ne me trompe pas. Tu ne vois pas combien celle-ci est vieille et sale? Je te dis que c'est Twinkle.

– Caroline, des poupées de chiffon comme celle-ci, tu en as fait des tas, il y a vingt ans. J'en ai acheté une pour ma nièce. Je crois me souvenir que tu m'as dit que Lucy en possédait une. Bon sang, des dizaines de personnes pourraient en avoir.

– Tous les autres clowns de chiffon avaient des cheveux rouges. Twinkle était le seul à les avoir orange.

– La laine rouge ne peut-elle pas devenir orange après tout ce temps?

– Peut-être, reconnut Caroline à contrecœur.

– Alors ce clown pourrait être n'importe lequel de ceux que tu as faits à l'époque.

– Non, je ne crois pas. Il a quelque chose dans l'expression du visage...

David lui avait doucement pris la poupée des mains.

– Caroline, il y a bien longtemps que tu n'as pas vu Twinkle. Tu ne peux pas te souvenir de son expression exacte. Ne laisse pas ton imagination t'emporter.

– Mais qui l'a mis sur le lit de Melinda? Et pourquoi?

David avait fini par lui donner un somnifère et était resté à ses côtés jusqu'à ce qu'elle s'endorme dans le grand lit près de Melinda, avant d'aller s'installer dans la chambre d'ami pleine de poupées et de peluches. Cher David, qui avait finalement ce jour-là mis deux bébés au monde, dont l'un était mort, et qui était rentré chez lui pour y trouver une femme à moitié hystérique, et pas de dîner.

Il se tenait maintenant à la porte, dans le froid, distribuant des bonbons à des hordes d'enfants après avoir travaillé toute la journée tandis qu'elle ruminait le passé. Se secouant intérieurement, elle se pressa de descendre l'escalier.

– Va te servir un verre. Je vais m'occuper des plaisantins, lui dit-elle tandis qu'il déchirait un nouveau paquet de sucreries.

– Je viens de commencer, dit-il avec un sourire. Je peux tenir une bonne heure.

– J'ai dit, va te détendre, et si tu n'obéis pas, je pique une crise. Va, dit-elle en lui retirant le paquet des mains.

David soupira.

– Où sont donc passées les femmes douces et soumises qui n'élevaient jamais la voix contre leur mari ?

– Elles n'ont jamais existé que dans les romans victoriens.

La sonnette retentit, et elle lui fourra deux bonbons dans la main.

– Mange ça et regarde la télévision. Imagine que tu es un de ces détectives qui conduisent une voiture de sport et qui ont une jolie femme qui leur tombe dans les bras.

– J'ai déjà une jolie femme qui me tombe dans les bras.

– Eh bien, merci, chéri.

– Oh, je parlais de mon infirmière, au bureau, cria-t-il en disparaissant dans le salon.

– Après réflexion, tu peux bien distribuer les bonbons, dit Caroline en ouvrant la porte.

La première demi-heure, elle trouva les enfants très mignons et la nuit de Halloween une délicieuse tradition. La demi-heure qui suivit, elle trouva les enfants parfaits, et la nuit de Halloween un événement agréable. Au bout d'une heure et quarante minutes de garde à la porte, elle trouvait que les enfants n'étaient que de sales gamins voraces et la nuit de Halloween une forme de torture légère infligée aux parents. Seigneur, quelle façon de passer sa soirée, debout dans le froid, à déverser des sucreries dans les sacs béants d'enfants bizarrement habillés qui ne disaient même pas : « Des bonbons ou je vous dépouille! », et encore moins : « Merci. »

Après qu'un enfant lui eut tiré la langue, elle bouillonnait intérieurement, lorsqu'une nouvelle troupe de mendiants fit son apparition à la porte. Elle vida son sac de caramels, et tous les enfants s'éparpillèrent dans la rue, à l'exception de trois d'entre eux.

– Attendez, je vais en chercher d'autres, dit-elle d'un ton las en se retournant pour chercher le dernier paquet de bonbons à la menthe.

Lorsqu'elle le déchira, un garçon robuste vêtu d'une cape noire avec un masque de Batman poussa un petit enfant et lui fourra sous le nez un sac en papier. Elle laissa tomber dedans un unique bonbon, défiant du regard le garçon. Celui-ci avait au moins quinze ans, et en ce qui la concernait, il n'avait plus aucun droit de se déguiser. Il marmonna des imprécations et fila.

– Crétin! dit-elle d'un ton brusque.

C'est alors qu'une petite fille de cinq ou six ans, déguisée en clown, s'approcha d'elle et lui dit gentiment : « Des bonbons ou je vous chatouille! »

Caroline laissa tomber le sac, et les confiseries enveloppées de papier de couleurs vives dégringolèrent sur les marches du seuil. La petite fille la fixa, ses yeux semblables à des diamants noirs dans un visage livide.

– Qui es-tu? parvint à articuler Caroline, qui tendit la main vers l'enfant.

Mais, vive comme l'éclair, celle-ci tournoya et regagna la rue en courant, ses longs cheveux blonds dépassant de sa perruque de clown bouclée orange.

– Des bonbons ou je vous dépouille, bon sang!

Une fille déguisée en Madonna se planta devant Caroline.

– Et je ne veux pas de bonbons tombés par terre!

Caroline lui claqua la porte au nez.

– David, murmura-t-elle. David!

En un instant, il était près d'elle.

– Que se passe-t-il?

Les yeux écarquillés, elle lui lança un regard terrifié.

– Hayley était là, à la porte.

II

Pamela Burke se versa un verre de chardonnay et se demanda pour la centième fois en deux jours : « Pourquoi suis-je une telle garce? » C'était une question qu'elle n'aurait jamais posée à qui que ce soit, mais qui la hantait depuis son enfance.

Elle était étendue sur le tapis de lin devant le feu que Larry avait mis en route un peu plus tôt, avant que son père n'appelle et qu'il ne retourne en toute hâte au bureau rectifier une de ses quelconques erreurs. Ce qui arrivait souvent. Larry n'était pas intelligent. Il était beau, riche et stupide. Elle avait dit à Lucille Elder que Larry avait conçu la maison, mais il en était parfaitement incapable. Il était même quasiment incapable de tenir à jour un chéquier. Son père avait quand même insisté pour qu'il « gère » l'entreprise, même s'il peinait toute la semaine dans un état de confusion indescriptible et passait la plupart de ses soirées avec son père à débrouiller la pagaille qu'il avait semée dans la journée. Ses absences constantes l'avaient agacée durant leur première année de mariage, mais aujourd'hui, deux ans plus tard, Pamela appréciait d'être seule dans sa belle maison avec ses laides pensées.

Revoir Caroline Corday l'avait réellement bouleversée. Pour Pamela, elle serait toujours Caroline Corday, même si elle était parfaitement au courant du divorce et du remariage de celle-ci, comme elle était au courant de la plupart des événements de la vie de Caroline. Elle avait gardé sur elle un œil coupable, et c'était le choc éprouvé à la vue de Caroline en chair et en os qui l'avait poussée à se conduire comme une garce, attitude qu'elle adoptait toujours lorsqu'elle était bouleversée. « Je possède un tableau de votre mari... Je ne l'aime pas, mais Lucille dit qu'il est de bon goût », dit-elle à voix haute en s'imitant. Et, au lieu de s'énerver, Mrs. Corday l'avait regardée comme si elle n'était qu'un misérable petit crapaud. Sa fille, autrefois, l'avait regardée de la même façon.

Pamela avait toujours tenu à aller à l'école publique – elle s'y sentait supérieure aux autres parce que sa famille était toujours la plus riche –, mais elle se souvenait très peu de ses camarades de classe, même celles du lycée. Et pourquoi diable aurait-elle eu des souvenirs de ces filles toutes pleines de boutons, d'appareils dentaires, et arborant des vêtements de mauvais goût? Mais elle se souvenait avec une clarté confondante de Hayley Corday, avec qui elle avait été en maternelle. Elle avait détesté Hayley. Elle détestait ses longs cheveux blonds et ses grands yeux bleus, semblables à ceux des princesses de conte de fées. Elle détestait son talent pour le dessin, qui faisait jaillir du crayon de

Hayley les chats, les chiens et les mamans tels qu'ils étaient en réalité, et non comme les pâtés méconnaissables qui émergeaient de sa propre main. Et tout le monde aimait Hayley, bien que ses vêtements soient confectionnés chez elle, et qu'elle vive dans une petite maison en rondins comme celle qui était représentée sur les bouteilles de sirop d'érable. Les autres enfants avaient été ravis que la mère et le père de Hayley viennent au pique-nique de printemps de la classe, pour jouer au ballon et à cache-cache, et puis Mr. Corday avait donné cette peinture à la maîtresse. Eh bien, elle avait « arrangé » le tableau en « trébuchant » et en le transperçant avec un couteau. Mr. Corday s'était précipité, plus inquiet pour elle que pour sa toile, mais Hayley s'était contentée de la fixer de ses yeux bleus qui savaient tout, et Pamela l'avait encore davantage détestée.

Le feu se mourait, et Pamela se leva pour aller remplir son verre au bar. Puis elle se dirigea d'un pas distrait vers les baies vitrées s'élançant vers le ciel, regarda les lumières dans le lointain et l'obscurité totale enveloppant la maison comme les ailes d'une chauve-souris. C'était All Hallows' Eve, la veille de la Toussaint, la nuit où les âmes des morts étaient censées visiter leurs anciennes demeures. Elle frissonna, puis se moqua d'elle-même. Même si elle avait été superstitieuse, ce qui n'était pas le cas, cette maison-ci était entièrement neuve. Personne n'y avait jamais vécu, il n'y avait donc personne pour y revenir, même sous forme d'esprit. Et pourtant, ce soir, quelque chose dans l'atmosphère de la maison la perturbait, un air d'attente et de conspiration, comme si la maison, ou quelque chose à l'intérieur, l'observait.

– Je suis mal à l'aise simplement parce que je pense

à *elle,* dit Pamela avec colère. Uniquement parce que je pense à cette nuit, cette horrible nuit.

Elle fixa sans le voir son reflet dans la vitre.

C'était la fête du 4 Juillet. Tous les ans, ses parents organisaient chez eux un grand barbecue pour les employés de Fitzgerald Electronics. L'événement constituait l'un des rares gestes démocratiques de son père. Les deux Fitzgerald avaient bu sans interruption tout l'après-midi, aussi, lorsque la nuit était tombée et qu'il avait été temps pour tout le monde de se rendre dans le petit parc sur la berge à un kilomètre pour assister au feu d'artifice, on y avait expédié Pamela avec sa nurse, miss Fisher, que Pamela surnommait en secret Fishface (Tête de poisson).

Trois cents personnes environ s'étaient rassemblées pour l'occasion. La nuit était lourde et chaude, chargée des effluves de chèvrefeuille et de l'odeur montant de la rivière qui clapotait contre la berge renforcée de béton. Des hommes installés dans un bateau avaient commencé à tirer le feu d'artifice. Tout le monde avait ri et applaudi, poussé des « oh! » d'admiration devant les fusées qui éclataient et scintillaient sous des formes diverses. Tout le monde sauf Pamela, qui refusait de porter ses lunettes et ne voyait rien que des taches brillantes dans l'obscurité. Elle s'ennuyait à mourir et était furieuse contre ses parents qui n'étaient pas venus. Ils promettaient toujours, mais ne tenaient jamais leurs promesses. Ni l'un ni l'autre. Elle avait frotté avec hargne le dessus de ses nouvelles chaussures de tennis dans l'herbe et les avait tachées. De toute façon, tout le monde s'en ficherait. On lui dirait de prendre plus de soin de ses affaires et on lui achèterait une nouvelle paire.

Elle avait jeté un coup d'œil à Fishface, une jeune femme au nez aplati avec des yeux proéminents et rouges, qui avait réussi à lier conversation avec un grand échalas en jean sale et rapiécé. Pamela n'aimait pas les gens qui n'étaient pas beaux. Elle leur avait fait une grimace, mais ils ne l'avaient pas remarquée. Imbéciles. Ils n'avaient rien vu non plus lorsqu'elle s'était frayé un chemin à travers la foule en direction de l'entrée du parc. Elle allait se perdre, voilà ce qu'elle allait faire. Alors, Fishface aurait des ennuis, et *tout le monde* regretterait de ne pas lui avoir prêté plus d'attention. Elle avait imaginé sa mère se tordant les mains, son père faisant les cent pas en criant qu'il fallait retrouver sa petite fille chérie.

Perdue dans son rêve, elle avait atteint le trottoir à l'extérieur des grilles du parc. Comme elle descendait du trottoir, une voiture marron l'avait dépassée à toute vitesse. Dans un hurlement de pneus, elle avait freiné et s'était arrêtée à quelques centimètres des chevalets blancs qui fermaient la route à cause de travaux un peu plus loin. Pamela avait regardé le conducteur essayer de faire demi-tour, mais les voitures garées de chaque côté en raison du feu d'artifice rendaient la rue à sens unique très étroite, et le conducteur n'était pas très doué : en manœuvrant d'avant en arrière, il avait embouti un des chevalets. Quelqu'un était apparu au bout de la rue, marchant d'un pas décidé sur la voiture, et, en plissant les yeux très fort, Pamela avait distingué l'uniforme. Un policier ! Mais avant qu'il n'ait atteint la voiture, la personne avait sauté hors de celle-ci et se précipitait vers lui. Pamela pensait toujours au conducteur comme à la « Personne », car, à une distance qu'elle avait plus tard évaluée à environ cinquante mètres, il lui avait été impossible de dire si le conducteur de taille moyenne bizarrement vêtu d'un imperméable à capuche était un homme ou une femme. Toujours est-il que la Personne avait arrêté le policier en gesticulant et en essayant visiblement d'expliquer quelque chose. Pamela s'était rapprochée de la voiture. Elle ressemblait exactement à celle de son papa, dont elle savait qu'il s'agissait d'une Cadillac et qu'elle était très chère. Quelqu'un à la réception avait-il volé la voiture de son papa? Elle s'était rapprochée subrepticement, pénétrée de sa propre importance. Si la voiture de papa avait été volée et qu'elle la retrouve, elle deviendrait une héroïne. Elle avait atteint le véhicule et s'était dressée sur la pointe des pieds pour jeter un coup d'œil sur le siège arrière.

A la lueur du réverbère, elle n'avait tout d'abord vu qu'une couverture. Puis elle avait eu un hoquet de surprise tandis que le visage d'une petite fille se dégageait de l'étoffe. Celle-ci avait du sparadrap sur la bouche, mais Pamela avait parfaitement reconnu Hayley Corday, qui avait disparu depuis une semaine. Fishface lui avait lu tous les articles de journaux sur le kinapping de Hayley et l'avait menacée en lui disant qu'il lui arriverait la même chose si elle n'était pas gentille. Bon sang, retrouver Hayley, c'était encore mieux que de retrouver la voiture de papa! Pamela s'était apprêtée à appeler le policier lorsqu'elle s'était interrompue pour réfléchir. Si Hayley disparaissait pour de bon, Pamela deviendrait la reine indiscutée de la classe. Il n'y aurait plus de Hayley aux longs cheveux blonds, plus de Hayley qui dessinait des chiens et des chats parfaits, plus de Hayley avec de gentils parents qui venaient à l'école et faisaient des cadeaux à la maîtresse. Les grands yeux terrifiés de Hayley l'avaient suppliée de faire quelque chose – d'appeler, d'ouvrir la portière, d'*aider*. Mais Pamela s'était contentée de lui lancer un regard froid. Elle avait levé les yeux, vu le policier s'éloigner et la Personne revenir vers la voiture, vers *elle*. Son regard avait une dernière fois croisé celui de Hayley, puis elle avait filé de nouveau vers le parc, où elle avait retrouvé Fishface, qui ne s'était même pas aperçue de son absence.

Lorsqu'elle avait appris que la voiture de son père n'avait pas été volée, elle avait été déçue. Mais trois semaines plus tard, quand Fishface lui avait annoncé d'un air morbide que le corps décapité et calciné de Hayley avait été retrouvé à une quinzaine de kilomètres de là, elle avait été prise d'une crise d'hystérie qui avait duré quatre heures, jusqu'à ce qu'un médecin lui administre un sédatif. Son raisonnement d'enfant n'avait pas mesuré les conséquences de l'enlèvement de Hayley. Elle n'avait pensé qu'à une chose : combien la vie serait plus agréable si celle-ci n'était plus là. Après la mort de Hayley, Pamela était devenue obsédée à la fois par ce qu'elle avait fait et par la peur que la Personne ne revienne la chercher, persuadée qu'elle avait vu son visage. Elle s'éveillait toutes les nuits en hurlant et avait souffert d'absences, durant lesquelles on l'avait retrouvée en train de frapper sa jolie tête contre un mur, une table, ou la maison. Pendant huit ans, elle avait suivi un traitement psychiatrique, mais les médecins n'avaient jamais réussi à lui arracher son secret. La peur et la culpabilité l'avaient fait garder le silence, bien qu'elle ait toujours craint que Fishface n'ait découvert la vérité pendant les cauchemars où elle parlait dans son sommeil. Quelquefois, la jeune femme la regardait d'un air entendu, et pendant près de vingt ans Pamela avait prié pour n'avoir fait qu'imaginer que Fishface savait et allait tout révéler.

Un craquement résonna au fin fond de la maison, et Pamela sursauta en renversant son vin. Ce n'étaient que des bruits de charpente, bien entendu. Elle regretta de ne pas avoir prévu de voir Rick, le professeur de tennis du club avec lequel elle avait une liaison depuis le mois de juillet. Si Larry pouvait revenir! A défaut d'être drôle, il était grand et fort, et ce soir elle se sentait nerveuse. Elle avait cru que le vin la calmerait, mais il semblait n'avoir eu pour effet que d'intensifier son malaise et le sentiment qu'elle éprouvait d'être observée. Peut-être un tranquillisant...

En empruntant le long couloir qui menait à la chambre, Pamela sentit un courant d'air froid s'enrouler autour de ses chevilles. Avait-elle laissé une fenêtre ouverte? Impossible. Elle n'avait pas ouvert une fenêtre depuis des semaines, depuis que l'air avait pris une fraîcheur automnale. Pourtant, lorsqu'elle pénétra dans sa grande chambre, elle vit les rideaux voleter vers l'intérieur. Elle traversa la pièce, les écarta et découvrit la fenêtre grande ouverte.

Fichu Larry! pensa-t-elle. Il faisait toujours ça. C'était un tel adepte de l'air frais qu'il se fichait pas mal qu'elle attrape une pneumonie. Elle referma violemment la fenêtre, manquant de briser la vitre dans sa fureur.

Elle était fatiguée, nerveuse et extrêmement irritable. Elle passa une main sur son front lisse et, une fois dans sa salle de bains vert océan, chercha le Valium dans l'armoire à pharmacie. Que deviendrais-je sans ces petites pilules bleues? se demanda-t-elle en en prenant une, puis une autre pour s'assurer de trouver le sommeil. Elles lui sauvaient la vie. Elle ôta ses verres de contact, les déposa dans le liquide stérile, puis se démaquilla, se passa une lotion astringente sur le visage, suivie d'une crème pour les yeux, d'un régénérateur de cellules et d'une lotion hydratante non huileuse. Satisfaite de ses défenses nocturnes contre les rides, elle regagna sa chambre d'un pas lent.

La pièce était encore froide, et elle décida de se changer, pour mettre son long peignoir, celui dans lequel elle se sentait bien au chaud comme une petite fille. Elle enleva son pantalon et son pull, les jetant sur le sol, puis entra dans son dressing.

Elle cherchait son peignoir, passant en revue les vêtements, lorsqu'elle entendit un froissement, semblable au bruit que fait la brise en soulevant les feuilles mortes. Elle se retourna d'un bond en criant : « Qui est là ? » d'une voix aiguë et cassée, mais, bien entendu, personne ne lui répondit. « Qui donc attendais-tu ? Le grand méchant loup ? » se demanda-t-elle à voix haute, tentant de vaincre sa peur par le rire. Décidément, la visite de Caroline Corday avait gâché toute sa semaine. Le Valium n'allait pas tarder à faire effet d'une minute à l'autre, maintenant, et il la submergerait comme une vague chaude et tranquille. Ensuite, elle reprendrait un autre verre de vin et regarderait peut-être le *Tonight Show*. Mais, en attendant, où diable était son peignoir ?

Les cintres crissèrent sur la tringle de métal lorsqu'elle repoussa une masse de vêtements sur le côté, furieuse de ne pas trouver ce peignoir sur lequel elle tombait toujours lorsqu'elle cherchait autre chose. Et, de nouveau, elle perçut le froissement, beaucoup plus proche, cette fois-ci. Il y a quelque chose avec moi dans ce placard, eut-elle le temps de penser, l'espace d'un instant, avant de sentir qu'on lui agrippait les cheveux et qu'on lui tirait la tête en arrière avec une force brutale. Son cri fut interrompu par le couteau qui lui trancha doucement la gorge d'une oreille à l'autre, et le sang gicla sur ses magnifiques vêtements. Horrifiée, elle fixa les énormes éclaboussures rouges. Soudain, on relâcha ses cheveux, et elle tomba en avant, telle une marionnette dont on n'actionne plus les fils. Elle tenta de crier, mais rien ne sortit. Rien que du sang, qui jaillissait sur ses mains. Instinctivement, elle tenta de se mettre à genoux, de lutter pour s'enfuir. Elle était surprise de ne ressentir aucune douleur, juste le choc. Elle se retourna lentement en oscillant, face à l'entrée de la chambre. Elle sentait une présence derrière elle, prête à frapper de nouveau si nécessaire. Et, tandis que l'assaillant regardait, elle se traîna, tentant faiblement de se redresser sur ses jambes. Elle bascula sur le côté, et son visage heurta la moquette. Seigneur, tout ce sang! Il dégoulinait partout, et elle se sentait prise de vertige.

De façon ironique, le téléphone se mit à sonner. Elle roula et se redressa sur un genou. En levant légèrement la tête, elle parvenait à distinguer sur la table de chevet le téléphone marron, dont la sonnerie perçante résonnait avec urgence. Elle se traîna en avant, s'obligea à ramper vers le tapis ocre des Bahamas, maintenant aussi vaste et chatoyant que le désert. Peut-être par miracle le récepteur allait-il tomber, et quelqu'un l'entendrait gargouiller à travers tout ce sang. Mais, bien sûr, les miracles n'étaient jamais pour elle. Elle ne les méritait pas.

Le téléphone cessa enfin de sonner, mais elle s'en aperçut à peine. Ses doigts s'agrippèrent au tapis tandis que, très lentement, elle perdait conscience et que la vision de Hayley Corday prisonnière sur le siège arrière de la voiture d'un dément s'évanouissait enfin.

4

– Maman, tu es réveillée? lui murmura Melinda à l'oreille.

Caroline ouvrit des yeux gonflés et découvrit sa fille, qui portait un plateau avec un croissant, une thermos et un chrysanthème jaune dans un pot de confiture propre.

– Petit déjeuner au lit? demanda-t-elle.

– Oui. Papa a dit que tu ne te sentais pas très bien.

Caroline s'assit et lui prit des mains le plateau qui tanguait dangereusement.

– Mmm, c'est appétissant. Qu'est-ce qu'il y a dans la thermos?

– Du café. C'est papa qui l'a fait. Je savais que je le renverserais si je ne le mettais pas dans une thermos.

– Tu as très bien fait.

Melinda rayonna et fit le tour du lit pour grimper à côté de sa mère.

– Il a l'air drôlement bon, hein, ton croissant?

– Et comment, acquiesça Caroline en regardant sa fille, dont les yeux d'un vert profond fixaient le croissant avec convoitise. On peut le partager, non? Je ne mangerai pas tout.

– D'accord, si tu en es sûre, dit Melinda de bonne grâce.

Caroline se versa du café dans la tasse en plastique.

– Où est papa?

– Il est parti faire un bébé à quelqu'un.

Melinda employait toujours cette expression, et Caroline eut un sourire en pensant que la phrase avait l'air de suggérer que David se promenait dans toute la ville en concevant des enfants.

– Il a dit de te dire de te reposer et qu'il t'aime.

– C'est gentil.

Caroline but son café, qui avait de toute évidence été fait quelques heures auparavant. Puis elle jeta un coup d'œil au réveil. Neuf heures et demie. Il y avait des années qu'elle n'avait dormi aussi tard.

– Pourquoi n'es-tu pas à l'école?

– Quelqu'un a cassé toutes les vitres de ma classe, cette nuit. Il fait un *froid*, là-bas! Brrr! fit la petite fille en serrant ses bras contre elle avec un frisson dramatique.

– Je vois. C'est ennuyeux. Ce n'était que dans *ta* classe? demanda Caroline après un silence.

– Oui.

Cette fois, ce fut Caroline qui frissonna, au souvenir d'un courant d'air froid soufflant à travers une vitre brisée et soulevant la chevelure orange sale de Twinkle. La chambre de Melinda. La classe de Melinda.

Celle-ci plissa le front.

– Tu crois que c'est la même personne qui a cassé ma fenêtre et celles de l'école?

– Je suis sûre que non, dit Caroline d'un ton ferme

en sentant une ombre de frayeur dans la voix de sa fille.

– C'était peut-être un « poutregeist ».

– Un quoi ?

– Tu sais, un fantôme.

– Oh, un « poltergeist ». Melinda, tu crois aux fantômes ? demanda sa mère en fronçant les sourcils.

La petite fille écarquilla les yeux.

– Bien sûr, répondit-elle, comme si sa mère venait de lui demander si elle vivait dans cette maison. Pas toi ?

– Je ne suis pas sûre.

– Il y avait plein de fantômes dehors, la nuit dernière.

« Et comment », pensa Caroline, qui dit :

– Mais pas des vrais.

– Non, mais il y en a des vrais, maman. C'est un fait. Aurora est en bas, ajouta Melinda avec un sourire.

– Aurora ?

– Mon germe de haricot ! Pourquoi personne ne s'en souvient jamais ? Quand papa m'a conduite à l'école ce matin et qu'on lui a dit pour les fenêtres, il a tout de suite voulu rentrer, mais je l'ai fait patienter pour aller chercher Aurora. Elle est bien au chaud dans la cuisine.

– Tu as eu bien du mal à empêcher tes affaires d'attraper froid, ces derniers temps, hein ?

– Eh bien, si les gens arrêtaient de casser des vitres !

– Quand Aurora comprendra à quel point tu l'aimes, elle se mettra à pousser.

– J'espère. (Elle lécha les miettes de croissant sur ses doigts et montra le chrysanthème.) Il est joli, hein ?

– Très. Tu vas le manger aussi ?

Melinda gloussa.

– Non. Je suis trop pleine. Quand on est rentrés avec Greg hier soir, tu pleurais, dit-elle en regardant sa mère. Je t'ai entendue. Et aujourd'hui, tu as les yeux tout drôles. Qu'est-ce qui se passait ?

Caroline chercha désespérément une réponse. Elle ne pouvait pas lui dire qu'elle croyait avoir vu Hayley, car Melinda n'avait aucune idée de qui était Hayley. Greg le savait, mais David et elle avaient jugé plus sage d'attendre que Melinda soit un peu plus âgée avant de lui parler de la petite fille qui avait été enlevée et tuée. Elle pourrait craindre de subir le même sort, et Caroline ne voulait pas que l'angoisse gâche son enfance.

La sonnerie du téléphone près de son lit lui évita d'avoir à inventer quelque chose.

– C'est sûrement papa, dit-elle à Melinda.

Mais c'était Lucy.

– Caroline, tu as appris pour Pamela Burke ?

Caroline saisit le tremblement dans la voix de Lucy, trop forte.

– Non. Elle a eu un accident ?

– Un incendie s'est déclaré dans la maison et elle est morte.

– Oh non !

Caroline réfléchit, le souffle coupé.

– Comment le feu s'est-il déclaré ?

– Incendie criminel. Ils en sont certains. Tu comprends, le système automatique de détection s'est déclenché et l'a éteint avant qu'il n'ait véritablement le temps de prendre. Mais ce n'est pas le pire, Caro. Tom a été chargé de l'affaire, continua Lucy, en parlant du détective de la brigade criminelle Tom Jerome, son amant depuis deux ans. On a retrouvé Pamela dans sa chambre, la gorge tranchée.

– Seigneur ! Alors, elle a été assassinée ! s'exclama Caroline, qui s'en mordit les doigts lorsque Melinda poussa un couinement et se suspendit à son bras.

– Qui a été assassiné ? Qu'est-ce qui se passe ?

Caroline mit la main sur le combiné.

– Personne que tu connaisses. Ne t'inquiète pas, je t'expliquerai dans quelques minutes. Ils ont une idée de l'identité du responsable ? demanda-t-elle à Lucy.

– Pas encore. Larry se trouvait avec son père au bureau de l'entreprise. Quand il est rentré, il a trouvé la maison pleine de fumée. Il a appelé les pompiers avec son téléphone de voiture, mais, le temps qu'ils arrivent, le feu était presque entièrement éteint. Ils n'ont pas mis longtemps à trouver Pamela.

– Quelle horrible façon de mourir !

– Oui. Mais au moins, ç'a été rapide.

– Ce ne doit pas être d'une grande consolation pour Larry.

– Je sais. Je ne voulais pas avoir l'air désinvolte, soupira Lucy. Bon, je vais te laisser. Je savais que tu aurais voulu être au courant, et je me sentais tellement coupable qu'il fallait que je parle à quelqu'un.

– Coupable de quoi ?

– De ne pas l'aimer.

– Ce n'est pas parce qu'elle est morte que c'était quelqu'un de bien. Écoute, pourquoi ne viens-tu pas déjeuner ? Melinda est à la maison – un des plaisantins de Halloween a brisé toutes les vitres de sa classe – et on pourrait toutes les trois se manger des sandwiches et une soupe.

– S'il te plaît, viens, tante Lucy, fit Melinda en écho.

– D'accord. Je viens vers midi et demi ?

– Très bien, nous t'attendons.

Lorsque Caroline raccrocha, Melinda ouvrait des yeux grands comme des soucoupes.

– Raconte! Raconte!

– Une jeune femme de vingt-cinq ans, que j'ai connue quand elle était enfant, est morte la nuit dernière.

– Et c'était un meurtre, dit Melinda dans un souffle.

– On dirait bien.

– Comment elle a été tuée?

Caroline hésita. Elle savait que les enfants étaient témoins de la violence à la télévision, mais chez soi, dans sa propre ville, c'était différent. Pourtant, de toute façon, Melinda l'apprendrait par les informations.

– On lui a coupé la gorge, puis on a mis le feu à sa maison.

– Wow, murmura Melinda. Tom a trouvé l'assassin?

Melinda croyait ferme que Tom Jerome était le seul véritable policier de la ville et s'occupait de toutes les affaires, de quelque nature qu'elles soient.

– Il se trouve effectivement que c'est Tom qui s'occupe de l'assassinat de Pamela. Mais il n'a encore rien découvert.

– Je parie qu'il a besoin d'aide. Je devine toujours la solution de toutes les histoires du *Club des cinq* et je regarde toutes les rediffusions d'*Arabesque*.

Caroline la regarda gravement.

– Je lui transmettrai l'information. Entre-temps, je te suggère de nettoyer toutes tes loupes pour chercher des indices.

– Mais je n'en ai pas! s'écria Melinda d'un air affligé.

– Eh bien, on ira en acheter une cet après-midi. Ça te plairait?

– Fabuleux. (Melinda imitait souvent Lucy.) Mais,

pour l'instant, tu ferais mieux d'aller prendre une douche et de te maquiller. Tu n'as pas très bonne mine.

– Merci, chérie, dit Caroline d'un ton égal.

Lorsqu'elle se regarda dans la glace, elle dut reconnaître que sa fille n'avait pas tort. Ses yeux étaient encore rouges et un peu enflés, son teint d'une pâleur inhabituelle. Eh bien, le maquillage était fait pour ça – donner de la couleur aux joues pâles... des joues presque aussi pâles que celles de Hayley la nuit dernière.

Elle ferma les yeux. Bien entendu, il ne s'agissait pas de Hayley, à la porte. Était-elle donc en train de perdre l'esprit pour avoir pu le penser l'espace d'un instant ? Mais il y avait cette enfant, et la poupée, et la voix dans la réserve de Lucy. La voix de Hayley. Elle secoua la tête et ouvrit les yeux.

– Tu as déjà eu une dépression nerveuse, il n'est pas question que tu en aies une deuxième, dit-elle d'un ton ferme en s'adressant à son reflet dans le miroir. Hayley ne se trouvait pas dans cette réserve, mais il se passe quelque chose – une chose à laquelle je dois trouver une explication.

Lorsque Lucy arriva avec quelques minutes de retard, Caroline terminait de préparer les sandwiches, tandis que Melinda, debout sur une chaise, tournait la soupe de légumes que sa mère avait préparée la veille.

– Ça sent drôlement, drôlement bon, lui dit Melinda.

La petite fille avait passé la matinée à faire tout ce qui était en son pouvoir pour lui remonter le moral, et une violente vague d'amour pour sa fille traversa Caroline. « Que ferais-je si je la perdais aussi ? » se demanda-t-elle, avant d'écarter cette pensée morbide.

– Je serais capable d'avaler un bœuf ! annonça Lucy

en humant la soupe. J'étais tellement bouleversée à cause de Pamela que je n'ai pas pris de petit déjeuner.

– Pamela est la fille qui a été assassinée, dit Melinda. Maman m'a raconté, et je veux que tu dises à Tom que je suis très bonne pour trouver la solution des énigmes.

– Je ne savais pas ça, dit Lucy, dont le ton ne laissait jamais transparaître la moindre trace de condescendance à l'égard de la petite fille. Je le lui dirai.

– Cet après-midi, nous allons acheter une loupe, dit Caroline, au cas où Tom aurait besoin de ses services. Tous les bons détectives ont besoin d'une loupe.

– Bien entendu, acquiesça Lucy. Je sais que Tom en a une.

– Pourquoi tu ne viens pas avec nous, tante Lucy?

Celle-ci fronça les sourcils.

– Eh bien, j'ai déjà laissé le magasin un après-midi cette semaine. Je ne sais pas si je peux me décharger de tout ce travail sur Tina.

– Nous n'en avons pas pour tout l'après-midi, intervint Caroline. J'ai simplement besoin de sortir un peu, et je crois que cela ne te ferait pas de mal non plus. Tu crois que ça embêterait Tina de s'occuper de la boutique pendant deux heures?

Lucy eut un rire.

– Elle préfère sûrement être seule. Je crois qu'elle trouve mes façons un peu désinvoltes. Elle est très collet monté.

– Si ce que tu m'as dit de sa vie sentimentale est vrai, elle ne peut pas être si collet monté que ça.

– Qu'est-ce qu'elle a, la vie sentimentale de Tina? demanda d'un ton comminatoire Melinda, qui éprouvait à l'égard de son idole des sentiments de propriété et de curiosité mêlés. Son petit ami n'est pas gentil?

– Son petit ami est très gentil, dit Lucy d'un ton innocent. Simplement, elle veut que personne ne soit au courant.

– Oh, il est marié, alors, commenta Melinda avec nonchalance avant de se consacrer à sa soupe.

Lucy en demeura bouche bée.

– Les feuilletons télévisés, lui expliqua Caroline. Elle en sait plus long que moi sur la vie.

Après le repas, Lucy appela le magasin pour avertir Tina qu'elle ne serait pas de retour avant trois heures.

– Je vais faire des courses avec Melinda et Caroline. Nous n'avons pas de rendez-vous cet après-midi, j'espère donc que mon absence ne posera pas de problème. (Tina dut la rassurer, car Lucy sourit.) Vous engager est ce que j'ai fait de mieux depuis que j'ai créé Elder's Interiors. Vous n'êtes pas seulement un petit génie, vous êtes adorable. (Caroline imagina la grimace de Tina face aux effusions de Lucy.) A tout à l'heure, miss Morgan.

Caroline n'éprouvait guère l'envie d'affronter la circulation du centre-ville, aussi se rendirent-elles dans un centre commercial à cinq kilomètres. Leur premier achat fut une loupe pour Melinda, l'objet qui avait fourni à Caroline un prétexte pour sortir, puis elles se rendirent dans un magasin de vêtements assez cher où Lucy essaya une veste de soirée noire à paillettes (« est-ce qu'elle n'irait pas à merveille avec un jean ? » demanda-t-elle), et opta finalement pour un chapeau rouge à large bord avec une plume. Caroline prit un pull blanc angora que Lucy décréta « bon chic bon genre, mais magnifique », et enfin, après beaucoup d'hésitations, Melinda se décida pour un anorak rose et des moufles assorties.

Ce ne fut que lorsqu'elles s'arrêtèrent pour boire un Coca et que Melinda alla jeter un coup d'œil aux jeux vidéo que Caroline parla à Lucy de la petite fille apparue à la porte la veille au soir.

– Elle portait un déguisement identique à celui que j'avais fait pour Hayley, et elle a dit : « Des bonbons ou je vous chatouille », exactement comme elle.

Lucy lui lança un regard bizarre.

– C'est moi qui ai appris cette phrase à Hayley, dit-elle. Et c'était mon père qui me l'avait apprise.

– C'est bien ce que Chris et moi pensions. As-tu jamais entendu quelqu'un d'autre l'utiliser?

– Jamais.

– Moi non plus. En tout cas, la combinaison du déguisement et de la phrase, c'était beaucoup, tu ne trouves pas?

– Eh bien, dit lentement Lucy, c'est effectivement une drôle de coïncidence, mais les coïncidences existent.

– Pas les unes après les autres. Lundi soir, en rentrant du cinéma, j'ai trouvé Twinkle sur le lit de Melinda.

– Twinkle?

– Le clown de chiffon de Hayley.

Le regard de Lucy s'éclaira.

– Bien sûr! Je me souviens, maintenant. Elle adorait ce clown et l'emmenait partout avec elle.

– C'est cela. Elle l'avait lorsqu'elle a été kidnappée, et il n'a jamais été retrouvé.

Lucy secoua la tête.

– Il n'est pas possible qu'il s'agisse de la même poupée, Caroline.

– C'est ce que m'a dit David, mais c'était bien *la*

même. Et je ne comprends pas comment elle a atterri là.

– Fidelia ne faisait pas le ménage chez toi, ce jour-là ?

– Si. (Quelque chose passa dans le regard de Lucy.) Fidelia ne ferait pas une chose pareille.

– Pas de fenêtres ouvertes ou de serrures tripatouillées ?

– La vitre de la fenêtre de Melinda était cassée. J'ai pensé que quelqu'un avait pu passer la main, ôter le loquet et soulever la fenêtre pour entrer, mais le policier qui est venu m'a dit que la terre sous les fenêtres ne portait aucune marque d'échelle.

– Nous n'avons pas eu beaucoup de pluie. Le sol est dur.

Caroline eut un sourire.

– Ça déteint, de vivre avec un détective. C'est ce qu'a dit le policier. Mais il y a des asters sous la fenêtre, et pas une fleur n'avait été piétinée.

– Et il n'existe aucun autre moyen d'atteindre cette fenêtre de l'extérieur ?

– Aucun.

– Alors, il n'y a qu'une explication : Fidelia. Elle se trouvait dans la maison, et, après tout, tu ne la connais pas très bien.

– Je crois que si. Et que pourrait-elle bien avoir à gagner à m'effrayer ? Et même si elle était capable d'une telle méchanceté, où aurait-elle pu trouver Twinkle ?

Lucy jouait distraitement avec sa paille et la glace pilée dans son verre.

– Tu es sûre qu'il s'agissait de la poupée de Hayley ?

– J'en suis sûre. Je te la montrerai quand nous rentrerons.

Sur le chemin du retour, Lucy se montra exceptionnellement silencieuse. Caroline savait qu'elle n'avait fait que l'inquiéter davantage, mais elle n'avait pu s'en empêcher. A l'exception de David, Lucy était la seule personne avec laquelle elle pouvait réellement parler de Hayley. Toute mention de l'enfant adorée et assassinée lançait ses parents dans une diatribe (« Un *artiste* ! Quel est l'homme digne de ce nom qui laisse sa femme aller travailler pendant qu'il étale de la peinture sur une toile ? Nous t'avions dit qu'il était fainéant et irresponsable. S'il avait correctement surveillé sa fille, tout cela ne serait jamais arrivé »), et elle n'avait pas revu Chris depuis qu'ils s'étaient croisés sur la tombe de Hayley, trois ans auparavant. Elle devait reconnaître que la réaction de David l'avait déçue. Il avait fait preuve de gentillesse et de réconfort la nuit de Halloween, lorsqu'elle avait vu la petite fille, mais elle avait bien senti qu'il la croyait emportée par son imagination, que le chagrin et l'intrusion dans la maison n'avaient fait qu'aviver. Elle avait besoin de quelqu'un qui l'écoute et la prenne au sérieux.

Une fois à la maison, Melinda se précipita dans le jardin avec sa loupe à la recherche d'indices.

– Je vais trouver qui a cassé ma fenêtre, déclara-t-elle. Ils ont sûrement laissé des empreintes partout.

Dès que la petite fille fut absorbée par son enquête en toute sécurité, Caroline emmena Lucy à l'étage.

– Quand tu verras la poupée, tu la reconnaîtras, lui dit-elle. Tu *sauras* que c'est Twinkle.

Cette nuit-là, avant d'aller se coucher, Caroline avait fourré le clown dans un vieux carton à chapeaux sur une étagère dans son placard. Lorsqu'elle sortit le carton, Lucy sourit.

– Je t'ai toujours connue avec cette boîte. Tu cachais dedans des cadeaux pour Hayley.

– Il n'y en a plus aujourd'hui. Il n'y a que...

Le carton était vide.

Caroline faillit pleurer de déception.

– Je ne comprends pas. J'ai mis Twinkle là-dedans il y a deux jours. Je ne voulais pas que Melinda le voie.

Lucy la regarda avec compassion.

– David a pu le prendre?

– Je ne pense pas.

– Melinda?

– Si elle était tombée sur ce vieux truc, elle me l'aurait apporté. De toute façon, elle ne fouille jamais dans mes placards.

– Fidelia?

– Comment aurait-elle pu savoir où je l'avais caché?

– Quelqu'un a-t-il pu pénétrer dans la maison?

– Les serrures ont été changées le lendemain de l'effraction, et il n'y a pas eu d'autre fenêtre brisée.

Caroline se laissa tomber sur le lit à côté de Lucy.

– Je voulais tellement que tu la voies pour vérifier qu'il s'agissait bien de Twinkle.

– Et David? Tu le connaissais déjà quand Hayley était enfant.

– Il était dans mon entourage, pas dans celui de Hayley. Il ne les avait rencontrés qu'à quelques reprises, Chris et elle.

Lucy tapota la cuisse de Caroline.

– Écoute, ma chérie, je ne sais pas ce qui se passe, mais il faut que tu essaies de t'ôter ça de la tête, sinon tu vas devenir folle.

– Merci bien.

– Tu comprends ce que je veux dire. Tu as les nerfs à fleur de peau.

Caroline croisa les bras.

– Je sais que j'ai l'air cinglée, mais comment pourrais-je m'ôter de la tête cette enfant le soir de Halloween, la découverte de Twinkle, la destruction de l'ange de Hayley?

– L'ange sur sa pierre tombale? demanda Lucy avec un regard étonné.

– Oui. Je l'ai découvert le jour de son anniversaire.

– Il était en parfait état le matin, lorsque j'ai déposé mes fleurs.

– C'est ce que j'ai pensé, mais, à cinq heures, le mal avait été fait. Il avait été décapité, dit-elle en regardant Lucy dans les yeux.

Celle-ci tressaillit.

– Seigneur!

– Et ce n'est pas tout. Il y avait un bouquet d'orchidées noires sur la tombe, avec une carte qui portait un message inscrit d'une écriture d'enfant : « A Hayley. Noir comme le souvenir. »

Lucy la regarda fixement.

– Tu es sûre de tout cela?

– Pourquoi me demandes-tu ça? Évidemment que j'en suis sûre.

– Tu as le bouquet?

– Eh bien... non. J'ai eu si peur que je me suis enfuie du cimetière. J'y suis retournée le lendemain, mais le bouquet avait disparu.

– Pas de poupée, pas de bouquet.

Caroline se hérissa.

– Le clown de chiffon n'est peut-être plus là, mais David l'a vu lui aussi.

– Mais il ne l'a pas reconnu.

– Et la pierre tombale?

– Écoute, Caro, je ne veux pas te paraître dure, mais le meurtre de Hayley a été ici l'un des événements les plus sensationnels des vingt dernières années. Un tas de cinglés traînent dans les parages. L'un d'eux a pu briser la pierre tombale et déposer le bouquet.

– Peut-être. Mais je ne crois vraiment pas...

Lucy détourna les yeux et passa la main dans ses cheveux comme elle le faisait toujours lorsque quelque chose la tourmentait.

– Caroline, tu dois cesser de penser à tout ça. Laisser tout ça reposer. Laisser Hayley reposer en paix.

Caroline se redressa.

– Tu crois que je ne veux pas la laisser reposer en paix ?

– Franchement, non. Et tu n'as jamais réussi à te détacher de cela, depuis dix-neuf ans. Tu as même engagé des détectives privés *après* que son corps eut été identifié.

– Je me refusais à croire qu'elle était morte, dit Caroline en baissant les yeux.

– Parce que tu ne voulais pas qu'elle soit morte. Mais elle l'est. C'est la vérité, nue et atroce. Elle est *morte*.

L'espace d'un instant, Caroline éprouva l'envie de gifler sa meilleure amie, qu'elle connaissait depuis vingt-trois ans, puis sa colère reflua.

– Tu as raison. Elle est morte. Mais il y avait une poupée, un bouquet, et une petite fille à la porte qui ressemblait exactement à Hayley le jour de Halloween. J'ai peur.

– Alors, nous allons en parler à Tom. Il peut peut-être t'aider.

– Oh, Lucy, tu ne sais pas à quel point cela me ferait du bien !

Caroline remarqua soudain combien Lucy était pâle et paraissait distante, le visage figé. Peut-être tout cela, en sus de l'assassinat horrible de Pamela, était-il trop pour elle. Lucy aimait à paraître plus dure qu'elle ne l'était en réalité. Seule Caroline (et peut-être Tom) semblait savoir que sous l'apparence flamboyante se dissimulait un être humain fragile.

– Viens donc prendre une tasse de café en bas avant de retourner au magasin.

Lucy eut un faible sourire.

– Non merci, il faut vraiment que j'y aille. Je me suis déjà absentée plus longtemps que je ne l'avais dit à Tina.

Après son départ, Caroline alla faire du café à la cuisine. Melinda était rentrée, et en grande conversation avec Aurora. Ayant entrepris de raconter à sa mère que les plantes aiment qu'on leur parle, elle continua sans s'en rendre compte à expliquer au pot de terre toutes les subtilités des loupes, des empreintes de chaussures, et du Club des cinq tandis que Caroline, assise à la table, regardait distraitement les magnifiques chrysanthèmes. Lorsque le téléphone sonna, Melinda se précipita.

– C'est pour moi, dit-elle avec importance alors que Caroline tendait la main vers le combiné sans réfléchir. Une amie.

– Oh, je te prie de m'excuser, dit sa mère en riant.

Tandis qu'elle buvait sa tasse de café noir et bien fort, et dessinait distraitement un motif floral pour la nappe ouvragée et les serviettes que Lucy lui avait commandées, Melinda gloussa et bavarda avec ravissement pendant vingt minutes. Lorsqu'elle raccrocha, elle annonça :

– C'était ma nouvelle meilleure amie.

– Ta *nouvelle* meilleure amie? Et Jenny?

– Ça va, mais, hier, elle s'est moquée d'Aurora, qui l'a très mal pris. Je ne veux pas d'une meilleure amie qui est méchante avec les plantes.

– Tu as raison, je n'en voudrais pas non plus. Elle est dans ta classe, ta nouvelle meilleure amie?

– Non, elle est plus jeune que moi. Je l'ai rencontrée hier soir, juste après que Greg et moi nous avons quitté la maison. Elle est venue me dire qu'elle aimait beaucoup mon déguisement. Elle est restée un petit peu avec nous, puis elle est partie de son côté. Elle avait un chouette costume, elle aussi. Elle était déguisée en clown.

Caroline se renversa du café brûlant sur la main, mais ne s'en aperçut pas. Elle demanda lentement :

– Comment s'appelle-t-elle, cette petite fille?

– Hayley.

5

Caroline se leva d'un bond.

– Hayley ? Hayley *comment ?*

Melinda la regarda de ses grands yeux verts.

– Je ne me souviens pas de son nom de famille.

– Corday ?

– Peut-être. Je ne suis pas sûre.

– Eh bien, *réfléchis* !

Le visage de Melinda se plissa, et Caroline réalisa qu'elle lui faisait peur. Elle se pencha pour la prendre dans ses bras.

– Excuse-moi, ma chérie, mais simplement, il est important que tu te souviennes de ce qui concerne ta nouvelle amie.

– Pourquoi ? C'est juste une enfant, comme moi, sauf qu'elle est plus petite.

Caroline s'assit sur ses talons et se força à sourire.

– Hier soir, j'ai vu une enfant qui ressemblait à une petite fille du nom de Hayley que j'ai connue il y a très longtemps. Ce doit être la même que celle que tu as rencontrée hier.

– Mais, maman, dit Melinda, l'air troublé, elle ne peut pas être la petite fille que tu as connue il y a longtemps.

– Pourquoi ?

– Parce que ce ne serait plus une petite fille aujourd'hui.

– Un point pour toi, chérie. D'accord, ça ne peut pas être la même enfant. Mais j'aimerais tout de même rencontrer ta nouvelle amie.

Le visage de Melinda s'éclaira.

– Alors, je lui demanderai si elle veut venir jouer un jour.

– Bien. Tu connais son numéro de téléphone, ou tu sais où elle habite ?

– Non. Tout ce que je sais, c'est qu'elle habite une maison en rondins dans les bois.

Caroline se tendit, mais s'efforça de conserver une voix égale.

– Hayley t'a parlé de ses parents ?

Le regard de Melinda erra à travers la pièce tandis qu'elle réfléchissait.

– Elle a dit que son papa peignait des tableaux. Je pense qu'elle voulait dire que c'est un artiste, expliqua-t-elle avec un sourire tolérant à l'égard du vocabulaire limité de sa jeune amie.

– Un artiste, répéta Caroline, dont le cœur battait la chamade. Et sa mère ?

Melinda tira sur une longue mèche de ses cheveux en plissant le front.

– Je ne crois pas qu'elle ait parlé de sa maman. Non, je suis sûre que non. Mais je lui ai parlé de toi.

– Qu'est-ce que tu as dit ?

Melinda eut un sourire adorable.

– Que tu es très jolie et que tu couds beaucoup. Elle a dit que tu avais l'air gentille.

– C'est tout ?

– Oui. Je peux aller regarder la télévision, maintenant ?

Caroline mourait d'envie de l'interroger plus avant, mais ne voulait pas l'effrayer. Elle sourit.

– Bien sûr, chérie. Tu me raconteras ce que tu regardes.

Caroline s'assit lourdement sur l'une des chaises de la cuisine. Tout ceci ne pouvait-il être qu'une horrible plaisanterie ?

Maman, j'ai besoin de toi. Caroline entendait encore la voix dans la réserve de Lucy. La voix de Hayley. Elle posa sa tête dans ses mains, se souvenant des mois qui avaient suivi la mort de Hayley. Le choc, le rejet de la réalité avaient fait qu'elle voyait Hayley partout. L'entendait. *Savait* qu'elle était vivante.

– Mais aujourd'hui, c'est différent, dit-elle à voix haute. Avant, je n'ai jamais trouvé le clown de Hayley. Ma petite fille n'a jamais rencontré d'enfant qui se prénomme Hayley, qui vit dans une maison en rondins et qui a un père artiste. Ou plus exactement, soupira-t-elle, qui *prétend* s'appeler Hayley. Je dois me montrer rationnelle. Mais pourquoi quelqu'un irait-il demander à une enfant de faire ça ?

Lorsque Greg rentra de l'école une demi-heure plus tard, Caroline lui sauta dessus.

– Tu as rencontré une petite fille déguisée en clown hier soir ?

Il fonça comme un missile à tête chercheuse sur un saladier de raisins, et engloutit au moins cinq grains à la fois, l'air intrigué. Puis il hocha la tête.

– Ah oui, il y a eu une gamine. En fait, je ne l'ai pas vraiment rencontrée. Elle est venue et elle a commencé à parler à Lin.

– A quoi ressemblait-elle?

– Je ne sais pas. Elle portait un déguisement, et du maquillage. Elle était plus petite que Lin, donc je pense qu'elle était plus jeune. Elles ont papoté comme des malades, mais je n'écoutais pas.

Il mangea encore un peu de raisin, lui lançant un regard inquisiteur.

– Qu'est-ce qui se passe?

Caroline hésita, ignorant quelle pourrait être sa réaction si elle lui disait la vérité. Au contraire de son père, il avait tendance à s'enflammer facilement; et s'il la prenait au sérieux, il était capable de partir comme un fou à la recherche de la petite fille. Non, il lui fallait minimiser les choses. Si jamais elles continuaient, par contre, elle lui révélerait la vérité.

– Oh, simplement, Melinda a l'air tellement emballée par cette gamine, et voulait l'inviter, mais elle ne sait rien sur elle. Je pensais que tu en saurais peut-être plus.

Le regard sombre de Greg se fit sceptique.

– Maman, tu mens très mal. Tu veux me dire ce qui se passe vraiment?

– Non, pas maintenant.

– D'accord. (Il lança à travers la cuisine la tige de raisin dépouillée de ses grains, qui atterrit parfaitement dans la poubelle.) Je suis prêt à t'écouter quand tu seras prête à parler.

Caroline souriait encore lorsqu'il sortit à grands pas de la pièce et que le téléphone sonna. Son sourire s'évanouit brutalement. Était-ce encore une fois la petite fille? Parlerait-elle si Caroline répondait?

Sa main tremblait légèrement lorsqu'elle décrocha le combiné. Elle demeura silencieuse au bout du fil, et David rugit :

– Melinda, c'est toi qui joues avec le téléphone?

– Non, David, c'est moi, dit Caroline, soulagée.

– Pourquoi ne parlais-tu pas?

– J'avais...

J'avais quoi? pensa-t-elle. Peur que ce ne soit Hayley?

– Que se passe-t-il? demanda-t-elle vivement, espérant qu'elle n'aurait pas l'air aussi nerveuse qu'elle en avait le sentiment. Pourquoi appelles-tu?

David paraissait trop distrait pour remarquer qu'elle n'avait pas répondu à sa question.

– J'ai eu une journée épouvantable, et je vais être en retard. Ne m'attends pas avant six heures et demie.

Caroline jeta un coup d'œil à la grosse horloge de cuisine au-dessus du comptoir. Quatre heures moins dix. Elle aurait largement le temps de lui préparer un bon dîner pour le mettre de meilleure humeur.

– Alors, à tout à l'heure. Tu rappelleras si tu rentres plus tard?

– Si je peux. Comment te sens-tu aujourd'hui? demanda-t-il d'un ton radouci. Toujours inquiète?

– On en parlera ce soir. A tout à l'heure.

Dans le salon, elle trouva Greg en train de regarder subrepticement la télévision avec Melinda en faisant semblant de lire.

– Les enfants, papa va être en retard. Vous voulez manger comme d'habitude ou bien on l'attend?

– On attend papa! pépia Melinda, trop absorbée pour lever les yeux.

Greg, lui, prit grand soin de montrer qu'il sortait de sa lecture pour acquiescer :

– Oui, on l'attend.

Mais à sept heures et quart, lorsque les côtelettes de porc commencèrent à durcir, les pommes cuites à se transformer en purée et les petits pois à ramollir, tandis que les enfants tournicotaient dans la cuisine comme des loups affamés autour d'un campement, ils décidèrent de se mettre à table sans David.

– Il y a bien cinq ans que je n'avais pas eu aussi faim, annonça Melinda en noyant sa salade sous la vinaigrette. Et toi, Greg?

– Oh, moi, six ou sept, dit celui-ci en étouffant un rire. Maman, est-ce que tu as déjà eu aussi faim?

– Je crois bien que ça m'est arrivé un jour quand j'étais au lycée.

– Tu avais oublié ton déjeuner? demanda Melinda avec intérêt.

– Non, j'étais au régime. Je croyais à ce que disait la duchesse de Windsor – on n'est jamais ni trop riche ni trop mince.

Greg entama ses pommes.

– Qui est la duchesse de Windsor?

– La sœur de Lady Di, répondit Melinda avec condescendance. Tu ne sais vraiment rien!

– Non, chérie, dit Caroline avec un sourire, c'était la femme du duc de Windsor, qui était roi d'Angleterre et qui a abdiqué pour l'épouser.

– Wow, fit Melinda, impressionnée. Et pourquoi il ne pouvait plus être roi?

– Parce que Wallis Simpson – la duchesse de Windsor – était une roturière.

– Ça veut dire comme une faisane?

Greg hurla de rire :

– « Paysanne », moustique!

Melinda lui lança un regard noir, puis se tourna vers sa mère.

– La Belle au bois dormant, c'était une « paysanne », et elle a épousé le prince.

– Mais, ça, c'est une histoire, mon chou. La vie ne ressemble pas toujours aux contes de fées.

– Hayley aime les contes de fées, déclara la petite fille qui poussait ses petits pois sous l'os de sa côtelette en pensant que sa mère ne s'en apercevrait pas.

Greg suspendit un instant sa fourchette au nom de « Hayley », et bien qu'il n'ait pas levé les yeux de son assiette, Caroline savait qu'il écoutait attentivement. Après tout, le prénom de Hayley n'était pas tellement répandu.

– Quelle est son histoire préférée? demanda Caroline comme si de rien n'était.

– Blanche-Neige et les sept nains. Sauf qu'elle dit *daims*.

Melinda eut un gloussement ravi tandis que le sang de sa mère se glaçait dans ses veines. « Papa, tu me lis les Sept Daims? entendait-elle encore Hayley demander à Chris. Lequel tu préfères? Moi, c'est Timide. C'est le plus gentil et le plus triste. »

Caroline s'interrompit de manger.

– Quel est le nain favori de Hayley?

– Je ne sais pas, je lui demanderai. J'ai fini mon assiette, déclara Melinda avec aplomb. Il y a du dessert?

– Du *cheesecake*. Au réfrigérateur.

– Super!

Melinda se précipita pour ouvrir le réfrigérateur en grand. Le regard de Greg croisa celui de sa mère. Elle allait devoir lui expliquer la situation, une fois que Melinda serait au lit.

– Il y a des cerises sur le dessus! glapit celle-ci. Tu en veux, Greg?

– Je viens le chercher, moustique. Tu vas le renverser.

– Non, je ne vais pas le renverser! protesta-t-elle, mais elle s'écarta lorsque Greg sortit le plat et entreprit de le découper. Trois grosses tranches, intima-t-elle à son frère.

– Pas pour moi, dit Caroline d'une voix voilée. J'en mangerai tout à l'heure avec papa.

Elle se leva et se versa une tasse de café tandis que les enfants dégustaient leur dessert. Une petite fille déguisée en Twinkle et qui parlait de Blanche-Neige et les sept daims. Même si quelqu'un avait monté une plaisanterie de mauvais goût, comment ce quelqu'un pouvait-il savoir que Hayley prononçait mal le mot *nains*? Le temps que Melinda et Greg terminent leur cheesecake, elle sentit ses mains prises de tremblements et laissa les enfants retourner regarder la télévision sans même leur demander s'ils avaient des devoirs. Pour une fois, elle était trop préoccupée pour s'en soucier.

Lorsque David arriva à huit heures, le dîner était gâché, et sa nervosité l'avait rendue de mauvaise humeur et agressive.

– Tu n'aurais pas pu appeler? Le dîner est fichu.

David lui jeta un regard surpris en suspendant son manteau à la patère.

– J'ai eu des problèmes. J'ai failli perdre une femme.

– Excuse-moi, dit Caroline, calmée. J'aurais dû mettre les choses au chaud plus tôt.

David lui passa le bras autour des épaules.

– Je n'ai plus faim, de toute façon. Ce dont j'ai vraiment envie, c'est d'un grand whisky avec de l'eau.

– Il y a du cheesecake.

– J'en prendrai un peu aussi.

– Du cheesecake et du whisky? Ça, c'est un mélange!

– Laisse tomber le whisky, dit-il en riant. Il est possible qu'on me rappelle ce soir. Cheesecake et café, ce sera mieux.

– Je te les apporte tout de suite. Va t'asseoir. Alors, la mère s'en est tirée? demanda-t-elle en préparant une nouvelle cafetière et une tranche de gâteau.

– De justesse. Cette idiote enceinte de sept mois est montée sur une échelle pour nettoyer ses vitres. Elle a basculée et est tombée sur une pelle qui traînait par là.

– Mon Dieu! Et le bébé?

David secoua la tête.

– Terminé. C'était une fille. Une petite fille en parfaite santé.

– Oh, David, je suis désolée, dit-elle en posant le gâteau devant lui et en remarquant qu'il avait l'air sur le point de s'écrouler de fatigue.

– A propos, dit-il en embrochant une cerise sur sa fourchette, ce n'est pas Pamela Burke que tu es allée voir avec Lucy l'autre jour?

– Si. Tu as appris sa mort?

– C'est délicieux, ça, chérie. Oui, on m'a raconté une histoire bizarre. Il paraît qu'on l'a retrouvée la gorge tranchée dans une maison en feu.

– C'est vrai. Tom est sur l'affaire. Elle a été assassinée.

– C'est horrible.

– Une autre chose horrible s'est produite aujourd'hui. Melinda a reçu un coup de téléphone d'une petite fille qu'elle a rencontrée hier soir, une petite fille qui était déguisée en clown pour Halloween.

David haussa les sourcils.

– Tu crois que c'était la même que celle qui est venue à la porte?

– J'en suis sûre. David, elle a dit à Melinda qu'elle s'appelait Hayley, qu'elle vivait dans une maison en rondins et que son père était artiste peintre.

– Bon Dieu! dit David en posant sa fourchette.

– Et son conte de fées favori est Blanche-Neige et les sept daims. C'était toujours ce que disait Hayley – Daims au lieu de Nains.

David prit une profonde inspiration.

– Tout ceci est de plus en plus étrange.

– Je sais. J'ai peur, David, surtout depuis que Twinkle a disparu de mon placard.

David la regarda, mal à l'aise.

– C'est de ma faute, Caroline. Je l'ai jeté.

– *Pourquoi?*

– Il n'est pas possible qu'il se soit agi du clown de Hayley. J'ai pensé que c'était une plaisanterie stupide de Fidelia.

– Mais pourquoi le jeter?

– Je ne sais pas. Tu t'y raccrochais, tu avais l'air à la fois terrifiée et suspendue à cette poupée. Je m'inquiétais.

Caroline se laissa tomber sur sa chaise.

– Tu croyais que je perdais de nouveau les pédales, hein?

– Tu n'as pas cessé de parler de Hayley depuis des jours et des jours.

– Il ne s'agissait pas de *Hayley*. Je t'ai parlé de ce qui s'était produit. Tu ne peux pas nier que quelqu'un se soit introduit dans la maison et ait déposé Twinkle sur le lit de Melinda.

– J'ai vu une vitre brisée et un clown de chiffon, c'est vrai.

Caroline le fixa.

– Voilà une phrase très soigneusement formulée. Tu sous-entends que j'ai, moi, brisé la vitre et mis le clown sur le lit?

– Je n'ai jamais rien dit de la sorte.

– Mais c'est ce que tu voulais dire.

– Mais non. Qu'est-ce qui te prend?

– Je veux savoir ce que tu penses sur l'origine de cette poupée. Et ne me parle pas de Fidelia.

– Comment puis-je te répondre avec honnêteté si tu me dictes ce que j'ai l'autorisation de dire? Je ne veux pas me disputer avec toi, dit David avec un soupir d'irritation.

– Eh bien, moi, je le veux, rétorqua Caroline, qui sentait la colère lui enflammer les joues. Je suppose donc que Fidelia a aussi engagé une petite fille qui vienne raconter à Melinda qu'elle vit dans une maison en rondins avec un père peintre. Ou bien, cela aussi, je l'ai inventé.

– Je crois que je vais quand même prendre ce whisky, dit-il en se levant et en se dirigeant vers le placard où ils rangeaient les alcools.

– Qu'est-ce que tu as fait de Twinkle? Je veux parler de la poupée anonyme.

– Les ordures passaient le lendemain, répondit-il en versant de la glace dans son verre. Après que tu t'es endormie, je l'ai sorti du carton à chapeaux et je suis allé le mettre dans la poubelle dans la rue.

– Fantastique.

– Je suis désolé. Si j'avais su que tu allais te monter la tête comme ça, je n'y aurais jamais touché. (David se rassit, l'air grave.) Caroline, je ne veux pas dire que tu inventes des choses, ou qu'il ne se passe rien. Il se passe quelque chose de bizarre. Mais souviens-toi combien de gens ont pensé que Chris ou toi aviez tué Hayley. Même la police vous a soupçonnés, au début. Ils s'intéressent en priorité aux parents lorsqu'un enfant disparaît. Ils ont très vite compris qu'ils se trompaient, mais un tas de cinglés n'ont sans doute jamais cessé de croire que vous étiez coupables.

Je sais que vous avez tué votre petite fille. Caroline entendait encore les voix haineuses des femmes qui l'abordaient dans une épicerie, d'un pompiste, d'un vieil homme qui était venu frapper à leur porte. Ils avaient reçu des lettres. *Pourquoi avez-vous fait cela ? Qu'est-ce que vous avez ressenti en coupant la tête à cette enfant ? Et d'ailleurs, où se trouve cette tête ?* Mais le pire, c'étaient les coups de téléphone. Des douzaines d'entre eux, jusqu'au jour où Chris avait supprimé la ligne. Aujourd'hui encore, lui avait dit Lucy, il refusait d'avoir le téléphone.

Caroline joignit les mains sur la table.

– Il y a si longtemps, David. Pourquoi, au bout de dix-neuf ans, quelqu'un se mettrait-il à faire une chose pareille, comme ça ? Et qui pourrait en savoir autant sur Hayley ? Certainement pas Fidelia.

– Fidelia connaît des gens qui vont ont connus, Chris et toi, et je la crois tout à fait capable de semer la *perturbation* juste pour voir ce qui se passe.

– Je ne comprends vraiment pas ce qu'elle a jamais pu faire qui puisse te laisser penser une chose pareille.

– Je ne comprends pas ce qu'elle a jamais fait qui puisse te donner une telle confiance en elle. Après les expériences que tu as vécues, j'aurais pensé que tu accorderais moins facilement ta confiance.

Caroline le regarda. Il avait raison, bien entendu. Le côté obscur de la nature humaine avait bien des années auparavant réduit sa vie en miettes. Elle n'avait aucune raison de croire qui que ce soit, surtout pas une femme qu'elle ne connaissait que depuis un an.

David posa une main sur celles de sa femme.

– Nous irons jusqu'au bout pour découvrir ce qui se passe. Je te le promets.

Caroline tenta de lui rendre son sourire et se demanda pourquoi, pour une fois, les paroles de réconfort de David ne la rassuraient pas.

6

I

David fut appelé très tôt le lendemain matin, et quitta la maison à sept heures et demie après avoir avalé une tasse de café. Caroline prépara le petit dejeuner pour les enfants, puis conduisit Melinda à l'école. Lorsque sa fille descendit de voiture, Caroline lui dit sans réfléchir :

– Chérie, si tu vois Hayley aujourd'hui, demande-lui son nom de famille et son adresse, mais ne l'accompagne nulle part.

Melinda ouvrit de grands yeux.

– Mais je n'ai jamais vu Hayley ici à l'école.

– Comment le sais-tu ? Elle avait son maquillage de clown quand tu l'as rencontrée.

– Ah oui, c'est vrai, j'avais oublié. Mais elle ne m'a jamais parlé avant. C'était une *toute petite fille*, maman. Elle ne va peut-être pas à l'école.

– J'espère bien que non, murmura Caroline. Si elle vient te voir, dit-elle en s'adressant à sa fille avec un grand sourire, souviens-toi de ce que je t'ai dit. Ne va nulle part avec elle. Ni avec *qui que ce soit*.

– Maman, tu me l'as déjà dit des centaines de fois. Je ne le ferai *pas*.

– Et si quelque chose d'inhabituel se produit, va le dire tout de suite à ta maîtresse.

– Inhabituel comment ?

– Oh, je ne sais pas. Simplement, reste près de miss Cummings.

Melinda la regarda comme si elle était devenue folle.

– D'accord, dit-elle avec impatience. Comme tu veux. A tout à l'heure !

Si seulement je pouvais rester avec toi, pensa Caroline lorsque sa fille se retourna pour lui envoyer un baiser, puis disparut derrière les portes de l'école. Si seulement je pouvais te protéger vingt-quatre heures sur vingt-quatre. Mais te protéger de quoi ? Je n'ai aucune idée de ce qui nous menace, et encore moins de la façon de nous défendre.

Elle avait fait la seule chose possible à ce stade : aller voir le directeur de l'école pour lui demander de s'assurer que quelqu'un garde un œil sur Melinda à tout instant. « Écoutez, Mrs. Webb, nous nous efforçons toujours d'agir dans ce sens », avait-il dit d'un ton condescendant et distrait qui s'était brutalement modifié lorsqu'elle lui avait appris qu'une de ses enfants avait déjà été enlevée et assassinée, et que Melinda semblait être devenue la cible d'un autre pervers. « La police a déjà ouvert une enquête, avait-elle menti avec aplomb. Ils seront ravis de connaître la façon dont l'école coopère en la matière. – Bien entendu, s'était empressé le directeur. Vous pouvez compter sur nous, Mrs. Webb. »

J'en suis certaine, avait-elle pensé. Sinon, tu sais que tu peux t'attendre à de très mauvaises relations publiques.

Après avoir déposé Melinda, elle avait eu l'intention de rentrer directement chez elle, mais en démarrant, elle prit la direction opposée. « Je vais conduire un peu pour me calmer les nerfs. » C'est ce qu'elle se répéta tout le long du chemin jusqu'à Longworth Hill, la colline au flanc de laquelle se tenait la maison de rondins de Chris Corday.

Elle n'y était revenue qu'une seule fois depuis que, dix-huit ans auparavant, Chris avait disparu pendant une semaine avec une jeune diplômée des beaux-arts. Il y en avait eu d'autres avant celle-là, mais malgré ses pleurs et ses injures, Caroline avait décidé de rester aux côtés de l'homme qu'elle aimait, un homme rendu à moitié fou de chagrin et de culpabilité par la mort de Hayley. Mais elle se trouvait elle-même dans un état émotionnel précaire, et lorsque, après une absence de six jours, Chris était rentré à la maison en empestant l'alcool, avec une fille de dix-neuf ans complètement défoncée suspendue à son bras, elle était tout simplement partie. Elle était montée dans sa vieille Fiat, s'était rendue chez Lucy, et un peu plus tard, avec un calme effrayant malgré ses yeux brûlants et son cœur battant, elle avait vu un avocat et entamé une procédure de divorce. Deux jours plus tard, elle était revenue chercher ses affaires. Chris n'avait pas essayé de l'en empêcher. Assis sur leur vieux fauteuil à bascule, il avait même en fait paru plutôt soulagé, et elle savait que, pour une raison qu'elle ne comprenait pas, il avait tout fait pour l'amener à le quitter depuis le jour où le corps de leur enfant avait été découvert.

Maintenant, tandis que sa Thunderbird rouge grimpait la route gravillonnée que sa Fiat avait autrefois trouvée impossible, les souvenirs de ces mois qui avaient suivi la mort de Hayley refluaient, remplacés par celui, très vif, de son arrivée ici après son mariage. Pur produit des années soixante, elle portait une longue robe en dentelle démodée et des fleurs dans les cheveux, image qui lui fit lever les yeux au ciel. Mais Chris lui avait dit qu'elle était la plus belle femme du monde, et elle était ce jour-là tellement heureuse que le fait que ses parents aient refusé d'assister à la cérémonie, et l'aient même reniée pour avoir épousé un artiste au chômage, lui importait peu. Bien entendu, le bannissement s'était achevé cinq mois plus tard, lorsque Caroline avait découvert qu'elle était enceinte. Ils avaient alors offert une maison dans un joli quartier résidentiel et un emploi pour Chris dans l'affaire immobilière du père de Caroline. Les deux offres avaient été déclinées. Chris avait continué à peindre tandis que Caroline travaillait comme secrétaire médicale pour David Webb, qui l'avait autorisée à rester jusqu'aux deux dernières semaines de sa grossesse, qui avait accouché Hayley gratuitement et avait continué de lui verser son salaire pendant les six semaines de son congé de maternité. « Il est amoureux de toi, tu sais, lui avait toujours dit Chris. Il est équilibré, riche – c'est probablement le genre de type que tu aurais dû épouser. Il est même célibataire, et il n'y a pas de première Mrs. Webb pour mettre la pagaille. » Lorsque Hayley avait disparu, David avait offert une récompense de dix mille dollars à qui la retrouverait et en avait doublé le montant deux semaines plus tard. C'est à ce moment-là que les gens avaient commencé à raconter qu'ils avaient une liaison, mais Chris n'avait jamais éprouvé la moindre jalousie. Il avait toujours su que Caroline était follement amoureuse de lui et que les autres hommes n'existaient pas pour elle. Et pendant un temps, il avait éprouvé les mêmes sentiments à son égard.

La gorge de Caroline se serra lorsque la maison apparut, minuscule, patinée par les intempéries et incroyablement belle. A l'époque où elle l'avait partagée avec Chris, elle avait fait pousser des fleurs tout autour du porche, mais elle paraissait maintenant abandonnée, et pas un buisson ne venait adoucir ses lignes abruptes. La pelouse était pourtant à peu près entretenue, et un mobile suspendu sous le porche. Un nouveau mobile, aux petits panneaux de verre délicatement décorés, du genre de ceux qu'elle avait toujours accrochés. Chris les changeait-il chaque année?

Elle s'arrêta devant la maison, coupa le moteur et descendit de voiture avant d'avoir eu le temps de réfléchir. Si elle réfléchissait, peut-être ferait-elle demi-tour pour repartir. Pourtant, avant de se diriger vers la porte, elle fit une pause pour regarder tout en haut de la colline, là où se dressait le manoir Longworth, couvert de lierre, plein de coins et de recoins, semblable à un vieux monstre poilu. Comme à l'habitude, la pelouse était tondue à ras, et Caroline distingua la silhouette d'une femme enveloppée dans une grande cape flottante noire et coiffée d'un gigantesque chapeau de soleil, qui enveloppait de grillage un buisson de roses d'un air absorbé. Comme si elle avait senti qu'on l'observait, la femme leva brusquement la tête et rendit son regard à Caroline. La vieille Millicent Longworth, pensa celle-ci avec tristesse. Toujours à combattre les forces de la nature comme si elles lui étaient une insulte personnelle. Elle avait dans sa jeunesse sillonné l'Europe et l'Orient avec son frère Garrison, à visiter les musées, et était devenue collectionneuse professionnelle. Elle était rentrée chez elle l'année où Chris et Caroline s'étaient mariés, l'année où son père était décédé, et où elle avait entrepris d'assurer l'entretien de la maison et des affaires de la famille tandis que son frère demeurait à Florence avec sa nouvelle épouse. Pourtant, Caroline ne lui avait jamais adressé plus de quelques mots, durant toutes ces années où elles avaient vécu si près l'une de l'autre. Même à l'époque, Millicent était déjà bizarre.

Caroline détacha son regard de la silhouette et grimpa les marches du porche. Un chat noir tout pelé et couturé sauta de l'étroit rebord de la fenêtre lorsque l'écho de ses pas résonna sur les planches de bois du porche. « Bonjour, le chat », dit-elle doucement, mais l'animal filait déjà comme une flèche vers le manoir Longworth. Je ne suis pas le Dr Doolittle, pensa-t-elle avec une ironie désabusée, mais après tout, ce chat avait bien l'air de quelqu'un à qui la vie a donné de bonnes raisons de se montrer méfiant.

Le coup qu'elle frappa à la porte retentit comme un grondement de tonnerre dans le silence matinal. En l'absence de réponse, elle jeta un coup d'œil à sa montre. Neuf heures vingt. Chris était sûrement levé.

S'il était seul.

Caroline se sentit rougir, et s'apprêtait à prendre la fuite comme une adolescente honteuse lorsque la porte s'ouvrit. Un regard bleu brillant, bien qu'un peu injecté de sang, se planta dans le sien un moment, puis Chris dit :

– Caro ? C'est toi, chérie ?

Chérie ? Furieuse, Caroline rougit de plus belle. Chris baptisait la moitié des femmes de la ville « chérie », le mot ne signifiait rien.

– Bien sûr, c'est moi, dit-elle d'un ton bref, mécontente d'elle-même et de lui. Je n'ai pas tant changé que ça depuis la dernière fois que tu m'as vue il y a trois ans.

Chris sourit, et deux profondes fossettes se formèrent de chaque côté de sa bouche. Il avait maintenant quarante-neuf ans, et les années de vie difficile se lisaient dans les rides autour de ses yeux et la ligne moins dure de sa mâchoire. Mais ses cheveux blond cendré étaient à peine nuancés de gris, il avait le teint bronzé, et le regard à la fois caressant et diabolique. Il était toujours l'homme le plus outrageusement séduisant qu'elle ait jamais connu.

– Ne t'énerve pas, Caroline. Tu es la seule personne que je connaisse sur laquelle le temps ne semble pas avoir de prise.

Elle avait toujours adoré le timbre paresseux de sa voix. Elle avait commis une erreur. Dire à Lucy que Chris ne représentait plus rien pour elle était une chose, le revoir en face en était une autre.

– Je suis surpris de te voir, continua-t-il.

– Oui, eh bien, je suis surprise d'être là moi-même, dit-elle en fourrant ses mains dans les poches de sa parka blanche. Je n'avais pas l'intention de venir, mais j'ai besoin de te parler. (Elle jeta un coup d'œil à son torse nu et musclé, ses jambes minces dans son jean et ses pieds nus eux aussi, et détourna le regard.) Si je ne te dérange pas, bien sûr. Je veux dire, si...

– S'il n'y a pas de femme nue qui me tend les bras

dans mon lit? demanda-t-il avec un sourire, visiblement amusé par sa gêne. Eh bien, tu as de la chance, chérie. Même les étalons vieillissants ont besoin de se reposer de temps en temps.

– Cesse d'essayer de me choquer. Et ne m'appelle pas chérie. Je déteste ça.

La lueur d'amusement s'évanouit des yeux de Chris.

– Je suis désolé. Tu as raison – tu mérites mieux. Entre, je vais te montrer que je peux me conduire comme un gentleman.

Caroline ne savait pas ce qu'elle s'était attendue à trouver à l'intérieur – peut-être des rideaux de perles de verre, des miroirs, des descentes de lit en fourrure. Au lieu de cela, elle pénétra dans la pièce qu'elle avait quittée tant d'années auparavant. Le même tapis d'Orient bleu marine et rouge recouvrait le plancher de pin éraflé, le même vieux vaisselier arborait la vaisselle bleu rustique de la grand-mère de Chris, les mêmes napperons blancs qu'elle avait tricotés au crochet ornaient les accoudoirs d'un canapé victorien recouvert de brocart jaune. Au bout de dix-huit ans, tout cela était fané et élimé, mais n'avait pas bougé depuis son mariage. Elle se voyait presque assise sur le fauteuil à bascule avec Hayley sur les genoux.

– Du café?

Caroline réintégra le présent avec un sursaut.

– Oui, s'il est prêt.

– J'en suis à ma deuxième tournée. Malgré ce que peut raconter Lucy, je me lève tôt pour peindre.

Caroline eut un léger sourire en se souvenant qu'il avait toujours eu l'habitude de se mettre à travailler au lever du soleil, quelquefois même sans s'arrêter avant midi.

– J'ai croisé brièvement un chat sur le porche. Il est à toi?

Il lui tendit une tasse de café noir. Au moins, il se souvenait de cela.

– Oui. Il y a un an, j'ai été réveillé une nuit par une fichue bagarre de chats. J'ai essayé de l'ignorer, mais un des animaux s'est vraiment mis à hurler, alors je me suis précipité. L'autre chat, deux fois plus gros qu'elle, lui avait arraché un œil et à moitié enlevé une oreille. C'était épouvantable. Bien que ça me paraisse sans espoir, j'ai réveillé le véto, qui a réussi à la sauver. Elle s'appelle Hécate.

– Hécate? Ce n'est pas une déesse associée à la sorcellerie?

Chris sourit en hochant la tête.

– Je me suis dit qu'elle avait un pouvoir sacrément magique pour se tirer de la raclée qu'elle avait prise. Je regrette juste de ne pas être sorti plus tôt ce soir-là. Mais ne pas me trouver là quand on a besoin de moi est une de mes spécialités, ajouta-t-il en buvant une gorgée de café, puis en s'asseyant sur le canapé en lui laissant le fauteuil à bascule.

Caroline prit avec gaucherie sa place habituelle sur le fauteuil. Ils auraient pu être en train de rejouer une scène vieille de vingt ans, assis là ensemble dans cette pièce à boire du café.

– J'ai également vu Millicent.

– En train de jardiner. Elle y est depuis sept heures ce matin. Garrison ne semble pas partager sa passion.

– Garrison? Oh, le frère. Il se trouvait en Italie lorsque nous étions mariés.

– Il est revenu il y a huit ans. Sa femme est morte, et il n'est pas en très bonne santé. Des problèmes cardiaques, je crois. Alors, comment va David?

– Il travaille trop. Comme toujours.

– Et les enfants ?

– Greg est au lycée. Ses amis et le basket-ball l'occupent beaucoup, et ses notes s'en ressentent. Mais c'est un garçon merveilleux. Et Melinda... eh bien, Melinda est la petite fille la plus adorable...

Elle s'interrompit en réalisant son manque de tact, car Chris se souvenait sans aucun doute d'une autre adorable petite fille. Elle prit une profonde inspiration.

– Chris, je suis venu te parler de Hayley.

Il lui lança un regard de bête blessée.

– Qu'y a-t-il donc encore à dire, Caro ?

– Je ne veux parler ni de son enlèvement ni de sa mort. Je veux te raconter ce qui se passe depuis quelques jours, depuis son anniversaire.

Tandis qu'elle lui décrivait tout, de la voix dans la réserve de Lucy jusqu'au coup de téléphone de la nouvelle amie de Melinda, une ride profonde se creusait entre les sourcils de Chris.

– David m'a rappelé tous les gens qui pensaient que nous avions tué Hayley. Il est persuadé qu'il s'agit d'un cinglé qui a décidé de me harceler à cause de cela. Voilà pourquoi je me suis demandé si tu avais eu le même genre d'expérience bizarre.

– Non, rien. Rien du tout. Et cet ange, Caroline, n'était pas brisé quand je suis allé poser des fleurs la veille au soir sur la tombe de Hayley.

– Lucy m'a dit qu'il en était de même lorsqu'elle s'y est rendue le matin. C'est donc dans l'après-midi que cela s'est produit. Il n'y a quasiment jamais personne là-bas. Même en plein jour, ce doit être assez facile de se livrer à ce genre de destruction.

– Je sais. L'endroit tombe en décrépitude, dit Chris

en hochant la tête. L'ange pourrait n'être qu'un acte de violence aveugle, mais le reste? C'est impossible. Et j'ai du mal à croire que quelqu'un ait décidé de te terroriser à cause de Hayley au bout de vingt ans.

– C'est ce que j'ai dit.

– Qu'est-ce que tu crois, *toi*?

Elle eut un geste d'impuissance.

– Je n'en sais rien, Chris. Quoi que ce soit qui se trouve derrière tout ça en sait long sur Hayley. Beaucoup trop long.

– *Quoi que ce soit* qui se trouve derrière? Qu'est-ce que tu veux dire? Que suggères-tu? Un fantôme?

La colère qui avait affleuré si récemment la traversa comme un éclair. Elle se leva.

– Ne te moque pas de moi!

– Je ne me moque pas de toi, dit-il en se levant également.

Il posa ses mains sur ses épaules et la regarda dans les yeux.

– Tu crois vraiment que quoi que ce soit qui ait trait à Hayley pourrait m'amuser? Je veux simplement savoir ce que tu penses. Je veux une réponse sincère.

Caroline se détendit.

– Je n'aurais pas dû m'énerver, parce qu'il est vrai que l'idée de supernaturel m'a traversé l'esprit. Cette voix dans la réserve était celle de Hayley, j'en jurerais. Enfin, je crois, et c'est bien ce qui m'effraie. Je sais que c'est impossible.

– Oui, c'est impossible, Caroline. Quelqu'un essaie de te faire peur.

– Mais qui? Qui pourrait faire une chose pareille?

– Et pourquoi ne suis-je pas concerné aussi? Je suis responsable de ce qui lui est arrivé. Si je ne l'avais pas laissée toute seule dans la forêt...

Le soleil jouait sur les rides autour des yeux de Chris. Autrefois, c'était des rides de rire, pensa Caroline avec un battement de cœur. Maintenant, ce sont des pattes-d'oie.

– Chris, on t'a assommé après que tu as laissé Hayley. Tu n'aurais pas pu empêcher ce qui est arrivé.

– Je n'aurais pas dû l'abandonner pour partir à la recherche d'un animal inexistant pris au piège. (Il frissonna.) Tu sais, quelquefois, j'entends encore ce cri. Il n'avait rien d'humain et, pourtant, il devait l'être.

– Bien entendu. Quelqu'un voulait t'attirer hors de la clairière. La police a revu tout cela en détail. L'enlèvement de Hayley a été prémédité. S'il n'avait pas eu lieu ce soir-là, il se serait probablement produit à un autre moment.

– Une partie de moi-même sait cela. Mais une part plus importante dit : « Si tu avais été le père dont cette petite fille avait besoin, qu'elle *méritait*, elle serait aujourd'hui vivante. »

– Je croirais entendre mes parents.

– C'est moi qui parle, Caroline. Son enlèvement était une punition.

– Chris, ne sois pas ridicule.

Mais la douleur contenue dans sa voix la transperça, et presque inconsciemment, elle attira sa tête contre son épaule, plongeant son visage dans ses cheveux tandis qu'il était secoué d'un sanglot silencieux.

– Non, Chris. S'il te plaît, ne te torture plus. Ce n'est pas juste.

– C'est juste. Mais inutile.

Il prit une profonde inspiration, puis la repoussa doucement. Comme toujours, pensa-t-elle froidement. C'est toujours lorsqu'il avait le plus besoin de moi qu'il me repoussait.

Puis un sentiment de culpabilité la submergea. Pourquoi donc était-elle prête à aimer et réconforter Chris alors qu'elle était mariée à un autre homme, qui l'adorait et avait confiance en elle, un homme qui ne lui aurait jamais fait subir ce que Chris avait fait après la mort de Hayley? Que penserait David à la voir là, accrochée à lui?

Elle recula brusquement, se forçant à prendre l'air poli, distant, maîtresse d'elle-même.

– Bien, je voulais juste en parler avec toi, dit-elle d'une voix cassante. Avoir ton opinion. Te tenir au courant.

Chris lui lança un regard inquisiteur, puis un très léger sourire flotta sur son visage. Il sait ce que je suis en train de faire, pensa-t-elle en se retournant vivement pour prendre sa veste. Il sait qu'il compte toujours pour moi, et il doit trouver ça hilarant, après toutes ces années. Mais le sourire de Chris disparut tandis qu'il l'aidait à enfiler sa parka.

– Je suis heureux que tu m'aies tout raconté, Caroline. Et j'espère que tu me tiendras au courant s'il se passe encore quelque chose.

– Oui.

Elle ouvrit la porte d'entrée et sortit sur le porche. Le vent souleva ses cheveux et les rabattit sur son visage. Elle leva la main pour les repousser, mais Chris la devança.

– Je suis content que tu ne les aies pas coupés, dit-il doucement en les ramenant derrière son oreille.

– Je les ai coupés, dit Caroline d'une voix qui tremblait légèrement. Ils me descendaient jusqu'à la taille.

– Je sais. Mais tu ne les portes pas courts. C'est toujours beau.

Elle eut le souvenir de Chris passant la brosse à manche d'argent dans ses cheveux brillants, et sa gorge se serra.

– Merci. Merci pour le compliment, et merci de m'avoir écoutée. Au revoir.

Il dit quelque chose qu'elle ne comprit pas, tandis qu'elle se précipitait vers la voiture, les yeux brouillés de larmes.

II

Millicent Longworth coupa à l'aide de ses tenailles un morceau de fil de fer qui dépassait et sourit en regardant la belle cage qu'elle venait de construire. Un travail qui vaut la peine d'être fait vaut toujours la peine d'être bien fait, disait-elle, et elle avait raison. Cette cage pouvait résister à tout sauf une tornade, et protégerait le rosier des vents d'hiver mordants qui balayaient la colline. Il ne lui restait plus qu'à en construire quatorze autres pour protéger le reste des arbustes...

Elle saisit soudain du coin de l'œil un mouvement sur sa droite, et son regard vif se fixa sur le chat noir qui la regardait, dissimulé derrière un de ses rosiers. Elle détestait cet animal avec son oreille déchirée et son unique œil vert accusateur. Il lui rappelait une histoire d'Edgar Poe que sa mère lui avait lue lorsqu'elle était enfant.

Elle se leva et agita sa cape en criant « Va-t'en! Va-t'en! » jusqu'à ce que la chatte s'enfuie vers sa maison. Ils vont bien ensemble, pensa-t-elle. Un animal mutilé et un pécheur impénitent.

– Millicent!

Garrison Longworth traversait lentement la pelouse, frêle et voûté, vêtu d'un pantalon de flanelle brun flottant qui lui donnait l'air d'avoir perdu dix kilos d'un coup. Une couronne d'épais cheveux blancs entourait son crâne chauve, et son pull bleu pervenche s'harmonisait parfaitement au regard bienveillant qui observait sa sœur derrière des lunettes cerclées d'or.

– Millicent, à qui parles-tu?

Celle-ci soupira. Elle le pensait occupé pour toute la matinée avec ses livres d'art, ce qui lui aurait permis de finir son travail.

– A la chatte de Corday. Je déteste qu'elle vienne par ici tourner autour de mes rosiers.

– Tu as toujours détesté les chats. Je ne comprends pas pourquoi. Les chats étaient sacrés pour les Égyptiens.

– Au cas où tu ne l'aurais pas remarqué, je ne suis pas égyptienne.

Garrison eut un rire, ses sarcasmes l'amusaient toujours, et elle le regarda avec un mélange d'exaspération et d'inquiétude.

– Où est ta veste? Il fait froid, ici.

– Oui, c'est vrai. Je t'ai entendue crier, et je me suis précipité pour voir si je pouvais t'aider.

– Eh bien, rentre, maintenant.

– Il est temps que tu fasses une pause. Tu n'as pas arrêté de la matinée. Tu viens prendre un peu de thé?

Millicent repoussa son chapeau, sachant qu'il était inutile de discuter avec Garrison. Il resterait là à l'asticoter jusqu'à ce qu'elle fasse ce qu'il voulait.

– Oui, je mérite sans doute un peu de repos, dit-elle avec résignation. Le thé, c'est une bonne idée.

Garrison lui prit le bras pour retourner vers la maison, et ils franchirent la double porte d'entrée.

– Je vais chercher le thé, ma chérie. La bouilloire est branchée. Va te reposer dans le salon.

Elle posa son chapeau et ses tenailles sur une console Régence et regarda son visage dans le miroir suspendu au-dessus. Ravagé, pensa-t-elle. Cheveux secs, peau sèche, nez pincé, paupières tombantes. Pourquoi n'ai-je pas vieilli avec un peu d'allure? Pourquoi n'ai-je pas au moins gardé un peu de dignité, au lieu d'avoir l'air d'une dame-pipi?

D'un coup d'épaule, elle laissa tomber sa cape par terre et pénétra dans la splendeur fanée du salon. C'était sa mère qui l'avait décoré, sa mère qui s'était pendue lorsqu'elle avait quinze ans, et Garrison douze. Le nom de sa mère n'avait plus jamais été prononcé dans la maison, sur les ordres de son père. Mais Millicent pensait souvent à elle, à sa lourde chevelure brune coiffée en chignon, à ses yeux bleus tristes, à sa voix magnifique qui fredonnait toujours *la Lettre à Élise* si doucement qu'on l'entendait à peine.

– Voilà le thé, annonça Garrison qui portait un service à thé qu'ils avaient acheté longtemps auparavant en Angleterre.

Il s'acquitta du service avec une grâce féminine, la même grâce qu'il mettait dans tous ses mouvements. Lui était élégant et fin. Elle avait toujours eu l'air d'une paysanne.

– Gar, est-ce qu'il t'arrive de penser à mère? demanda-t-elle en prenant une tasse.

Il leva les yeux, surpris.

– Bien sûr. Quelquefois. Un peu plus depuis que je suis revenu à la maison. Pourquoi?

– J'ai pensé à elle ce matin.

Elle fixa le fond de sa tasse, le cœur battant à la mention du sujet interdit, presque comme si son père pouvait encore entrer à la minute pour la punir. Mais ce matin, quelque chose la poussait à continuer.

– Pourquoi penses-tu qu'elle ait fait ça?

– A cause de son amant.

– Gar! Tu as passé trop de temps chez ces Européens sophistiqués. Mère n'avait pas d'amant.

– Oh si! Elle était enceinte. Père me l'a dit.

Millicent était stupéfaite.

– Il te l'a dit, à toi! Il ne m'en a jamais parlé.

Garrison eut un sourire ironique.

– Tu étais une femme. Il pensait que de tels sujets ne sont pas faits pour des oreilles féminines.

– Mère était donc coincée entre lui et son amant.

– Non, c'est *lui* qui l'a coinçée *avec* son amant, et la paternité de l'enfant a été mise en doute. Il lui a dit qu'il allait divorcer. Il ne l'aurait pas fait, bien entendu.

– Non, dit Millicent d'un ton pensif. La honte en aurait rejailli sur la famille. (Elle posa sa tasse et regarda son frère.) N'est-il pas stupide qu'après toutes ces années nous n'ayons jamais parlé du suicide de mère? Toi tu avais la réponse depuis toujours, et moi je ne le savais pas. C'est un sujet qu'il est préférable d'oublier, dit-il en lui tendant une assiette de gâteaux. Tiens, tes préférés.

Millicent prit distraitement un gâteau, encore bouleversée par ce que venait de lui révéler son frère.

– A propos de sexe et d'infidélité, dit-elle, ce prétendu artiste a reçu une visite très intéressante il y a quelques minutes.

– Tu parles de Christopher?

Elle acquiesça.

– Caroline est venue.

– Caroline? répéta Garrison en fronçant son large front. Une nouvelle petite amie?

– Étant donné le nombre de femmes qui défilent là-bas, tu crois vraiment que j'en remarquerais une nouvelle? Non, Caroline était sa femme.

– Ah oui!

Garrison laissa tomber un morceau de sucre dans son thé, qu'il tourna avec une petite cuiller en argent. Je ne l'ai jamais rencontrée.

– C'était la mère de la petite fille, tu sais.

– Mmm.

– La petite fille qui a été enlevée et assassinée.

– Je sais de qui tu parles, Millie. Changeons de sujet.

Millicent se tourna sur son siège, mal à l'aise.

– Je n'oublierai jamais le jour où cette enfant a disparu.

– Ma chère, j'espère que tu ne m'en voudras pas si je trouve que tu es un peu morbide ce matin. Ne revenons pas sur cette histoire. Bois ton thé.

Millicent balança légèrement le pied.

– La petite fille est venue se promener par ici une ou deux fois. Mais je ne l'ai jamais encouragée.

– Je sais bien.

– Je n'aime même pas les enfants.

– Je sais cela aussi. Un autre gâteau?

– Mais ils m'ont accusée. On m'a emmenée et soumise à l'examen du détecteur de mensonges. *Moi*, dit-elle d'une voix aiguë, Millicent Longworth, dans un poste de police, soumise à un détecteur de mensonges, pour quelque chose que je n'avais pas fait.

Garrison commençait à avoir l'air inquiet. Il se pencha vers sa sœur.

– C'était totalement injuste, et très gênant. Mais tu as été complètement innocentée.

– Des doutes ont subsisté. Je n'ai pas bien réussi l'examen. Et depuis, il y a toujours eu une tache sur mon nom.

– Ma chérie, tu parles comme dans un mauvais roman. Et tu exagères. Dans ce genre de situation, on interroge sans relâche tous ceux qui connaissent l'enfant, ou qui ont été en contact avec lui. Je l'ai lu. J'ai lu aussi qu'il était connu que les détecteurs de mensonges ne sont pas fiables.

– Mais je ne l'oublierai jamais, Gar. Je n'oublierai jamais cette humiliation, dit Millicent en posant sa tasse avec fracas, la main tremblante. Mon Dieu, qu'est-ce que père aurait dit?

– Père n'était plus là depuis longtemps.

– Mais le nom de la famille était tellement important pour lui, et mon humiliation publique a terni celui-ci.

– Père était un fanatique, dont il vaut mieux oublier les idées. Ne t'inquiète pas de ce qu'il aurait pu penser. C'est lui qui a poussé notre mère au suicide, tu sais.

– Il l'a simplement menacée de divorce. Tu disais qu'il ne serait pas allé jusqu'au bout. Peu d'hommes en auraient fait autant.

– Moi, je ne l'aurais pas fait, pas avec quelqu'un d'aussi fragile que mère. Elle n'aurait pas pris d'amant, pour commencer, s'il ne l'avait pas traitée de façon aussi abominable pendant toutes ces années.

– Elle était très malheureuse, n'est-ce pas?

– Oui. Nous l'étions tous.

– Cette petite fille avait les mêmes yeux que mère. De magnifiques yeux bleus.

Garrison prit une profonde inspiration :

– Millicent, je veux que tu prennes une de tes pilules. Elle te calmera. Ensuite, ne parlons plus de père. Ni de mère. Ni de cette enfant. Surtout de cette enfant.

– Pourquoi surtout elle ?

– Parce que les souvenirs sont trop douloureux pour toi. Le passé est mort, Dieu merci. Et tu t'énerves pour rien. Maintenant, bois, dit-il avec un sourire. Et ensuite, tu peux retourner finir de t'occuper de tes rosiers.

7

I

Le service à la mémoire de Pamela Fitzgerald Burke fut célébré le dimanche après-midi. Caroline n'avait pas une seconde songé à y assister, mais Lucy se sentait obligée d'y aller, et Tom n'était pas libre pour l'accompagner.

– Je sais que je te demande beaucoup, avait-elle dit le matin même au téléphone. Ce sera horriblement déprimant, bien sûr, et je vais me sentir hypocrite parce que je trouvais Pamela odieuse, mais j'aime bien ce pauvre idiot de Larry, et la décoration de cette maison m'a rapporté beaucoup d'argent. Je crois que c'est bien que j'y aille.

– Je suis d'accord, avait acquiescé Caroline, qui redoutait la cérémonie mais ne pouvait pas laisser tomber Lucy. Je viendrai avec toi.

Aussi avait-elle enfilé son tailleur de lainage bleu marine, avec lequel elle n'avait pas besoin de porter un manteau par ce temps de début novembre encore doux, et avait-elle pris sa voiture pour se rendre dans la somptueuse résidence où Lucy vivait depuis près de dix ans. « En me voyant, les gens s'imaginent que chez moi, c'est du genre bougies plantées dans des bouteilles de chianti, avait un jour dit Lucy en plaisantant. Mais j'aime le luxe. J'ai toujours aimé ça. C'est la raison pour laquelle j'ai cessé de peindre, sauf pour mon propre plaisir. Je ne suis pas de la trempe d'un Chris Corday, je savais que je ne gagnerais jamais rien en tant qu'artiste, et je veux vivre dans le confort. » Et elle vivait bien maintenant, pensa Caroline en pénétrant dans le vestibule noir et blanc éclairé de façon théâtrale par une rangée de spots au plafond. Lucy avait payé autant pour son appartement de trois pièces au dixième étage avec une terrasse grande comme un timbre-poste que David et elle pour leur maison de six pièces avec un hectare de jardin. Caroline savait qu'elle ne pourrait jamais supporter de vivre dans cette élégante cage, mais Lucy adorait sa splendeur surévaluée, symbole de sa réussite.

– Mon Dieu, que je n'ai pas envie d'aller à ce truc, gémit Lucy, qui, vêtue d'un tailleur brun foncé peu flatteur, les cheveux plaqués en un semblant de coiffure de salon, ne se ressemblait pas.

Caroline n'avait jamais compris pourquoi, lorsqu'elle voulait rentrer dans le rang, Lucy aboutissait toujours au résultat d'avoir l'air démodé et mal fagoté.

– Tu es un ange de venir avec moi.

– Je voudrais bien pouvoir te dire que j'en suis ravie, remarqua Caroline en suivant la haute silhouette de son amie en direction de l'ascenseur. Ralentis un peu. La cérémonie ne commence que dans quarante-cinq minutes.

– Oui mais, étant donné la publicité faite autour de la mort de Pamela, il y aura un monde fou.

Elle avait raison. Malgré leur demi-heure d'avance, le parking du dépôt mortuaire était plein. Elles se garèrent beaucoup plus bas dans la rue et revinrent à pied, au milieu des feuilles mortes qu'un vent violent faisait tourbillonner. Lorsqu'elles se rapprochèrent, Caroline aperçut le procureur général de l'État et le président de la plus grande banque de la ville, et ne put s'empêcher de penser combien Pamela aurait apprécié toute cette attention.

La foule grouillait dans la pièce où reposait Pamela, et les employés des pompes funèbres apportaient des chaises marron et dorées supplémentaires. La mère de Pamela, massive, enveloppée dans des kilomètres de soie noire et de rangs de perles, ressemblait plus à une impératrice de Russie qu'à une mère affligée de l'Ohio. Son père se tenait au garde-à-vous à la tête du cercueil ouvert. Larry vacillait à l'autre extrémité, l'air à la fois tragiquement effondré et comiquement maladroit.

Lucy et Caroline se frayèrent un chemin dans sa direction.

– Larry, je suis désolée, dit Lucy en lui prenant la main.

Il hocha la tête, ses yeux de cocker emplis de larmes.

– Ton petit ami va trouver qui a fait ça, hein?

Il parle comme un enfant, pensa Caroline. Suppliant, il s'accrochait à la main de Lucy comme si elle disposait du pouvoir de décider de l'échec ou de la réussite de Tom.

– Tom est absent parce qu'il travaille en ce moment sur l'affaire, dit Lucy avec compassion. Si cela peut te consoler, je t'assure qu'il ne négligera aucune piste.

Larry renifla.

– Je n'arrive simplement pas à comprendre qui aurait pu faire une chose aussi épouvantable à Pamela. Elle était tellement gentille.

Lucy eut un sourire gêné, puis se retourna vers Caroline.

– Voici Caroline Webb. Elle a connu Pamela quand elle était enfant.

– C'est vrai? demanda Harry, dont le visage s'éclaira.

– Oui, lorsqu'elle était en maternelle. Même alors, elle était très belle.

– Tu as été très diplomate, murmura Lucy tandis qu'elles s'éloignaient de Larry.

– Il fallait bien que je dise quelque chose, et je ne pouvais guère renchérir sur sa gentillesse.

– Moi non plus. C'est pour ça que j'ai jeté la balle dans ton camp. Écoute, Mr. et Mrs. Fitzgerald sont aussi pénibles que Pamela, eux, et tu ne les connais même pas. Pourquoi ne vas-tu pas t'asseoir pendant que je m'en occupe?

Caroline acquiesça. Malgré la compassion qu'elle éprouvait pour les parents de n'importe quel enfant assassiné, elle n'avait vraiment aucune idée de ce qu'elle pourrait bien dire à des gens qu'elle ne connaissait pas sur une femme qu'elle n'aimait pas.

– Je vais d'abord aller voir les fleurs. Tous les sièges sont occupés.

Pamela reposait dans la plus grande salle du plus grand dépôt mortuaire de la ville, et, pourtant, les fleurs s'amoncelaient le long de tous les murs. Partout, de gigantesques et coûteuses corbeilles dédiées à la jeune femme qui n'avait pas d'amis. Roses jaunes, glaïeuls roses, œillets rouges, lys blancs, magnifiques, innombrables, entassés jusqu'au plafond, emplissant la pièce de leurs lourdes senteurs. Un léger vertige saisit Caroline, et elle se dirigea vers le fond, où une fenêtre était entrouverte de quelques centimètres pour laisser entrer la brise d'automne. Un jeune homme installait une chaise, et Caroline s'y laissa tomber lourdement en respirant l'air frais.

Elle ferma les yeux et écouta les femmes qui parlaient devant elle.

– Vous savez, son mariage était dans une mauvaise passe, disait la plus âgée avec une grande autorité. Tout le monde savait qu'elle avait une liaison avec le professeur de tennis au club.

– Moi, j'ai entendu dire que c'était Larry qui avait une liaison.

Un rire étouffé.

– Larry ? Sûrement pas. Il adorait littéralement cette petite garce. Il ne voit pas plus loin que le bout de son nez.

– Alors, vous croyez que Larry l'a tuée quand il a tout découvert ?

– Peut-être. Ou alors c'est le joueur de tennis, parce qu'elle ne voulait pas quitter Larry. Je n'ai pas réussi à démêler tous les détails, mais dans un cas comme dans l'autre, c'est un *crime passionnel*. En France, on se tire très bien de ce genre de chose.

– C'est vrai ? dit l'autre femme, impressionnée.

– Oh oui ! Même ici, l'assassin s'en tirera avec une dizaine d'années, pas plus. Et s'il porte le nom de Burke, ce ne sera probablement pas plus de cinq.

Seigneur ! soupira intérieurement Caroline. Elles ne peuvent même pas attendre la fin de la cérémonie pour condamner le veuf. Elle se leva, agacée, et s'apprêta à partir à la recherche de Lucy. C'est alors qu'elle le vit, niché au pied des corbeilles et des couronnes de fleurs.

Un magnifique bouquet d'orchidées de soie noire.

Caroline tomba lentement à genoux et se pencha pour lire la petite carte blanche, sur laquelle se détachait une inscription d'une écriture ronde enfantine :

« A Pamela »
« Noir comme le souvenir »

– Mon Dieu ! fit Caroline avec un sanglot. Mon Dieu !

– Mrs. Webb, vous vous sentez bien ?

Caroline leva les yeux et découvrit Tina Morgan penchée sur elle, l'inquiétude peinte sur son beau visage.

– Non, je ne me sens pas bien. Je me sens...

Je sens que je pourrais crier.

Bien qu'elle n'ait rien dit, elle eut le sentiment que Tina l'avait néanmoins entendue, car la jeune femme lui tendit la main.

– Vous voulez aller prendre l'air dehors ? On étouffe ici.

Sans un mot, Caroline prit sa main. Tina la releva d'un geste brusque et, lorsque Caroline lui jeta un regard surpris, la jeune femme sourit.

– Cela me rend nerveuse, de voir quelqu'un se mettre à genoux devant moi, sauf s'il s'agit d'une demande en mariage, bien sûr.

Caroline réussit à esquisser un sourire et laissa Tina la guider vers la sortie de la pièce bondée.

Le ciel qui une heure auparavant avait été bien dégagé était maintenant chargé de nuages menaçants, et la lumière du jour avait perdu tout son éclat.

– Voulez-vous que nous trouvions un endroit pour vous asseoir ? demanda Tina.

– J'ai bien peur qu'il n'y en ait pas.

Caroline regarda la jeune femme, qui ne portait pas de manteau sur son tailleur gris anthracite agrémenté d'une écharpe rouge écarlate nouée comme une cravate autour de sa gorge. Elle avait une allure à la fois soignée et désinvolte, et était d'une beauté à couper le souffle.

– Je vais mieux, Tina. Vous n'êtes pas obligée de rester avec moi. Rentrez, il fait plus chaud à l'intérieur.

– Je ne veux pas y retourner, dit Tina en secouant la tête. Je ne suis venue que par obligation envers Larry. Mais je devrais me taire. Vous aimiez peut-être Pamela.

– En fait, non. Même pas quand elle était enfant.

Tina la regarda avec intérêt.

– Vous l'avez connue à ce moment-là?

– C'était une amie de ma fille. Enfin, pas vraiment une amie. Elles étaient simplement ensemble à la maternelle.

Tina fronça les sourcils.

– Vous avez une fille de cet âge?

Caroline déglutit péniblement.

– Non. Elle est morte deux mois avant son sixième anniversaire.

– Oh, fit Tina en jetant un coup d'œil au ciel qui s'obscurcissait, tandis que ses boucles brunes s'ébouriffaient sur son front lisse. Je suis arrivée en avance, et ma voiture est au parking. Pourquoi ne pas aller nous chercher un café et faire un tour?

– J'en serais ravie, acquiesça Caroline avec gratitude.

Même si elle se sentait un peu gênée de montrer son désarroi à cette jeune femme tellement maîtresse d'elle-même, elle ne voulait pas rester seule.

Elles montèrent dans la vieille Volkswagen de Tina, qu'elle conduisait avec une imprudence stupéfiante. Caroline eut un mouvement de recul lorsqu'elles bifurquèrent à l'entrée du McDonald's et faillirent rentrer dans le bâtiment. Tina eut un sourire contrit.

– J'ai toujours conduit comme un pied. Si ça vous rend nerveuse, je vous raccompagne.

– Je vous fais confiance, lui répondit Caroline en se demandant si elle ne regretterait pas sa politesse quand Tina finirait par emboutir un poteau.

Elles redémarrèrent en trombe. Caroline lutta désespérément pour empêcher son café de déborder, tandis qu'elles regagnaient la route nationale par à-coups. Elle venait d'engloutir une grande gorgée brûlante pour tenter de baisser le niveau du liquide dans sa tasse lorsque Tina demanda abruptement :

– Vous êtes au courant de ma liaison avec Lowell Warren ?

Caroline s'étrangla avec son café, toussa, puis, les larmes aux yeux, regarda le profil placide de la jeune femme.

– Liaison ? Eh bien... je...

– Vous êtes au courant. J'espère que vous ne me trouvez pas épouvantable.

– La vie des autres ne me regarde pas, dit Caroline d'un ton sec.

Tina eut un léger sourire.

– Mais cela ne vous empêche pas de porter des jugements.

Ayant surmonté sa surprise, Caroline répondit plus normalement :

– Non, sans doute. (Elle but une gorgée de café.) En théorie, je n'approuve pas l'idée de l'adultère. Mais il y a des circonstances...

Elle laissa sa phrase en suspens et se remémora le visage dur et satisfait de Claire Warren lorsqu'elle apparaissait à la télévision locale, brandissant une pauvre bête et expliquant avec vivacité combien les droits des animaux représentaient pour elle quelque chose de *capital*.

– Je ne vous trouve pas du tout épouvantable, conclut-elle.

– Lowell est un homme merveilleux. Cela paraît banal, mais c'est vrai. Bien sûr, il me promet le mariage, mais c'est ce qu'ils font tous.

– Alors, vous l'épouseriez s'il était libre?

– Oh oui! Mais il est marié à Claire depuis très longtemps et, s'il ne l'a pas encore quittée, je doute qu'il le fasse jamais.

Une ombre de mélancolie plana dans la voix de la jeune femme, et Caroline comprit à quel point elle désirait épouser Lowell. Comme si elle était consciente de s'être trahie, Tina fouilla dans son grand sac et en sortit un paquet de cigarettes. Elle secoua le paquet, prit une cigarette entre ses lèvres teintées de rose, plongea de nouveau dans son sac à la recherche d'un briquet en argent, puis porta la flamme à l'extrémité de la cigarette.

– Elle vous manque toujours beaucoup, votre petite fille? Celle qui est morte, je veux dire.

La question insensible fit naître la colère et l'incrédulité chez Caroline, mais lorsqu'elle regarda les yeux d'ébène innocents de Tina, elle réalisa que celle-ci n'avait fait que s'exprimer brutalement, sans aucune cruauté.

– Oui, Tina. Elle me manque tous les jours. Elle me manquera toujours.

La jeune femme rejeta un mince filet de fumée.

– Vous devez vous demander pourquoi je vous pose une question aussi stupide. J'ai perdu un enfant au mois de mars dernier.

– Oh, Tina, je ne savais pas!

– Personne ne sait, à l'exception de Lucy. Et je préférerais que Lowell n'en sache rien.

– Je ne l'ai rencontré qu'une ou deux fois à des réceptions et je n'en parlerai bien sûr à personne, même pas à mon mari.

– Je n'étais pas mariée. C'était dur de m'occuper de Valérie, de travailler et d'être mère à plein temps. Mais on se débrouillait. Et puis elle a contracté une leucémie, continua Tina, dont le visage était lisse et dur comme une pierre. Vous vous rendez compte? A peine quatre ans, et une leucémie.

Caroline regretta de ne pas avoir pris de manteau. Elle se sentait soudain glacée jusqu'aux os.

– Pourquoi n'en avez-vous pas parlé à Lowell?

– J'ai perdu tout ce que j'avais jamais aimé. Malgré notre liaison, Lowell est un peu vieux jeu. C'est la première fois, pour lui, vous savez. Il pourrait penser qu'une mère célibataire, c'est peut-être un peu trop, et je ne veux pas le perdre, lui aussi. (Elle porta sa cigarette à sa bouche d'une main tremblante et inhala profondément.) De plus, Lowell pourrait compatir, mais il ne comprendrait pas. Il n'a jamais perdu personne. Il ne pourrait pas me dire si on surmonte jamais la douleur.

– J'aimerais me montrer plus encourageante, mais non, on ne la surmonte jamais. Avoir quelqu'un à qui l'on puisse en parler, cela aide.

Tina baissa sa vitre et jeta sa cigarette.

– Je l'ai dit à Lucy, mais je ne veux pas en parler avec elle. Elle est mon employeur, et ça ne me paraît pas opportun. Lorsque vous m'avez parlé de votre fille, j'ai voulu que vous sachiez. Nous avons un lien commun.

– Un lien malheureux. Mais je suis heureuse que vous me l'ayez dit, même si vous pouvez en parler avec Lucy, bien qu'elle soit votre patronne. Je sais qu'elle tient beaucoup à vous.

– Elle est très gentille. Elle m'a engagée sans rien me demander, vous savez. Après la mort de Valérie, j'ai laissé tomber mon travail à New York, et ils ont refusé de me fournir des références. C'est pour cela que j'ai dû en parler à Lucy – pour expliquer le manque de références.

– Comment avez-vous atterri ici ?

– Je suis originaire du Midwest. D'Indianapolis. Je n'avais aucune envie de retourner là-bas – il ne me reste qu'un beau-père –, mais je ne voulais pas non plus rester à New York, alors je me suis décidée pour un endroit qui n'était pas très différent de ma ville natale.

Elle porta la main à son oreille, en retira la boucle noire et dorée, se massa le lobe et demanda brusquement :

– Qu'est-ce qui vous a tellement effrayée là-bas ?

Des orchidées de soie noire. Une écriture enfantine sur une carte.

– Tina, vous avez remarqué un bouquet d'orchidées de soie noire mêlé aux autres fleurs ?

– Je n'ai pas du tout regardé les fleurs. Je n'ai vu que Pamela. Elle était belle. Elle avait l'air beaucoup plus gentille qu'elle ne l'était en réalité. Vous dites qu'il y avait un bouquet noir ?

– Oui. C'était tellement étrange. Des fleurs *noires*. Avec un mot : « A Pamela, Noir comme le souvenir. »

Tina fronça les sourcils.

– C'est une phrase curieuse, et pas de très bon goût. Mais on ne peut pas dire non plus que Pamela ait été très populaire. Lucy ne la supportait pas, et pourtant, vous savez combien elle est indulgente.

– Je sais. Je ne me souviens pas d'une cliente que Lucy ait autant détestée. Mais ce bouquet, Tina, je me demande s'il ne venait pas de son meurtrier.

– Si c'est lui qui l'a envoyé, il a un sacré culot. On peut remonter la piste de ce genre de chose.

– Peut-être, dit Caroline en se mordant les lèvres. Mais ce qui m'a réellement effrayée, c'est que j'ai vu un bouquet identique sur la tombe de ma petite fille, lundi. Mêmes fleurs, même message composé de la même écriture.

TIna eut un sursaut.

– Mon Dieu! Alors, vous croyez que la personne qui a mis ces fleurs sur la tombe de votre enfant a un rapport avec la mort de Pamela?

– *Et* celle de Hayley. Elle aussi a été assassinée.

– Seigneur, Caroline! dit Tina, qui ralentit et la regarda. Votre fille a été *assassinée*?

– Oui. Elle a été enlevée. Un mois plus tard, on a retrouvé son corps, brûlé et décapité.

Tina porta la main à son estomac, comme si elle se sentait mal.

– C'est horrible. Je suis désolée. Je ne comprends pas que Lucy ne m'en ait jamais parlé. Et le coupable?

– On ne l'a jamais retrouvé.

Tina lui lança un regard incrédule.

– Vous n'avez jamais eu la moindre idée de son identité?

– Pas vraiment. La police a soupçonné une vieille femme bizarre qui vivait près de chez nous, mais elle avait un alibi.

– Donc, la personne qui a assassiné votre fille pourrait très bien se trouver encore dans les parages, dit lentement Tina.

– Oui. Cette semaine, quelqu'un s'est introduit chez nous et a laissé le clown de chiffon que Hayley avait avec elle lorsqu'elle a été enlevée.

– J'espère que vous êtes allée voir la police.

– Je n'ai trouvé le second bouquet qu'aujourd'hui, et personne ne croit que la poupée soit celle de Hayley, surtout que je ne l'ai plus. Ils sont tous persuadés que c'est une poupée identique à celle que j'ai faite il y a vingt ans.

– Pourtant, il faut que vous alliez à la police. Tout de suite. Après tout, vous avez une autre petite fille.

Caroline se raidit.

– Oui, j'ai une autre petite fille, murmura-t-elle.

Elle regarda tristement par la vitre et réalisa progressivement que Tina avait quitté la route nationale pour une petite route étroite qui serpentait à travers bois.

– Où sommes-nous, Tina?

– Dans la réserve naturelle. Vous n'êtes jamais venue?

– Si, bien sûr, répondit-elle, heureuse de pouvoir détourner son attention des bouquets, au moins temporairement. Difficile de croire aujourd'hui que, pendant la Seconde Guerre mondiale, tout le coin était occupé par une usine de munitions.

– Je sais. A la fin de la guerre, ils sont simplement partis, et tout a été laissé à l'abandon.

Caroline regarda la vieille salle des chaudières, envahie par le lierre qui grimpait le long de la cheminée, et les fenêtres brisées qui donnaient sur une pénombre musquée.

– Je me demande si Claire est jamais venue, malgré son grand amour des animaux, ne put-elle s'empêcher de remarquer.

Tina eut un rire.

– C'est drôle que vous parliez de cela. Lowell m'a raconté qu'elle n'a jamais voulu mettre les pieds ici, même quand la télévision lui a proposé de faire un reportage sur l'endroit. Ce n'est pas le décor le plus attrayant de la terre, et il ne s'harmonise pas avec les joggings de grand couturier qu'elle arbore lorsqu'elle « communie » avec les animaux. Elle a préféré le zoo.

– Remarquez, je ne l'en blâme pas. Cet endroit m'a toujours donné le frisson.

La confusion se peignit sur le visage de Tina.

– Je suis désolée. Je n'aurais pas dû venir tout droit ici. Je vais vous ramener. Le service doit être terminé, et Lucy va se demander ce qui vous est arrivé.

Vingt minutes plus tard, lorsqu'elles atteignirent le dépôt mortuaire, Caroline aperçut Lucy assise dans sa voiture. Après avoir remercié Tina pour la promenade, elle se précipita vers la Corvette.

Lucy prit à la fois l'air contrarié et inquiet.

– Où étais-tu passée ? Je me préparais à trouver un téléphone pour appeler David.

– Excuse-moi. Je sais que je n'aurais pas dû t'abandonner, mais il s'est passé quelque chose.

– Quoi ?

– Tu te souviens du bouquet d'orchidées noires dont je t'ai parlé, sur la tombe de Hayley ? Eh bien, il y avait un bouquet identique à la cérémonie pour Pamela. Et le message était : « A Pamela, Noir comme le souvenir ».

Son amie la regarda fixement.

– Tu es sûre?

– Oui, je suis sûre. Je veux voir Tom. Tu peux me conduire au poste de police?

Lucy eut un geste d'apaisement.

– Caro, ne monte pas sur tes grands chevaux simplement parce que je t'ai posé une question parfaitement naturelle. Tu n'as pas besoin d'aller au poste de police pour voir Tom, bien sûr. Il sera à la maison dans une heure. Tu pourras lui parler là-bas.

II

Lucy et Tom vivaient ensemble depuis près de deux ans. Bien que son cadet de sept ans, c'était Tom qui insistait pour se marier, et Lucy qui traînait des pieds. « J'ai quarante-huit ans, Caro, disait-elle toujours. Je ne peux plus lui donner d'enfants. »

– Lucy, il a déjà des enfants. Et une ex-femme très pénible. C'est ça qui t'embête?

– Marian? Seigneur, non! Elle vit à Chicago et il ne la voit jamais – pourquoi diable m'inquiéterait-elle?

– En tout cas, quelque chose te retient. Et un de ces jours, je vais te coincer et t'obliger à me dire ce que c'est.

Un de ces jours n'était jamais venu, mais Tom et Lucy continuaient de vivre ensemble sans problème, bien qu'il fasse de temps en temps des histoires à propos de l'appartement sophistiqué de Lucy.

– Bon sang, disait-il en riant, je suis policier, et je vis dans un endroit qui ressemble aux fantasmes d'une star de cinéma.

Mais Lucy ignorait ses remarques, sachant qu'il admirait ses choix en matière de goût et que vivre dans cet appartement hollywoodien l'amusait. De longs divans noirs et des tables d'ébène se reflétaient à l'infini dans des miroirs gigantesques, et même si la moquette d'un blanc immaculé était difficile à entretenir, elle était incroyablement somptueuse, et l'on y marchait pieds nus avec délice. Un paravent chinois laqué noir et or dissimulait un bar, devant lequel se tenait maintenant Lucy, qui préparait trois brandys tandis que Tom parlait tranquillement avec Catherine.

– J'ai lu le rapport sur l'effraction. Il dit qu'à l'exception de la vitre brisée l'intrus n'a pas laissé de traces.

– Et à l'exception de la poupée, remarqua Catherine en regardant le visage tout en longueur de Tom, avec son nez mince et droit, et ses yeux couleurs gris ardoise.

Lorsqu'elle l'avait rencontré, ce regard, qui lui avait semblé horriblement froid et analytique, l'avait décontenancée. De temps en temps, surtout lorsqu'il se concentrait ou réfléchissait sur une affaire, il lui donnait encore cette impression, mais elle savait maintenant qu'il pouvait s'adoucir et s'emplir de gentillesse, d'inquiétude ou même d'amour, lorsqu'il se fixait sur Lucy. Catherine aimait bien Tom et savait qu'il était un excellent policier. En fait, il était même une sorte de petit prodige, qui se fraierait très rapidement un chemin vers le haut de l'échelle. Rien qu'en lui racontant les événements des jours précédents, sachant qu'il l'écoutait avec une attention complète, elle se sentait plus calme. Il n'y avait pas une ombre de condescendance ou de rejet dans son attitude.

– Je ne comprends absolument pas comment quelqu'un a pu appuyer une échelle contre la maison et grimper jusqu'à cette fenêtre au deuxième étage sans qu'aucun voisin ne l'ait vu, continua-t-elle.

– Tu as des voisins de tous les côtés?

– Non. La maison de l'autre côté de la rue est vide depuis cinq mois.

– Et les autres?

– Toutes occupées, mais les voisins de droite travaillent, et il n'y avait personne. Sur la gauche, la femme se trouvait là, elle. Elle n'a rien vu. Non plus que le vieux couple qui vit dans la maison de la rue derrière. Leur jardin est contigu au nôtre, et lui a passé presque tout l'après-midi à ratisser les feuilles mortes. Je ne vois pas comment il aurait pu ne pas voir quelqu'un qui se serait introduit par la fenêtre.

– Ce quelqu'un aurait-il pu avoir une clé de chez toi? Et ta femme de ménage? Comment s'appelle-t-elle?

– Fidelia Barnabas.

– Lucy dit qu'elle est plutôt bizarre.

– Mais non! Évidemment, elle tire les tarots et en sait long sur l'occultisme, mais je crois que c'est pour s'amuser. De plus, elle n'avait pas de clé, et même si elle en avait, elle n'en aurait pas eu besoin puisqu'elle était seule sur place. Et où aurait-elle trouvé Twinkle? Voilà le détail que tout le monde semble vouloir ignorer. C'était le clown de chiffon de Hayley qui se trouvait sur le lit.

Tom prit le verre que Lucy lui tendait sans un mot et fit un moment tournoyer le brandy le long des parois.

– Lucy m'a dit que tu avais fait cette poupée spécialement pour Hayley.

– Oui.

– Mais tu en avais également confectionné d'autres.

– Similaires, mais pas tout à fait identiques. La chevelure était d'une couleur différente. Et le sourire de Twinkle était plus large.

– Et tu es certaine de te souvenir du sourire de Twinkle après toutes ces années ?

– Sûre et certaine. Et qui aurait pu avoir cette poupée, sinon le meurtrier de Hayley ?

– En supposant qu'il s'agisse bien de Twinkle, beaucoup de gens auraient pu récupérer ce clown, lui dit Tom avec bienveillance. Il a pu être perdu avant que le kidnappeur ne quitte la ville avec Hayley. Il peut se trouver dans les parages depuis des années.

– Je n'avais pas pensé à ça, dit Caroline en fronçant les sourcils. Mais pourquoi aurait-on gardé cette poupée aussi longtemps avant de la déposer chez moi ?

– Les fous ont leur propre logique, Caroline.

– Il faut bien le croire, dit-elle en poussant un soupir. Tu as des indices sur l'assassinat de Pamela ?

Tom secoua la tête, et ses pommettes hautes accrochèrent la lumière d'une applique de cristal.

– Rien. Nous savons que l'incendie a été déclenché avec du kérosène et que Pamela a eu la gorge tranchée par une lame dentelée d'une dizaine de centimètres de long. Sans doute un couteau de cuisine, ce qui rend l'arme quasiment impossible à retrouver. La gorge a été coupée de gauche à droite, ce qui signifie que le meurtrier était droitier. La carotide et la jugulaire ont été tranchées, ainsi que les cordes vocales. Elle s'est sans doute très rapidement vidée de son sang – en quelques minutes tout au plus. Nous avons trouvé du sang partout sur les vêtements dans le dressing, et plusieurs cheveux – appartenant tous à Pamela –, ce qui laisse à penser que c'est là qu'elle a été agrippée par-derrière.

– Seigneur ! dit Caroline dans un souffle. Quelqu'un l'attendait dans le placard. Comme dans un film d'horreur.

– C'était effectivement très théâtral, surtout lorsqu'on sait que le tueur a répandu du kérosène dans toute la chambre, puis à mis le feu dans le salon, qui se trouve au moins à une trentaine de mètres de là où gisait le corps.

– Peut-être l'assassin voulait-il que vous découvriez qu'elle avait eu la gorge tranchée ? suggéra Lucy, assise en tailleur sur le sol, ses chaussures à hauts talons jetées près d'elle.

– Alors à quoi bon le feu ? Surtout lorsque le système d'extinction automatique s'est déclenché dès que la fumée a commencé à se dégager.

– C'est exactement ce que je voulais dire, remarqua Lucy avec un sourire. Le tueur ne voulait pas que le corps de Pamela soit détruit. Le feu était un acte symbolique.

Tom la regarda avec admiration.

– Lucy, tu es fantastique. Tu n'aimerais pas travailler avec moi ?

– Si, mais je sais que ce n'est qu'une basse flatterie. Tu ne vas pas me dire que tu n'y avais pas déjà pensé tout seul. Il me fait toujours ça, dit-elle en se tournant vers Caroline. Il veut s'assurer que je suis aussi futée que j'en ai l'air.

– Pas de problème, tu l'es, dit Tom avec un grand sourire.

Leur petit jeu éveilla chez Caroline un sourire distrait ; elle ne parvenait pas à se débarrasser de sa propre inquiétude.

– Tom, est-ce que tu penses que les fleurs prouvent qu'il existe un lien entre ce qui m'arrive et l'assassinat de Pamela ?

– N'oublie pas que Pamela était quasi unanimement détestée et qu'elle entretenait apparemment une liaison. Nous ne pouvons pas écarter de la liste des suspects Larry et Rick Loomis – le type avec lequel elle sortait, qui a par ailleurs déjà été condamné pour agression. Pourtant, j'aurais bien aimé avoir les deux bouquets pour pouvoir comparer les écritures.

– Je suis retournée sur la tombe de Hayley le lendemain, mais les fleurs avaient disparu.

– Toutes les fleurs, ou juste les orchidées ? demanda Lucy.

– Uniquement les orchidées.

– Le fait en lui-même est suspect, dit Tom. Écoute, demain, j'irai sur la tombe de Pamela voir si je peux trouver le second bouquet. Ainsi, nous aurons au moins un exemplaire de l'écriture. Ensuite, nous n'aurons plus qu'à trouver le fleuriste qui les a préparées et nous pourrons retrouver qui les a fait envoyer.

– S'il s'agissait de fleurs artificielles, elles ne viennent pas obligatoirement de chez un fleuriste, fit remarquer Lucy.

Caroline approuva d'un hochement de tête.

– Elle a raison, Tom. L'arrangement floral n'avait rien de professionnel. Ce n'était que quelques orchidées de soie noire liées par un ruban de velours noir. Un enfant aurait pu les confectionner.

– Mais vous pouvez être sûres que ce n'est pas un

enfant qui l'a fait, dit Tom d'un air mécontent. Réfléchissez au message : *Noir comme le souvenir.* Ce n'est pas une expression d'enfant.

– Non, pas du tout, acquiesça Lucy, qui regarda Caroline et ajouta : Que se passe-t-il? Qu'est-ce qui ne va pas?

– Je viens de penser à quelque chose, dit celle-ci, paralysée par le choc. La phrase. Ce n'est pas la bonne. La couleur n'est pas la bonne.

– Qu'est-ce que tu veux dire? demanda Tom en se penchant.

– Nous avions offert un chaton à Hayley pour son cinquième anniversaire. Il s'appelait Shadow. Il est mort, et Hayley était désespérée. Chris lui a fait un véritable enterrement, et il a même mis un bouquet de violettes sur la tombe de l'animal. « Le violet représente la nostalgie et le souvenir, a-t-il dit à Hayley. C'est la couleur du souvenir. Alors, chaque année, nous mettrons des violettes sur la tombe de Shadow pour lui faire savoir que nous ne l'avons pas oublié. »

– Voilà pourquoi Chris met des violettes sur la tombe de Hayley, dit lentement Lucy.

– Mon Dieu, murmura Caroline.

Tom la regarda avec attention.

– Je sais où tu veux en venir, mais c'est inutile. Hayley avait cinq ans quand Chris lui a dit cela. Les enfants de cinq ans ne comprennent pas des concepts tels que la nostalgie.

– Mais ils comprennent le souvenir.

– Peut-être, si tu veux. Comme beaucoup de gens. Ils connaissent également le symbolisme élémentaire des couleurs, comme l'association du noir et de la mort, et c'est la couleur noire qui est mentionnée dans la phrase, pas le violet.

Un peu plus tard, lorsque la nuit finit par effacer la grisaille monotone de la journée, Lucy pressa son corps nu contre celui de Tom dans le grand lit.

– Tu ne m'as pas accordé toute ton attention, il y a quelques minutes.

Tom caressa ses cheveux hirsutes.

– Pardon.

– Tu as l'esprit ailleurs.

– Je pense à Caroline.

– Bravo!

Il eut ce rire profond et joyeux qui l'avait séduite.

– Je ne pensais pas pouvoir encore te rendre jalouse. Mais tu n'as aucune inquiétude à avoir. Mes réflexions étaient strictement d'ordre policier.

– Tu crois qu'il se passe quelque chose de sérieux?

– Pas toi?

– Je ne suis pas sûre. Il y a eu une période, après la mort de Hayley, où elle refusait de croire à sa mort.

– C'est une réaction compréhensible. Si tu avais des enfants, tu saurais... Pardon, ma chérie, dit-il vivement en sentant Lucy se raidir.

– Ce n'est rien, dit-elle d'une petite voix lointaine.

– Je suis un crétin dépourvu de tact.

– Je sais, dit-elle avec un soupçon de rire. Ce n'est pas de ta faute. Tu ne peux pas faire attention à tout. Et je ne serais pas aussi susceptible si je n'avais pas failli avoir un enfant qui soit le mien.

– N'y pense pas.

– Une seule décision idiote. Une heure dans le cabinet d'un charlatan, et être mutilée à vie.

– Tu te trouvais dans une situation impossible. Tu as agi avec noblesse.

– *Noblesse*? Comment peux-tu qualifier de noble un avortement?

– Je pense que c'est possible dans certains cas. Dans ton cas, ça l'était. Comment aurais-tu pu savoir ce qui en résulterait?

Les larmes avaient fait couler le mascara sur le visage de Lucy, et elle les essuya d'un geste impatient.

– Oh, il en est passé de l'eau sous les ponts, dit-elle avec un rire tremblant. Alors, et Caroline?

Tom demeura un instant silencieux.

– Je ne suis pas sûr que tout ce qu'elle nous a dit soit exact. Elle est la seule à avoir vu les bouquets noirs et la seule à soutenir que la poupée de chiffon était bien Twinkle. Pourtant, on ne peut guère oublier ce qui est arrivé à sa première fille, et puisque le meurtrier n'a jamais été retrouvé, il pourrait très bien attendre une seconde occasion.

– Une seconde occasion?

– Je ne voulais pas en parler à Caroline, mais il est plus qu'improbable que quelqu'un qui n'ait eu aucun rapport avec l'enlèvement de Hayley ait trouvé la poupée et l'utilise maintenant pour lui faire peur. Si Caroline a réellement trouvé Twinkle sur le lit, le clown s'est probablement toujours trouvé en possession de l'assassin.

– Mais pourquoi réapparaîtrait-il maintenant?

– Qui sait comment fonctionne son cerveau? Peut-être y a-t-il un rapport avec le fait que Melinda n'a que deux ans de plus que Hayley lorsqu'elle a été tuée.

Lucy se dressa sur un coude.

– Tom, tu crois vraiment que quelqu'un menace Melinda?

– Je ne sais pas. Mais mieux vaut être prudent plutôt que de le regretter plus tard. Je vais présumer que Caroline n'a rien imaginé et me pencher sur le problème.

– Pourquoi toi ?

– Je ne peux le confier à personne, parce que nous n'avons pas un seul indice concret qui permette de lier ce qui est arrivé à Caroline au meurtre de Pamela. Bon Dieu, à l'exception d'une vitre brisée, nous n'avons aucun indice matériel !

– Par où vas-tu commencer, alors ?

Tom retomba dans le silence, et Lucy pouvait presque sentir fonctionner les rouages de son cerveau, comme toujours lorsqu'il se plongeait dans les méandres d'une affaire.

– Je vais commencer par le commencement : l'enlèvement de Hayley Corday.

III

« J'aurais bien aimé avoir les deux bouquets, pour pouvoir comparer les écritures. »

La phrase de Tom résonnait dans la tête de Caroline, tandis qu'elle se tournait et se retournait dans son lit, cherchant le sommeil. Elle ne pouvait s'empêcher de penser aux fleurs. Elle ne disposait jusqu'ici d'aucune preuve de ce qui lui était arrivé – pas de Twinkle, pas de fleurs. Elle avait besoin du bouquet noir et, bien que Tom ait dit qu'il se rendrait le lendemain au cimetière pour le chercher, elle se demandait s'il serait encore là. Après tout, les fleurs sur la tombe de Hayley avaient disparu le lendemain du jour où elle les avait vues.

Elle pouvait aller les chercher elle-même. Elle jeta un coup d'œil au réveil : minuit vingt. Bien tard pour se rendre dans un cimetière. Oui, mais si ce bouquet disparaissait, elle risquait de perdre toute crédibilité aux yeux de Tom.

David dormait profondément. Elle se glissa sans bruit hors du lit et enfila un jean, un gros pull et des tennis. En passant dans le couloir, elle jeta un coup d'œil aux enfants, qui dormaient tous deux à poings fermés, Greg étalé sur les trois quarts de son grand lit, Melinda roulée en boule à côté de George. Le chien leva la tête lorsqu'elle ouvrit la porte de la chambre et, quand elle lui fit signe, il se leva et sauta du lit avec autant d'agilité qu'un chat. Dans le couloir, Caroline lui murmura :

– Tu sais que tu n'es pas censé dormir sur le lit, mais on en reparlera plus tard. Pour le moment, j'ai besoin que tu m'accompagnes.

Dans la cuisine, elle trouva la torche électrique, boutonna sa parka, mit George en laisse et referma la porte à clé derrière elle, sans laisser de message à David. Le cimetière n'était pas loin, et avec un peu de chance, elle serait de retour avant qu'il n'ait remarqué son absence.

George s'assit avec joie sur le siège à côté d'elle, visiblement ravi à la perspective d'une promenade. La langue pendante, il regarda dehors avec curiosité tandis qu'ils roulaient dans les rues désertes, sa truffe laissant des traces humides sur la vitre. Lorsqu'ils atteignirent le cimetière, Catherine constata que les grandes grilles de fer forgé étaient ouvertes et réalisa qu'elle n'avait même pas envisagé qu'elles puissent être fermées, bien que Rosemont soit le plus cher et le mieux protégé des cimetières de la ville – bien loin de l'endroit minable où reposait Hayley. Elle franchit lentement les grilles et remarqua avec inquitétude la maisonnette de brique du gardien sur sa droite. Une lumière brillait à l'intérieur, mais aucun individu en uniforme ne mit le pied dehors pour s'enquérir de ce qu'elle faisait dans le cimetière à cette heure de la nuit. Peut-être était-il en train d'effectuer une ronde, si les gardiens de cimetière faisaient ce genre de chose. Ou bien peut-être la télévision absorbait-elle son attention. En tout cas, elle pénétra dans l'endroit sans encombre et se perdit rapidement sur le terrain vallonné.

Lucy et elle ne s'étaient pas rendues sur la tombe de Pamela plus tôt dans la journée, aussi ne savait-elle pas où se trouvait celle-ci. Elle avait pourtant le sentiment que la sépulture devait se situer dans la section « neuve », puisque les Fitzgerald et les Burke étaient arrivés en ville dans les quarante dernières années. Elle parcourut en voiture le dédale d'allées asphaltées, à l'affût de la masse de fleurs qui signalait toujours un récent enterrement. Lorsqu'elle finit par en apercevoir une, elle descendit, accompagnée de George, et se fraya un chemin à la lueur de sa torche à travers la pelouse soigneusement entretenue, pour découvrir que la toute nouvelle tombe appartenait à la famille Mathis.

– Ce n'est pas la bonne, murmura-t-elle au chien. Viens, on retourne à la voiture.

Inquiète à l'idée de tomber sur le gardien du cimetière, elle conduisit encore une dizaine de minutes avant d'entrevoir une autre sépulture possible située à flanc de colline au fond du cimetière. Elle ne pouvait pas se garer à côté et la perdit momentanément de vue lorsqu'elle éteignit les phares et sortit de la voiture. Un peu plus tôt, la torche ne lui avait guère été utile, mais de gros nuages noirs avaient maintenant obscurci la lune, et elle se retrouva dans l'obscurité quasi totale. Même la lueur de la torche lui parut faible, et elle se demanda si les piles n'allaient pas la lâcher. Ils n'auraient pas pu choisir un endroit plus approprié, pensa-t-elle tout en grimpant la côte, en tentant d'éviter de marcher sur les tombes. George trottait à ses côtés, en bon gardien, et elle ne put s'empêcher de lui parler, simplement pour dissiper le malaise soudain qui l'avait envahie.

– Ce n'est pas vraiment comme ça que j'avais prévu de passer la soirée, l'informa-t-elle. J'ai l'impression d'être un pilleur de tombes.

Il dressait les oreilles tandis qu'elle lui parlait et leva la tête pour lui lécher la main.

– Nous ne sommes que deux fantômes, George. Attends, je crois que la tombe se trouvait par là sur la droite.

Le faisceau de la lampe découvrit une montagne de fleurs fraîches.

– Si ce n'est pas ça, j'abandonne. Je n'aime pas cet endroit. J'ai l'impression que quelqu'un nous surveille, mais c'est idiot. Il n'y a personne d'autre que nous. Les cimetières n'attirent guère la foule la nuit.

La frayeur résonnait dans sa voix, et elle se dégoûtait. L'obscurité n'avait rien d'effrayant. Le cimetière n'avait rien d'effrayant. C'était un endroit magnifique, calme et tranquille.

Et plein de morts.

« Caroline, tu es une imbécile », se dit-elle d'un ton ferme en déchiffrant le nom gravé sur l'impressionnante pierre tombale.

Fitzgerald. Ainsi, Pamela avait été enterrée avec sa

propre famille, et non celle de Larry. Eh bien, cela ne la surprenait guère. A en croire tout ce qu'elle avait entendu, Pamela n'avait pas, si l'on exceptait l'argent, réellement entretenu de rapports avec Larry ou les Burke.

– Bien, on a trouvé l'endroit, George. Maintenant, il ne nous reste plus qu'à dénicher les orchidées noires.

Des centaines de fleurs. Des milliers de fleurs. Qui avait jamais suscité tant d'hommages, à l'exception d'une personnalité publique? se demanda Caroline. Elle s'agenouilla et dirigea sa lampe sur les corbeilles entassées sur la tombe. Des monceaux de fleurs, qui commençaient à se friper dans l'air vif de la nuit. Penchée en avant, elle les passa en revue, en commençant par la tête et en descendant vers le pied de la tombe, s'efforçant de faire preuve de méthode. Des glaïeuls, des lys, des roses. Des œillets, et même des orchidées blanches et pourpres. Mais pas d'orchidées de soie noire.

– Zut, marmonna-t-elle en s'asseyant sur ses talons, les mains parfumées de l'odeur des fleurs.

Le bouquet avait peut-être été abandonné au dépôt mortuaire, considéré comme inopportun? Mais dans ce cas, pourquoi avait-il été exposé là-bas? Elle se mit à quatre pattes, bien décidée à examiner la pile une seconde fois.

C'est alors que George se mit à gronder.

Le son prit naissance tout au fond de sa gorge, tandis que ses oreilles se dressaient.

– Que se passe-t-il, mon chien? demanda Caroline d'une voix tremblante, suivant son regard fixé sur le sommet de la côte, où un gigantesque chêne se détachait sur le ciel noir.

– Il y a quelqu'un là-haut?

Peut-être le gardien, pensa-t-elle avec nervosité. Les yeux de George s'étrécirent, et ses poils se hérissèrent sur son dos. Caroline se leva en agrippant sa laisse.

– Viens, George, on retourne à la voiture, ordonna-t-elle.

Le chien demeura immobile et raide, et son grondement s'amplifia jusqu'à ce qu'il semble faire résonner la terre. « S'il s'agissait du gardien, il se montrerait maintenant », réfléchit Caroline. Le chien se tendit.

– George, *s'il te plaît,* gémit-elle, prise d'une peur panique.

Soudain, il bondit, se dégagea et courut vers le sommet de la colline. Elle distinguait à peine sa silhouette, qui s'immobilisa près de l'arbre. Puis il s'assit, rejeta la tête en arrière, et son hurlement lugubre déchira la nuit.

– George, bon Dieu! fit Caroline avec un hoquet. George, viens! Viens ici tout de suite!

Le chien continua d'aboyer à la mort, et Caroline éprouva le sentiment d'être hors d'haleine.

– George, je m'en vais, dit-elle en reculant. Je m'en vais. Je rentre à *la maison. A la maison.*

George connaissait le mot maison. Il s'interrompit au milieu d'un hurlement, hésita, puis dégringola la colline et lui sauta dessus, plantant ses grosses pattes sur ses épaules.

– Bon chien!

Elle attrapa la laisse et glissa la boucle autour de son poignet, décidée à ne plus le laisser s'échapper.

– Allez, viens! Il faut retourner à la...

Le chien retomba sur ses pattes, et Caroline regarda avec horreur les traces qu'il avait laissées sur sa veste blanche. A la lueur de la lune, elles avaient l'air de taches d'encre, mais Caroline savait qu'il s'agissait de sang.

Le choc la pétrifia, et George mit à profit sa faiblesse momentanée pour la tirer le long de la côte. Le poignet pris dans la laisse, elle ne parvint pas à se dégager, trébucha une fois sur l'herbe humide et s'entendit sangloter tandis qu'elle se remettait sur ses pieds. Les quarante kilos de George n'étaient plus que muscles et volonté implacable, et il ne s'arrêta que lorsqu'il l'eut traînée jusqu'au pied de l'arbre.

Elle ne s'était pas trompée, c'était bien le gardien du cimetière, pensa-t-elle vaguement. Il gisait étendu sur les racines noueuses, et le devant de son uniforme était imbibé de sang.

8

I

Caroline fut plus tard stupéfaite du calme avec lequel elle s'agenouilla et prit le poignet de l'homme pour chercher le faible battement de pouls. George s'était tu, et elle le laissa là, protecteur et sur le qui-vive, tandis qu'elle redescendait en courant vers la voiture et démarrait en direction de la maisonnette du gardien.

A l'intérieur de celle-ci, toutes les lumières étaient allumées. Elle éteignit la télévision qui braillait et s'empara du téléphone noir qui reposait sur la longue table métallique en désordre. A l'instant où Tom répondit, elle réalisa qu'elle aurait dû composer le numéro de la police, mais son geste avait été instinctif.

– Tom, c'est Caroline, dit-elle d'une voix amicale et maîtresse d'elle-même. Je suis désolé de vous réveiller, Lucy et toi.

– Lucy est chez sa mère. Que se passe-t-il?

– Je suis au Rosemont Cemetery, et j'ai trouvé le gardien sur la colline où est enterrée Pamela Burke. Soit il a été poignardé, soit on lui a tiré dessus, je ne sais pas.

Après une légère pause, Tom demanda :

– Il est mort ?

– Non, mais il est inconscient et il a perdu beaucoup de sang.

– Tu es au poste de garde ?

Caroline hocha la tête.

– Tu es bien au poste de garde ?

– Oh oui, pardon !

– Ne retourne pas près de lui. Reste où tu es. J'arrive.

Soudain, Caroline sentit ses genoux flageoler. Elle s'assit sur une chaise métallique rembourrée, remarquant quasiment sans s'en rendre compte la revue porno grande ouverte sur la table, le paquet de gâteaux à moitié vide, la cafetière allumée au fond de laquelle grésillait un dépôt noir à l'odeur forte. Elle l'éteignit et ferma la revue, puis se demanda si elle aurait dû toucher à quoi que ce soit. Mais le gardien n'avait pas été blessé sur place, et il n'était guère probable que son assaillant soit venu laisser traîner ses empreintes sur le magazine avant de repartir.

Elle jeta un coup d'œil à la pendule murale noire. Une heure vingt-deux. Il y avait donc près d'une heure qu'elle avait quitté la maison ? Et si David se réveillait sans la trouver ?

Elle reprit le téléphone en se sentant coupable. Au bout de trois sonneries, David répondit dans un grognement :

– Caroline ? C'est toi ?

– Je suis désolée, David. Je ne voulais pas m'absenter plus de quelques minutes, mais j'en ai encore pour un moment.

– Quoi ? Tu sais l'heure qu'il est ? Où es-tu ?

– Je te raconterai plus tard, dit-elle en entendant une sirène dans le lointain. A tout de suite.

Il bredouillait encore à l'autre bout lorsqu'elle raccrocha. Elle n'avait pas le temps de lui expliquer maintenant : l'ambulance arrivait déjà. Elle sortit et se dirigea vers sa voiture en disant : « Suivez-moi. »

Le conducteur avait arrêté la sirène, mais la lumière rouge tournoyait encore dans l'obscurité, projetant sur les tombes des reflets sanglants. L'excitation était trop grande pour George et, lorsqu'ils atteignirent la colline, il s'était remis à hurler comme le Chien des Baskerville. Les infirmiers le regardèrent d'un œil prudent.

– C'est mon labrador, intervint-elle. Il ne vous fera rien.

– Ça ne vous ennuierait pas de le tenir pour qu'on puisse travailler ? demanda un jeune homme d'un air sceptique.

– Bien sûr que non, dit Caroline, qui grimpa la côte avec eux et attrapa la laisse de George sans regarder le gardien baignant dans son sang.

Le chien la suivit sans rechigner.

Deux policiers en uniforme étaient arrivés entretemps, et l'un d'eux notait son nom et son adresse lorsque Tom apparut. Il sauta de sa voiture, vêtu d'un jean et d'un vieux sweat-shirt rouge passé, à peine coiffé.

– Caroline, tu vas bien ?

– Oui, mais je suis drôlement contente de te voir !

La réaction au choc la frappait maintenant de plein fouet. Sa voix tremblait, et Tom, la prenant par le bras, la conduisit à sa voiture. Lorsqu'il ouvrit la portière,

George sauta à l'intérieur, et Caroline s'assit de côté sur le siège avant en regardant Tom et les policiers.

– Vous allez vous trouver mal? demanda l'un d'entre eux.

Elle sourit.

– Il m'arrive de trembler, mais je ne m'évanouis jamais. Ça va aller.

– Vous pouvez nous dire ce que vous faisiez là, madame? demanda l'autre, prêt à noter dans son calepin noir.

– Je sais ce qu'elle fait là, intervint vivement Tom. Caroline, dis-nous simplement comment tu as découvert le gardien.

– Je me trouvais sur la tombe de Pamela, en train de passer les fleurs en revue. (Elle vit le regard qu'échangeaient les deux policiers.) Puis George s'est mis à gronder. Il a couru jusqu'à l'arbre, je l'ai appelé, et lorsqu'il a fini par venir, il m'a sauté dessus en laissant des traces de sang sur ma veste. Ma main était prise dans la laisse, et quand il s'est précipité pour y retourner, il m'a traîné tout le long du chemin.

– Le gardien était inconscient?

– Oui.

– Tu as vu ou entendu quelque chose?

– Rien, Tom. Mais au poste de garde, j'ai constaté que la cafetière devait être allumée depuis longtemps. Le fond était en train de brûler, comme si tout le café s'était évaporé.

– Tu penses donc que ceci s'est passé il y a un bon moment.

– En tout cas, pas au cours de la demi-heure qui vient de s'écouler. Lorsque je suis arrivée, il n'y avait pas trace du gardien dans la maison, et je n'ai à aucun moment aperçu sa voiture, pendant que je tournais à la recherche de la tombe de Pamela. Il doit pourtant en avoir une, il ne peut pas patrouiller cet endroit à pied.

Tom se tourna vers l'un des policiers en tenue.

– Vous pouvez monter voir dans quel état il se trouve et essayer de dénicher sa voiture? A quelle heure es-tu arrivée? demanda-t-il en revenant à Caroline.

– Je dirais vers une heure moins vingt.

– Et tu as parcouru tout le cimetière en voiture à la recherche de la tombe?

– Uniquement la partie récente. Je ne pensais pas que les Burke ou les Fitzgerald puissent être enterrés dans la section la plus ancienne du cimetière, où se trouvent les familles dont l'installation remonte à avant la Seconde Guerre mondiale.

Tom eut un large sourire.

– Tu sais, entre toi et Lucy, je me demande quelquefois si je ne devrais pas rendre mon insigne. Tu viens de procéder à quelques excellentes déductions, surtout compte tenu des circonstances.

– Je ne me sens pourtant pas particulièrement maligne. J'ai plutôt le sentiment d'avoir agi comme une idiote, à me promener par ici avec un assassin en liberté.

– Tu n'aurais jamais dû venir. Je t'avais dit que je viendrais chercher le bouquet.

– Je ne voulais pas attendre. Tu sais que, le lendemain du jour où j'ai vu les orchidées sur la tombe de Hayley, elles avaient disparu. Et si le second bouquet se trouve sur la tombe de Pamela, dit-elle après un silence, je ne l'ai pas trouvé.

– C'est dommage.

Caroline lui lança un regard vif.

– Je sais ce que tu penses : il n'y a jamais eu de bouquet.

– Je n'ai pas dit ça.

– Tu n'en as pas eu besoin. Mais il y a une chose que tu ne peux pas nier, Tom : ce gardien a été attaqué près de la tombe de Pamela. Peut-être la personne qui a envoyé ce bouquet noir est-elle venue le récupérer.

– Et le gardien l'a surprise.

– Oui.

Caroline ne lut aucune expression sur le visage de Tom, qui regarda le policier qui revenait de la colline.

– La voiture du gardien est dans l'allée suivante, apprit celui-ci à Tom.

– Je ne suis pas allée jusque-là, dit Caroline. Voilà pourquoi je ne l'ai pas vue.

Tom hocha la tête.

– Et le gardien?

– Ils ont arrêté l'hémorragie, mais il est toujours inconscient.

– Que lui est-il arrivé?

– Il a reçu une balle dans la poitrine. Il semble qu'on lui ait tiré dessus avec son propre revolver. L'arme a disparu.

II

Trois jours plus tard, Tom Jerome était au moins convaincu d'une chose : le travail de la police sur l'affaire Hayley Corday avait été bâclé. Malgré les résultats catastrophiques du passage de Millicent Longworth au détecteur de mensonges, la piste avait été complètement abandonnée. De plus, peu ou pas du tout de recherches avaient été entreprises sur le passé de quiconque s'était trouvé en rapport avec l'enfant, et des indices aveuglants avaient été écartés sans aucune raison valable. Une semaine après la disparition de Hayley, par exemple, une femme du nom de Margaret Evans avait vu une enfant correspondant au signalement de Hayley étendue sur le siège arrière d'une voiture garée à l'extérieur d'un restaurant sur le bord de la route près de Chillicothe. La femme affirmait avoir frappé à la vitre de la Cadillac, mais l'enfant n'avait pas bougé, et Mrs. Evans en avait déduit qu'elle avait été droguée. Harry Vinton, le détective de la brigade des mineurs chargé de l'enquête, avait écarté son témoignage en affirmant que la femme était folle et passait son temps à leur signaler des enfants disparus. Pourtant, les recherches de Tom révélèrent que Mrs. Evans n'avait jamais auparavant contacté la police. Sur un coup de tête, il composa le numéro qui se trouvait dans le dossier, certain qu'au bout de vingt ans la femme devait avoir déménagé. Son cœur bondit lorsqu'une jeune femme lui répondit que sa mère s'appelait bien Mrs. Evans et que, bien qu'elle soit pour le moment absente, elle serait probablement de retour le vendredi suivant. Après avoir raccroché, Tom décida de s'intéresser d'un peu plus près à Harry Vinton.

– Bien sûr, je me souviens de lui, lui dit Al Mc Roberts, qui avait travaillé à la brigade des mineurs avant de rejoindre la Criminelle. Un sacré bon flic, jusqu'à ce que l'alcool finisse par l'avoir. Il a pris sa retraite il y a dix-sept ou dix-huit ans, bien avant ton arrivée.

– Un bon flic, tu dis.

– Oui. (Al fronça les sourcils.) Parce qu'il était malin et qu'il aimait le montrer. Je veux dire, on sait qu'on ne peut pas s'investir personnellement dans une affaire, sinon on perd la tête, mais Harry, tout lui glissait dessus. Il n'avait jamais aucune réaction viscérale. Pour lui, chaque cas représentait une énigme, et il voulait prouver qu'il était capable de la résoudre. A part ça, rien ne le touchait. Alors, qu'est-ce que tu penses de la psychanalyse de bazar? conclut-il avec un petit sourire.

– Intéressant. Tu te souviens de l'affaire Hayley Corday?

Al fixa le vide devant lui, son visage vieilli avant l'âge bien pâle sous le chaud soleil matinal.

– La fille du peintre, non? Le tueur lui a coupé la tête et a brûlé le corps, c'est ça? (Tom acquiesça d'un hochement de tête.) Je n'ai pas travaillé sur le dossier, mais il me semble me souvenir qu'à l'époque j'ai pensé que Vinton ne faisait pas preuve de son obstination habituelle.

– Qu'est-ce que tu veux dire?

– Dans mon souvenir, il a laissé tomber assez rapidement après la découverte du corps.

– Le dossier relevait alors de la Criminelle.

– Je sais, mais auparavant ce genre de chose n'avait jamais embarrassé Vinton. Je te l'ai dit, il adorait la célébrité. Une vraie diva. En temps normal, il n'aurait pas lâché le morceau, et même travaillé pendant ses heures de loisir, juste pour montrer qu'il pouvait mieux que tout le monde résoudre l'affaire.

– Personne n'a pensé que son attitude était étrange?

Al se frotta le menton d'un air songeur.

– Si, mais on l'a attribuée aux problèmes qu'il avait alors avec sa femme. Oh, bon sang, comment s'appelait-elle? dit-il en voyant que Tom haussait les sourcils. C'était un pseudonyme. Elle jouait dans un tas de pièces amateurs du coin et avait l'air de penser qu'elle deviendrait une star.

– Je suppose que ça n'a pas été le cas.

Al eut un rire.

– A mon avis, elle n'avait jamais eu l'ombre d'une chance de le devenir. Je ne suis guère très bon juge en la matière, mais à en croire les trucs dans lesquels elle a joué, et où ma femme m'a traîné... Enfin, elle était jeune et séduisante, elle avait bien vingt ans de moins que Harry, et elle lui a tourné la tête. Il a quitté sa première femme, dépensé les quelques économies qu'il avait jamais faites, puis elle l'a laissé tomber et est partie pour la Californie. Il s'est mis à boire. Puis elle a été tuée, et quelques mois plus tard Harry a quitté la police.

– Pour faire quoi?

– Il a un peu joué au détective privé, mais il y a longtemps qu'il y a renoncé.

– Et de quoi vit-il, alors?

– Aucune idée. Il a peut-être fait un héritage.

– Peut-être, dit Tom d'un air pensif.

III

Harry Vinton roula hors du lit et regarda le réveil. Onze heures et demie. Eh bien, au moins, pour la première fois de la semaine, il se levait avant midi.

Bon Dieu, pour la première fois en un mois, même. Quelle était la raison de cette excitation? Quelque chose devait flotter dans l'air, pensa-t-il, quelque chose qu'il ne parviendrait pas à définir tant qu'il n'aurait pas bu son premier café.

Il souleva en grommelant ses cent vingt kilos et cligna des yeux sous le soleil qui perçait à travers les stores vénitiens ouverts. Bon Dieu, quand se souviendrait-il qu'il fallait fermer ces fichus trucs avant de se coucher? Sans doute le jour où il irait se coucher sobre, ce qui ne lui était pas arrivé depuis longtemps et ne lui arriverait probablement plus jamais.

Il brancha la cafetière, qui émit un sifflement en se mettant en route, et se pencha sur l'évier de la cuisine, tout en regardant par la fenêtre sa jeune voisine. Elle chargeait des valises dans sa voiture, ses longs cheveux blonds ramenés en queue-de-cheval, ses hanches rondes bien moulées dans sa jupe. Il ne l'avait jamais vue de près, mais elle devait avoir vingt-cinq ans et, de loin, lui rappelait Teresa, sa seconde femme. Elles avaient la même démarche provocante, qui disait qu'elles savaient qu'elles étaient sexy, la même façon de faire tournoyer leurs cheveux pour attirer l'attention. Mais, en dépit de son corps sensuel et de son assurance, la fille d'à côté paraissait innocente, alors que Teresa avait été tout sauf innocente.

Ce qui est en partie ce qui t'a séduit chez elle, pensa Harry. Sa première femme était loyale, gentille et ennuyeuse comme la pluie. Son petit visage quelconque ne s'animait que lorsqu'elle organisait une vente de charité, et elle supportait leur rapport sexuel hebdomadaire avec l'air absent d'une femme qui prépare la liste des courses du lendemain. Et puis Teresa était arrivée. Teresa, qui était serveuse, buvait la moindre de ses paroles lorsqu'il s'arrêtait dans ce bar après son travail, et une nuit, au OK Motel, avait eu l'air transporté lorsqu'il lui avait dit qu'il allait divorcer pour l'épouser. Mais elle n'était pas faite pour la vie domestique. Elle avait un besoin maladif d'attention et, bien qu'il ait fait tout ce qui était en son pouvoir pour la retenir, elle était partie pour Hollywood, certaine que le grand écran lui réservait une place de choix. Harry rit tout haut à ce souvenir, d'un rire sans joie. Dieu seul sait pourquoi, il l'avait aimée. Pauvre Teresa. Teresa Torrance, comme elle s'était baptisée. Mais un an plus tard, lorsqu'un cambrioleur l'avait poignardée, le minuscule entrefilet du journal lui avait donné son véritable nom : Tessie Kuhn.

Il y avait presque dix-neuf ans de cela. Difficile à croire. Si elle n'avait pas été assassinée, elle serait revenue. Harry le savait. Elle serait revenue lorsqu'elle aurait réalisé que Hollywood ne voulait pas d'elle alors que lui la voulait. Et il avait de l'argent, à ce moment-là. Huit mois exactement après que Teresa fut partie, Hayley Corday avait été enlevée. C'est alors qu'il avait rencontré sa chance, son unique chance d'avoir jamais suffisamment d'argent pour faire revenir Teresa à la maison. Il lui avait parlé trois semaines avant sa mort et lui avait dit qu'il avait « touché un paquet ». Elle ne l'avait d'abord pas cru, surtout lorsqu'il avait refusé de lui envoyer une partie de sa toute nouvelle richesse. Encourager ses stupides rêves hollywoodiens n'était pas le moyen de la faire revenir. Mais des mois à Los

Angeles avaient entamé l'assurance de Teresa. Personne n'éprouvait l'envie de lui confier un rôle au cinéma, à la télévision, dans une publicité, ou quoi que ce soit d'autre, et elle était redevenue serveuse, dans un self minable, cette fois-ci. Harry était persuadé que, si elle avait vécu six mois de plus, elle serait revenue. Mais elle était morte.

Il se versa une tasse de café en regardant partir la blonde. Elle voyage drôlement, pensa-t-il sans le moindre intérêt. La petite Corday aurait eu le même âge. Elle aussi était blonde. C'était drôle comme il pensait à elle aux moments les plus inattendus. Non, c'était drôle comme il ne cessait *jamais* de penser à elle.

Eh bien, à quoi d'autre pouvait-il penser, bon Dieu? songea-t-il en se traînant en caleçon dans le salon et en allumant la télévision. Depuis dix-neuf ans, il était officiellement détective privé, mais il y avait bien longtemps qu'il avait renoncé à faire semblant. Il n'avait pas besoin d'argent, après tout. Enfin, pendant un moment, il n'en avait pas eu besoin. Mais sa source se tarissait maintenant, et il ne lui resterait bientôt plus rien, grâce à ses mauvais investissements. Il pouvait encore se débrouiller pendant deux ou trois ans, mais après?

La sonnette retentit, et il faillit sauter de son siège. Il ne recevait jamais de visite. Il s'agissait peut-être d'un représentant de commerce. Il jeta un coup d'œil à travers les rideaux et aperçut un homme grand et mince dont les yeux avaient immédiatement perçu son mouvement. Harry recula d'un bond, mais la sonnette résonna de nouveau. Pourquoi ce salaud ne s'en va-t-il pas? fulmina-t-il. Il n'avait pas l'intention d'acheter quoi que ce soit. Mais lorsqu'un troisième coup de sonnette s'éleva, il céda et entrouvrit la porte, uniquement vêtu de son vieux caleçon trop grand.

– Harry Vinton?

– Qui le demande? dit Harry en fixant le regard gris perçant.

– Je m'appelle Tom Jerome. J'aimerais vous parler de l'affaire Hayley Corday.

Deux heures plus tard, Harry raccrochait violemment le téléphone pour la quatrième fois. Pas là. Ou refusant de répondre. Se doutant que c'était lui. Non, impossible. Il était simplement bouleversé.

Il ouvrit une autre bière et réfléchit. Que s'était-il passé? Quelqu'un avait-il avoué? Rien ne pouvait faire croire à Harry que l'histoire de Jerome, qui prétendait que quelqu'un persécutait la mère de la petite Corday, puisse être vraie. Bon Dieu, non, c'était une ruse. Et une ruse bien pauvre. Il attendait mieux de ce détective dont il avait tant entendu parler. Un petit génie. Voilà ce que Jerome était censé être. Un petit génie de Chicago. Bon Dieu, Harry aurait pu lui en remontrer dans sa jeunesse. Ce type était un crétin.

Mais il ne l'était pas, et Harry le savait. Ce type était effrayant, avec ses yeux aussi durs et froids que du granit. Et il était en chasse.

Harry frissonna, malgré la graisse qui lui tenait chaud d'habitude. Il composa une nouvelle fois le numéro. Cette fois-ci, on lui répondit.

– C'est Vinton. Je viens ce soir pour vous parler.

(Il engloutit sa bière tandis que quelqu'un lui répondait.) Je ne viens pas pour de l'argent. Je viens à cause de votre grande gueule.

Il raccrocha. Personne n'était assez fort pour se mesurer à Harry Vinton, pensa-t-il en serrant le poing. Pas même Jerome. Non, monsieur. Il allait descendre au fond des choses et, ensuite, il réglerait le problème.

IV

Chris Corday commanda un autre whisky à l'eau et jeta un regard le long du bar. Elle jouait avec une serviette humide sous son verre, les yeux baissés comme si elle l'ignorait complètement. Il sourit intérieurement. Pourquoi agissaient-elles toujours comme si elles ne vous voyaient pas ? Comme si elles ne savaient pas que vous existiez ? Alors qu'en fait elles étaient tendues, attendant que vous fassiez le premier pas. Eh bien, d'accord. Il savait jouer le jeu.

Il ramassa son verre et marcha lentement dans sa direction. Elle leva les yeux et tenta de mettre de la surprise dans son regard souligné d'une ombre argentée.

– Je peux m'asseoir ? demanda Chris avec juste ce qu'il fallait d'hésitation charmeuse. Vous attendez quelqu'un ?

– Mon ami devait venir, mais je suppose qu'il n'a pas pu, répondit-elle d'une voix fausse, à l'accent du Midwest, légèrement nasale et totalement dépourvue de charme. Vous pouvez vous asseoir un moment.

Chris lui adressa un sourire de remerciement, tout

en pensant que tout cela n'était que foutaise et qu'il était bien trop fatigué pour s'enthousiasmer pour elle. Mais quelle était l'alternative? Une nuit tout seul dans la maison de rondins, à penser à Hayley? Il se força à dire d'une voix chaleureuse :

– Votre verre m'a l'air bien entamé. Je peux vous en offrir un autre?

Elle parut peser le pour et le contre.

– Bon, d'accord. Je peux en prendre encore un.

– Génial. A propos, je m'appelle Chris.

Elle eut un sourire de coquetterie :

– Et moi, Renée.

Il ne lui fallut qu'une heure pour la convaincre de rentrer avec lui. A ce moment-là, elle en était à son quatrième cocktail et lui racontait combien son premier mari était un salopard, mais ce n'était rien à côté du second, qui l'avait laissée tomber l'année dernière. Chris écoutait en hochant la tête avec compassion. Le bar était maintenant plein, et lorsque quelqu'un la bouscula, lui faisant renverser son verre, il se pencha vers elle.

– Écoute, cet endroit devient infernal. Pourquoi est-ce qu'on ne va pas chez moi prendre un verre tranquille?

– Je ne sais pas si je dois.

– S'il te plaît, dit-il avec un regard bleu plein de sincérité. Ça me fait vraiment plaisir de parler avec toi.

Renée lui rendit un regard embrumé.

– Bon, d'accord. Mais pas plus d'un verre. Je travaille demain.

Lorsqu'ils se levèrent pour partir, elle balança sur son épaule un énorme sac et faillit assommer Chris.

– C'est un sac à main ou un fourre-tout? demanda-t-il en tentant de dissimuler son irritation.

Elle eut un petit rire d'ivresse.

– Je déteste les trucs ridicules dans lesquels on ne peut rien mettre. Je peux trimbaler la moitié de mon appartement dans celui-là.

Sur le chemin, elle se pencha, alluma la radio et entonna *Every Breath You Take* avec le groupe Police. Elle fermait les yeux en chantant, le visage palpitant d'une émotion qui ne s'accordait guère à sa voix fausse, et Chris se demanda si le corps magnifique sous le jean et le pull valait vraiment tout ceci. Seigneur, on aurait dit un disque rayé. Il prit une profonde inspiration et regretta de ne pas avoir bu un verre de plus. Peut-être aurait-elle alors été un peu plus attirante.

– Une maison en rondins ! couina-t-elle avant d'éclater d'un rire hystérique. Oh, le trip !

– Je pensais que plus personne n'utilisait cette expression, dit Chris, qui se souvint qu'il fallait lui sourire. Voici mon humble demeure. Entre, je vais te préparer un verre.

Lorsqu'il ouvrit la porte d'entrée et alluma la lumière, Hécate se leva du canapé sur lequel elle dormait et jeta un regard flamboyant à la fille, qui poussa un cri perçant, comme si on venait de la poignarder.

– Qu'est-ce que c'est que *ça* ?

– Je crois qu'on appelle ça un chat.

– Mais son œil, dit-elle en se figeant. Je déteste les chats, ajouta-t-elle d'une voix glaciale. Je les hais.

Hécate sauta du canapé avec un feulement furieux. Renée poussa de nouveau un cri et jeta son énorme sac à la tête du chat. Elle atteignit son but, et Hécate heurta le mur avec un bruit sourd, se remit sur ses pattes, puis fila comme une flèche vers la porte.

Avec un regard glacial à l'adresse de Renée, Chris suivit le chat, qui s'était réfugié sous sa jeep.

– Désolé, Hécate. Elle n'a pas l'air d'aimer les félins. (La chatte cligna de son œil valide et lui lança un regard accusateur.) Reviens, et je te promets de me débarrasser d'elle.

Mais l'animal ne fit que se recroqueviller encore plus. Timide dans le meilleur des cas, elle était maintenant terrifiée, et refuserait d'approcher de nouveau la maison avant le lendemain matin, lorsqu'elle aurait faim. Chris rentra avec un soupir. Renée était assise sur le canapé et avait retiré ses chaussures, posées sur le sol devant elle.

– C'est un endroit très agréable, dit-elle gentiment. Ce sera encore plus agréable quand tu m'auras donné un verre.

Chris la regarda pendant au moins dix secondes, puis dit calmement :

– Renée, c'était peut-être une erreur. Il est tard.

– Il est dix heures et demie.

– Mais tu as dit que tu travaillais demain.

– Écoute, je peux quand même rester debout après dix heures et demie, bon sang.

– Oui, bien sûr. Tu n'es plus une enfant, hein?

Qu'est-ce que ça peut faire que tu ne l'aimes pas? pensa-t-il. Dans deux heures, tu la raccompagneras et tu ne la reverras plus jamais.

– Que veux-tu boire? demanda-t-il.

– Les mélanges, ça n'est pas bon. Je reste au bourbon.

Elle se leva et le regarda avec coquetterie.

– Pendant que tu me prépares un verre, je vais me repoudrer le nez. Enfin, si tu me dis où se trouve l'endroit.

– La salle de bains est par là.

Il la guida vers la chambre, alluma le lustre et fit un geste vers le fond de la pièce.

– De l'autre...

Il jeta un regard vers le lit, où un clown de chiffon lui souriait.

– J'aurai peut-être besoin d'un guide pour revenir au salon, disait Renée. Sinon, je pourrais me perdre, et...

Chris s'approcha du lit, prit la poupée et se retourna brusquement vers elle.

– Où as-tu trouvé ça?

Elle battit des paupières :

– Où j'ai trouvé quoi?

– Twinkle. Où as-tu trouvé Twinkle?

La fureur qui résonnait dans sa voix la figea.

– Tu veux dire la poupée?

– Tu sais fichtrement bien que je parle de la poupée.

– Comment ça, où je l'ai trouvée, *moi*? Elle est sur *ton* lit. C'est la première fois que je la vois.

– Tu l'avais dans ce grand sac, c'est ça? Tu l'as posée sur le lit quand je suis sorti chercher le chat?

Elle recula d'un pas.

– Écoute, je ne sais pas de quoi tu parles. (Elle avait retrouvé toute sa sobriété, et la peur se lisait dans son regard.) Je jure que je n'avais jamais vu cette poupée.

– Menteuse.

Elle passa sa langue sur ses lèvres tandis qu'elle explorait la chambre du regard.

– Ta porte n'était pas fermée. Quelqu'un est peut-être entré et a déposé la poupée sur ton lit.

– *Toi*. C'est toi qui l'as déposée sur le lit.

Il jeta le clown de chiffon et marcha sur elle, l'agrippant par l'épaule, mais elle fut plus rapide que lui. Elle hurlait déjà dans le salon :

– Tu es cinglé! Siphonné!

Il demeura immobile tandis qu'elle se ruait sur la porte. L'air froid pénétra dans la pièce lorsqu'elle ouvrit le battant et se précipita pieds nus dans l'obscurité.

– Espèce de cinglé! Je vais appeler la police!

Elle atteignait la jeep lorsque quelque chose passa en sifflant près de sa tête et fit voler en éclats la fenêtre de la maison. Instinctivement, elle se jeta à terre et se blottit contre la voiture tandis qu'un nouveau coup de feu transperçait l'obscurité, puis un autre, et encore un autre, tous dirigés contre la maison. Puis le silence retomba.

Un quart d'heure s'écoula avant que Renée ne soit capable de se redresser. Elle était terrifiée, gelée, mais également intriguée par le silence brutal qui s'était abattu sur la maison. Quelques instants après l'arrêt des coups de feu, la chatte avait émergé de dessous la jeep et s'était précipitée à l'intérieur de la maison, mais même après cela, pas un bruit n'avait retenti, personne n'était sorti pour voir si elle allait bien. Le vide semblait avoir englouti l'homme et le chat, ce dont Renée se fichait pas mal si elle avait pu s'en aller, mais elle se souvenait que Chris avait emporté les clés de la jeep en arrivant, et elle ne pouvait pas parcourir pieds nus dans l'obscurité le kilomètre qui la séparait de la route au bas de la colline.

Le souffle court, Renée se dirigea vers la maison, rampant et courant à moitié. Elle hésita avant d'entrer, puis franchit le seuil et pénétra dans le salon, où Hécate léchait les paupières closes de Chris, tandis que le sang de celui-ci gouttait sur le tapis d'Orient.

9

– Tiens, voilà le rôdeur de minuit, dit Lucy en voyant Caroline pénétrer dans le magasin.

– Je crois que je vais en entendre parler pendant longtemps, de cette histoire, dit celle-ci avec un rire.

– Écoute, se promener dans les cimetières au milieu de la nuit n'entre pas dans tes habitudes, sans parler que tu as fait la une des journaux.

Caroline eut une grimace :

– Oui, ça, David a beaucoup apprécié.

– Il était vraiment furieux ? demanda Lucy avec surprise.

– Oui, pas tant à cause des journaux que de ma visite au cimetière. Il est persuadé que je ne suis pas en pleine possession de mes facultés mentales, je crois.

– Tu aurais pu te faire tuer.

– Je ne pouvais pas le savoir. Je n'allais là-bas que pour chercher le bouquet. Le gardien a-t-il repris connaissance ?

– Hier soir. D'après Tom, il a raconté qu'il effectuait sa ronde habituelle à minuit lorsqu'il a remarqué deux jeunes voyous. Quand il est sorti de sa voiture pour leur demander ce qu'il faisaient là, ils se sont mis à courir, et il les a poursuivis. Il en a rattrapé un près de l'arbre, ils se sont battus, le type s'est débrouillé pour lui prendre son revolver et lui a tiré dessus.

– Qu'est-ce que deux types de ce genre pouvaient bien fabriquer dans un cimetière à cette heure-là? remarqua Caroline en fronçant les sourcils.

– Une affaire de drogue, dit le gardien. Il prétend avoir vu échanger des attaché-cases – l'un visiblement plein d'argent et l'autre de cocaïne. Mais Tom n'y croit pas, ajouta Lucy avec un sourire. Il pense que le gardien a un peu trop vu *Deux flics à Miami*.

– Comment peut-il en être aussi certain?

– Le gardien est un lourdaud de cinquante-cinq ans. Pourquoi diable se serait-il lancé à la poursuite d'un jeune voyou probablement armé, au lieu de simplement tirer un coup de semonce?

– Comment savez-vous qu'il ne l'a pas fait?

– Son arme a été retrouvée près de l'entrée du cimetière. Il n'y manquait qu'une balle, celle qu'il a reçue.

– Quelle est donc l'opinion de Tom sur ce qui s'est réellement passé?

– Il n'en a aucune idée, mais le visage du gardien porte des égratignures, donc une lutte quelconque a bien dû se dérouler.

– Les grilles du cimetière étaient ouvertes, souligna Caroline. Est-ce que c'est important?

– Comme le poste de garde est à l'entrée, elles sont d'habitude toujours ouvertes, ce sont les propriétaires qui l'ont dit à Tom. Il n'y avait rien là d'anormal. N'importe qui aurait pu entrer. Comme toi.

– Mais je n'ai pu entrer que parce qu'il avait déjà été

blessé. Et j'étais en voiture. Je suppose qu'il ne serait pas très difficile de laisser sa voiture à l'écart, puis de grimper par-dessus la clôture, qui ne fait pas plus d'un mètre de haut.

– Je crois qu'ils sont en train de vérifier cela. Mais pour l'instant, la police n'en sait pas plus. (Lucy tortilla une des perles de son long collier d'ambre et ajouta :) Tom m'a dit que tu n'avais pas trouvé le bouquet.

Caroline soutint son regard.

– Non. Je crois que je suis arrivée trop tard. Quiconque a tiré sur le gardien l'avait déjà emporté

– Cette personne devait désespérément tenir à faire disparaître ces fleurs.

– Étant donné que la personne qui a envoyé ces fleurs a sans doute assassiné Pamela, je la comprends.

– C'est bien cela que tu sembles oublier, Caroline. Pamela a été *assassinée*. Même si tu penses qu'il y a un lien entre sa mort et celle de Hayley, tu dois laisser tout ça entre les mains de la police.

– Pour qu'elle attende que les preuves disparaissent ?

– Toi non plus, tu n'as pas retrouvé le bouquet.

– Je sais. Désolée de m'en prendre à toi, dit Caroline en croisant les bras dans un geste de défense, mais il devient très difficile de prendre la situation calmement. *Moi*, je sais ce que j'ai vu, mais je suis la seule.

– Impossible de nier que quelqu'un ait laissé un clown de chiffon qui ressemble étonnamment à Twinkle sur le lit de Melinda ni qu'une enfant habillée comme Hayley se soit présentée à ta porte, puis ait appelé Melinda. Je n'ai jamais prétendu que tu inventais tout ça.

– Non, c'est vrai.

Mais tu n'es pas convaincue du lien entre Pamela et Hayley, pensa-t-elle, profondément déçue de la façon dont Lucy minimisait la situation avec insistance. Puis elle se rabroua, se disant que Lucy essayait probablement de l'aider à garder un certain recul et à ne pas sauter à des conclusions hâtives.

Elle se força à sourire.

– Enfin, pour l'instant, je suis prête à oublier bouquets noirs et gardiens de cimetières, dit-elle d'un ton léger en posant son sac sur une table et en en retirant les écheveaux de soie à broder. J'ai apporté des échantillons pour la nappe de Mrs. Reindfeldt. Elle a dit qu'elle voulait du rose et du bleu, et j'ai pensé que tu pourrais m'aider à choisir les tons qui s'harmoniseront le mieux avec sa porcelaine.

Une cliente entra au moment où Tina se penchait à la balustrade de l'étage.

– Mrs. Webb, appela-t-elle, votre mari vous demande au téléphone.

– Mon mari ?

– Il a appelé chez vous, et la femme de ménage lui a dit que vous étiez là. Il dit que c'est urgent.

– Mon Dieu, les enfants ! suffoqua Caroline.

Elle se précipita dans l'escalier métallique en colimaçon qui menait au bureau du second étage, Lucy sur ses talons. Tina lui tendit le combiné, tandis que Lucy faisait signe à celle-ci de descendre s'occuper de la cliente.

– David ? Que se passe-t-il ?

– C'est Chris.

S'attendant à l'entendre dire Greg ou Melinda, Caroline se trouva décontenancée :

– Qui ?

– Chris Corday. On lui a tiré dessus.

– Tiré dessus? répéta-t-elle avec la sensation étouffante de se trouver sous l'eau. Comment ça, tiré dessus?

– Caroline, hier soir, quelqu'un a tiré sur Chris, chez lui.

Elle s'assit sur le bord du bureau.

– Il est... mort?

– Non, chérie, je ne voulais pas te faire peur, dit-il d'un ton contrit. Il n'est que blessé, il s'en sortira. Je voulais simplement que tu sois au courant.

– Dans quel hôpital se trouve-t-il?

– Ici, au County Hospital. Je l'ai appris en arrivant ce matin pour faire ma tournée.

– Je viens.

– Ce n'est pas la peine, Caroline. Il va bien.

– Il n'a pas de famille, David. Je suis là dans un quart d'heure.

David raccrocha sans dire au revoir, et Caroline se tourna vers Lucy.

– Quelqu'un a tiré sur Chris hier soir.

– Comment va-t-il? demanda-t-elle avec consternation.

– Je ne sais pas, mais je vais à l'hôpital. Tu veux venir?

– Bien sûr, dit Lucy qui attrapait déjà sa cape grise sur le portemanteau. Tu veux que je conduise?

– Non, ce n'est pas la peine.

Elle tendit la main pour prendre son sac, puis se souvint qu'elle l'avait laissé en bas. Elles dégringolèrent l'escalier. La cliente était partie, et tandis que Lucy jetait une brève explication à Tina, Caroline prit son sac sur la table et se précipita vers la voiture.

La circulation était dense, bien que l'heure de pointe soit passée depuis deux heures, et Caroline jura en se retrouvant coincée une seconde fois à un feu rouge sans pouvoir tourner sur la gauche.

– Ne t'énerve pas, Caro, lui dit doucement son amie. David a dit que son état n'était pas grave. Ce n'est pas une question de vie ou de mort.

– Mais on lui a *tiré dessus*, Lucy. C'est affreux.

Lucy lui lança un regard sévère.

– Caroline, rends-moi un service. Ne laisse pas David voir à quel point tu es bouleversée.

– Il s'attend à ce que je le sois.

– Pas à ce point! Désolée pour le cliché, mais tu portes tes sentiments en bandoulière.

Malgré sa colère et sa peur, Caroline rougit de honte. Lucy avait raison – elle était transparente, et David aussi lirait en elle comme dans un livre ouvert, si elle ne se reprenait pas.

Le feu passa au vert, et Caroline réussit à franchir le carrefour. Elles trouvèrent miraculeusement une place sur le parking près de l'entrée de l'hôpital. Lorsqu'elles aperçurent David devant la porte de la chambre de Chris au quatrième étage, Caroline eut l'impression qu'elle avait eu le temps de reprendre son sang-froid. Au moins, son cœur ne battait plus à se rompre, et elle pouvait respirer sans douleur.

– Bonjour, chéri, dit-elle en l'embrassant. C'est gentil de nous avoir attendues.

Il sourit, malgré son air tendu.

– J'ai pensé que tu voudrais en savoir un peu plus sur son état avant de le voir. J'aurais pu te le dire au téléphone, mais tu ne m'en as pas laissé le temps.

– Excuse-moi, mais j'étais sous le choc. Comment va-t-il?

– Je te l'ai dit, il n'y a rien de sérieux. Il a été touché à l'épaule, mais son médecin dit que la balle a traversé le deltoïde sans endommager d'os, de vaisseaux ni de nerfs. Une seconde balle lui a égratigné la tempe.

Bien qu'elle tente de le dissimuler, Caroline crut qu'elle allait s'évanouir de soulagement.

– Combien de temps reste-t-il à l'hôpital?

– Deux ou trois jours. (Il lui jeta un regard un peu vague.) Je vous laisse y aller.

Caroline lui sourit.

– Merci. A ce soir.

David se contenta d'un hochement de tête et s'éloigna. Avant d'ouvrir la porte, Lucy haussa un sourcil à l'adresse de Caroline.

– Toc, toc, dit-elle à haute voix. Prêt à recevoir deux nanas magnifiques?

– Toujours, répondit Chris, d'une voix malgré tout rauque de fatigue et de douleur.

Le cœur de Caroline se serra lorsqu'elle vit son teint cendreux et les ombres violettes sous ses yeux. Il paraissait vieux et maigre dans son pyjama d'hôpital vert, avec des bandages apparents autour du cou. Un autre pansement lui couvrait la tempe gauche.

– Les nouvelles vont vite, remarqua-t-il.

– Nous avons une ligne directe, Caro et moi, plaisanta Lucy. Chaque fois qu'on amène un bel homme, on se précipite pour voir ce qu'on peut faire pour lui.

– Cette fois-ci, il s'agit d'une fausse alerte, parce que j'ai plutôt l'air de sortir d'une poubelle, dit-il avec un sourire, en leur désignant d'un geste l'unique chaise recouverte de vinyle.

– Prends-la, dit vivement Lucy à son amie. Je vais me percher sur le lit du malade.

– Je crois que c'est interdit par le règlement, dit Caroline qui s'assit néanmoins.

– Eh bien, qu'ils me fassent un procès ! dit Lucy en se laissant lourdement tomber, ses jambes gainées de longues bottes en crocodile pendant le long du lit. Alors, don Juan, quel est le mari jaloux qui t'a eu ?

Le ton moqueur mettait Caroline mal à l'aise, mais Chris la regarda d'un air solennel.

– Il ne s'agissait pas d'un mari jaloux, Lucy.

– Comment le sais-tu ?

Chris regarda Caroline.

– Je reconnais que j'avais ramené une femme à la maison.

L'estomac de Caroline se serra. « Pourquoi cela me trouble-t-il ? se demanda-t-elle, furieuse. Pourquoi ai-je le sentiment qu'il est toujours mon mari et qu'il me trompe ? »

– Nous n'étions pas rentrés depuis dix minutes que je suis allé dans la chambre, et j'ai trouvé Twinkle.

L'image de l'autre femme s'évanouit tandis que le sang se retirait du visage de Caroline.

– Twinkle ?

Chris hocha la tête.

– Twinkle, vieux et sale, posé sur mon lit et me souriant.

– Twinkle, répéta Lucy. Le clown de chiffon de Hayley.

– Oui.

Lucy le fixa.

– C'est impossible.

Chris eut l'air surpris de sa réaction.

– Pourquoi ? Il est bien apparu chez Caroline.

Lucy lança à celle-ci un regard vif.

– Je ne savais pas que tu avais parlé de tout ça avec Chris.

Caroline eut d'un seul coup le sentiment d'être une gamine de quinze ans dont la mère a découvert qu'elle a fait l'école buissonnière.

– Oui, j'en ai parlé à Chris, dit-elle avec un frémissement de défense dans la voix, avant d'ajouter plus vigoureusement : Bien sûr, je lui en ai parlé. Il est le père de Hayley. Ceci le concerne, lui aussi.

Lucy l'étudia un moment avant de revenir à Chris.

– Bon, d'accord, tu as vu une poupée de chiffon sur ton lit. Et alors?

Les yeux de Chris brillèrent.

– Eh bien, madame le procureur, j'ai accusé la femme que j'avais ramenée de l'avoir introduite dans la maison et de l'avoir posée sur le lit. Elle avait un énorme sac fourre-tout, et je m'étais absenté quelques minutes, c'était plausible. Mais elle s'est rebiffée et, quand je suis devenu agressif, elle s'est précipitée vers la porte. Elle était partie depuis une dizaine de secondes quand la vitre a volé en éclats, et j'ai été touché à l'épaule. Puis j'ai ressenti une cuisante brûlure à la tempe. Et même après ma chute, avant de m'évanouir, j'ai entendu d'autres coups de feu.

– Tu penses donc qu'elle t'a tiré dessus?

Chris prit l'air exaspéré.

– Non, Lucy, à moins qu'elle n'ait dissimulé une arme dans ses jeans ultra-collants. Elle avait laissé son sac à l'intérieur.

– Il s'est peut-être écoulé plus de temps que tu ne le penses.

– Je n'étais pas soûl. Je sais exactement combien de temps s'est écoulé. Et puis qu'est-ce qui te prend?

Caroline intervint.
– Et Twinkle?
Chris tenta de hausser les épaules et grimaça.
– Je ne sais pas, Caro. Il est peut-être encore dans la maison. Je l'ai laissé dans la chambre.
– Alors, tout ceci a un rapport avec ce qui m'est arrivé, dit doucement Caroline. Tout est lié.
Lucy parut vouloir dire quelque chose, puis se ravisa. Ils demeurèrent tous les trois silencieux un moment, puis Chris parla :
– Lucy, j'ai un service à te demander. On m'a dit que je ne sortirais pas avant quelques jours, et mon chat a besoin qu'on s'occupe de lui. Tu crois que tu pourrais l'emmener chez le vétérinaire? Il le prendra en pension jusqu'à mon retour.
Lucy eut un regard désespéré.
– Chris, cette chatte me déteste. Elle ne me laisse même pas approcher.
– Essaie quand même...
– Je m'occuperai d'Hécate, intervint Caroline. J'ai plus l'habitude des animaux que toi, Lucy.
Chris la regarda avec gratitude, presque tendrement.
– Merci, Caro. Je t'en suis vraiment reconnaissant.
– Aucun problème.
Caroline fit la conversation, tandis qu'elles regagnaient le parking, mais Lucy demeura silencieuse. Lorsqu'elles montèrent dans la voiture, celle-ci posa sa main sur celle de Caroline au moment où elle mettait la clé de contact.
– Caro, il faut que tu cesses.
– Cesser quoi? Je ne comprends pas.
– Oh si, tu comprends. Tu essaies de ressusciter le passé.

– Ressusciter le passé? C'est complètement fou!

– Vraiment? D'abord, tu es convaincue que Hayley est sortie de sa tombe...

– Je n'ai *jamais* dit une chose pareille!

– Et maintenant, tu renoues les liens avec Chris. Il est évident que tu es allé le voir à la maison.

– Lucy, je voulais qu'il soit au courant de ce qui se passait, et il n'a pas le téléphone. Si je voulais lui parler, il fallait que je le voie.

– Et tu as parlé à David de cette visite?

Caroline prit une profonde inspiration et fixa à travers le pare-brise une jeune femme qui traversait lentement le parking, traînant un vieillard accroché à son bras.

– Non, avoua-t-elle enfin.

– Tu vois ce que je veux dire?

– Oui, je suppose.

Lucy se renversa sur son siège et dit avec gravité:

– Caroline, je suis ta meilleure amie. Il y a eu des moments où je t'ai laissée tomber, mais ce n'est pas le cas maintenant. Tu cours au-devant des ennuis. Il te reste encore des souvenirs très romantiques de Chris, et tu as rationalisé la façon dont il t'a traitée la dernière année de votre mariage en mettant tout sur le compte de la mort de Hayley. C'est peut-être effectivement ce qui l'a changé, mais je l'ai vu beaucoup plus que toi ces dernières années, et je peux te dire qu'il n'est *plus* le même homme que celui que tu as épousé. Il est devenu égoïste et amer. Il essaiera peut-être à travers toi de redevenir ce qu'il a été, mais cela ne marchera pas.

– Qu'est-ce que tu veux dire par là?

– Avec toi, il était au sommet de son art. Il veut récupérer tout cela, il veut retrouver le succès, et je crois qu'il est capable de n'importe quoi pour l'obtenir, pour t'obtenir.

– N'importe quoi? C'est-à-dire?

– C'est-à-dire comme de mentir au sujet de la poupée.

– Lucy!

– Réfléchis-y, Caroline. Tu vas lui parler de coups de téléphone, de Twinkle, et bing! Twinkle se retrouve à la maison de rondins, et tu te précipites à son chevet comme Cathy vers Heathcliff dans *les Hauts de Hurlevent*.

– Comment peux-tu même penser une chose pareille de Chris? demanda Caroline, abasourdie.

– Parce que je le connais. Est-ce que tu vas me parler de ses qualités?

– Il en a quelques-unes. Et de plus, Lucy, on lui a tiré dessus.

– Probablement un mari jaloux, comme je l'ai dit. Tu sais bien que ce n'est pas impossible. Il y a des années qu'il le cherche.

Caroline ne put le nier.

– On peut envisager l'éventualité, mais je n'ai jamais connu Chris menteur.

– Tu ne le connais plus depuis un moment. Peut-être ne l'as-tu jamais vraiment connu. De toute façon, les problèmes de Chris ne sont pas les tiens. Tu as David, Greg et Melinda. Tu dois penser à eux. Tu sais, Caro, dit-elle après un silence, je donnerais n'importe quoi pour être à ta place.

Caroline lui jeta un regard surpris.

– Lucy, ma vie te ferait périr d'ennui. Un mari qui n'est jamais là, les enfants qui grandissent...

– Et pourtant... (Lucy eut son sourire rayonnant.) Tu

as raison. Lucille Elder la foldingue ne supporterait pas la vie de famille. Bon, maintenant, ma chérie, j'ai un magasin de décoration à gérer.

Lorsqu'elles s'arrêtèrent sur le petit parking à l'arrière du magasin, Caroline jeta un coup d'œil à la pendule du tableau de bord.

– Midi et demi. On pourrait déjeuner...

– Impossible. j'ai un rendez-vous dans une demi-heure. Merci tout de même pour l'invitation. A bientôt.

Le bref adieu n'était pas dans les habitudes de Lucy, et Caroline pensa, intriguée, que les réflexions de son amie à propos de Chris paraissaient avoir eu plus d'impact sur celle-ci que sur elle-même. Craignait-elle réellement que Caroline ne renonce à son mariage pour Chris? Car, malgré le récent contact qui lui avait rappelé l'attraction et même l'amour qu'elle éprouvait toujours pour Chris, elle savait parfaitement ce que lui apportait David. Jamais elle ne briserait son ménage pour Chris, et Lucy aurait dû le savoir. Lorsque Caroline s'éloigna et jeta un regard dans son rétroviseur, elle aperçut celle-ci, qui n'avait pas bougé et suivait la voiture d'un regard triste.

Les événements de la matinée avaient tellement perturbé Caroline qu'elle faillit ne pas remarquer en passant devant que la cour de l'école de Melinda était vide. A cette heure-là, elle aurait dû résonner des cris des enfants en récréation pour dix minutes avant la cloche de une heure. Inquiète, elle se précipita chez elle, où elle trouva Fidelia en train de balayer le garage. David avait voulu la renvoyer, mais Caroline avait insisté pour la garder, en arguant du fait que, si elle était vraiment impliquée dans cette histoire, il serait plus facile de la surveiller si elle continuait à travailler pour eux.

De plus, bien que tout à fait consciente du fait que sa confiance en Fidelia ne reposait sur rien de concret, elle ne parvenait pas à imaginer celle-ci en possession de Twinkle, ou en train de s'amuser à expédier des bouquets d'orchidées noires à travers la ville.

– Une alerte à la bombe, annonça-t-elle avant même que Caroline ne soit sortie de la voiture. L'école a appelé pour dire qu'il y avait eu une alerte à la bombe. Je suis sûre que ce n'est rien, mais ils ont pris toutes les précautions nécessaires. Alors, j'y suis allée et j'ai ramené Melinda.

– Oh, merci, Fidelia! Et je parie que vous n'aviez même pas de manteau, rien que ce petit pull ridicule.

– Le froid ne me gêne pas, dit-elle avec un sourire. Et puis j'ai emmené George. Il était tellement excité qu'il n'a pas arrêté de me traîner tout le long du chemin, je n'ai pas eu le temps d'avoir froid, expliqua-t-elle à Caroline qui éclata de rire. Melinda est au téléphone dans la cuisine, avec une amie. Elle trouve ça merveilleux, cette alerte à la bombe.

– Je veux bien le croire. C'est une première pour elle.

Effectivement, lorsque Caroline pénétra dans la cuisine, Melinda, les joues rouges d'excitation, babillait comme une folle. Elle fit bonjour de la main à sa mère, qui lui rendit son sourire en ôtant sa veste, puis se pencha pour caresser George.

– Ma maman est rentrée, dit la petite fille. Elle n'était pas là quand ils ont appelé de l'école, et Fidelia est venue me chercher. Il faut que tu rencontres Fidelia. Elle est géniale. Elle sait prédire l'avenir. (Un silence.) Évidemment qu'elle peut prédire l'avenir. Je t'assure, Hayley, elle peut.

En une seconde, Caroline traversait la cuisine et arrachait le combiné des mains de Melinda, qui poussait un cri de surprise.

– Qui êtes-vous? demanda Caroline. Que voulez-vous?

Au bout de trois secondes de silence, l'enfant dit :

– Bonjour, maman. Je suis sûre que tu es triste que papa ait été blessé, hein?

10

I

– Tom Jerome, s'il vous plaît.

Melinda la regardait encore avec des yeux emplis de frayeur, et se serra contre Fidelia. Tandis qu'elle attendait qu'on lui passe Tom, sa mère tendit la main et caressa les cheveux de l'enfant.

– Excuse-moi de t'avoir fait peur, ma chérie, mais quelqu'un est en train de nous faire une horrible plaisanterie.

Melinda ravala ses larmes et dit d'une voix tremblante :

– Je ne comprends pas. C'était juste Hayley.

– Ce n'était *pas* Hayley.

La petite fille la regarda sans comprendre, et Fidelia prit les choses en main :

– Et si je te tirais les cartes pendant que ta maman est au téléphone ?

– Pourquoi pas ? répondit-elle sans enthousiasme.

– Bien. Je me sens en forme, aujourd'hui, dit Fidelia en claquant des doigts, et Melinda sourit.

Elle étalait les cartes sur la table de la salle à manger lorsque la voix grave et profonde de Tom se fit entendre.

– Jerome à l'appareil.

– Oh, Tom, je suis ravie de te trouver. C'est Caroline.

– Bonjour, dit-il d'un ton chaleureux. Qu'est-ce qui se passe?

– Nous venons d'avoir un autre coup de fil.

Elle tenta de lui raconter avec calme et de façon cohérente le coup de téléphone de Melinda et le commentaire de l'énigmatique petite fille à propos de Chris.

– Tu n'as pas reconnu la voix de l'enfant?

Devait-elle lui dire qu'elle ressemblait à celle de Hayley? Non, bien sûr que non, si elle voulait qu'il continue de lui faire confiance.

– Ce n'est pas une des amies de Melinda.

– Tu sais ce qu'elle lui a raconté?

– Rien que des choses de petite fille. Rien sur elle-même, ou sur nous, jusqu'au moment où j'ai pris le combiné.

– Mais elle a parlé de l'agression contre Chris, dit Tom d'un ton pensif, et autant que je sache, aucun journal ne l'a mentionnée.

– Tu savais qu'avant qu'on ne lui tire dessus Chris avait trouvé Twinkle sur son lit?

– Le clown de chiffon?

– Oui, dit Caroline, qui avait saisi la note d'excitation dans sa voix.

– Non, je ne savais pas. Voilà qui place les choses sous un autre jour, n'est-ce pas?

– Si la personne qui a déposé cette poupée est la même que celle qui a tiré sur Chris, sans aucun doute.

– Caroline, je sais que David a jeté la poupée le soir où tu l'as trouvée. Tu ne sais pas s'il l'a fourrée dans une poubelle, ou bien simplement posée sur le dessus ?

– Je n'en ai aucune idée. Les poubelles sont ramassées à six heures du matin. Mais je peux lui demander. Tu crois que quelqu'un a ramassé Twinkle dans la poubelle ?

– Je ne vois pas d'autre explication. Écoute, Caroline, je vais m'occuper moi-même de l'enquête sur l'agression de Chris. Je vais l'interroger à l'hôpital, puis j'irai fouiller chez lui pour retrouver cette poupée.

– Elle aura probablement disparu, comme les bouquets. (Elle eut un frisson au souvenir de sa nuit au Rosemont Cemetery.) Lucy m'a dit que le gardien avait repris connaissance, mais que tu ne crois pas à son histoire.

– C'est difficile de le prendre au sérieux. Je me suis un peu renseigné, et, crois-moi, le type n'est pas du genre héroïque. Deux ou trois rondes par nuit, regarder la télévision et manger, il n'a jamais cherché à en faire plus. Même s'il y avait eu un échange de drogue, ce qui me paraît extrêmement improbable dans le coin, notre homme ne s'en serait jamais mêlé.

– Mais pourquoi mentirait-il ?

– Parce qu'il a peur de représailles, ou bien parce qu'il était en train de faire quelque chose qu'il n'aurait pas dû faire.

– Lucy dit qu'il porte des égratignures, mais que tu n'as pas d'autres indices.

– En fait, nous en avons, dit Tom après une hésitation.

Caroline se raidit.

– De quoi s'agit-il?

– Je ne l'ai appris que ce matin, parce que je ne suis pas chargé de l'enquête. Mais on a trouvé quelques cheveux sur ses vêtements et sous ses ongles, qui proviennent de toute évidence de la personne avec laquelle il s'est battu.

– Quelle sorte de cheveux?

– Synthétiques. Frisés. Orange.

Caroline poussa un soupir.

– Comme ceux de Twinkle. Comme la perruque que portait Hayley pour son dernier Halloween, et celle que portait cette enfant sur le pas de ma porte pour cet Halloween.

– Pas de conclusions hâtives, Caroline. Il existe probablement des tas de perruques orange dans les parages.

– Et il se trouve que celle-ci surgit près de la tombe de Pamela, où un homme a été blessé.

– J'ai pensé te le cacher, mais je crois que tu dois le savoir, puisque toute cette histoire a commencé par toi.

– Espérons qu'elle ne se terminera pas par Melinda.

– Non. Je l'en empêcherai.

Lorsqu'elle raccrocha, Caroline entendit sa fille rire dans la pièce voisine, puis la vit débouler dans la cuisine.

– Fidelia dit que je serai riche et célèbre!

– Sans aucun doute, dit-elle en se penchant pour la prendre dans ses bras.

Mon Dieu, que j'ai peur pour toi, pensa-t-elle avec fièvre. Pourquoi la petite fille ne m'appelle-t-elle pas moi, plutôt? Elle se ressaisit vivement. Parce qu'elle sait que menaçer Melinda m'effraiera plus que n'importe quoi au monde, puisque j'ai déjà perdu une petite fille.

– Une danseuse ou une actrice, continua Melinda, qui se dégagea de l'étreinte de sa mère. Je ne sais pas encore. Les cartes ne disent pas exactement, mais ça, ce sont les deux choses où je suis la meilleure.

– Est-ce que les cartes ont dit si Aurora allait germer ?

Melinda fronça les sourcils et alla regarder son pot de terre, soigneusement placé au centre d'un rayon de soleil tremblotant.

– J'ai oublié de demander.

Fidelia enveloppait ses tarots dans un carré de soie et les glissait dans son sac.

– Je prédis qu'Aurora va germer.

– Les cartes l'ont annoncé? demanda Melinda avec espoir.

– Non, mais j'y crois. Et tu dois y croire aussi, *ma petite amie*. Elle adressa un clin d'œil à Caroline, puis demanda : Vous voulez que je m'attaque au sol maintenant ?

– Non, dit celle-ci en secouant la tête. Nous allons faire repeindre dans quelques semaines, il vaut mieux attendre que ce soit terminé pour que vous nettoyiez. Il est presque deux heures, ajouta-t-elle en regardant sa montre. Pourquoi ne pas remettre tout ça à la prochaine fois ?

– D'accord. Je fais la baby-sitter chez les Richardson ce soir, et quelques heures de repos ne me feront pas de mal. Ces enfants et les quatre chats à qui ils en font voir de toutes les couleurs...

– Les chats ! s'exclama Caroline.

Melinda et Fidelia sursautèrent, ne sachant visiblement plus à quoi s'attendre, et Caroline éclata de rire.

– Je ne voulais pas vous faire peur. Je viens de me souvenir que je dois aller chercher la chatte d'un ami qui est à l'hôpital.

– On va chat-sitter? demanda Melinda.

– Peut-être. C'est un animal très caractériel. Si on ne peut pas l'amadouer, il faudra que je la donne en pension.

– Moi, je peux, l'informa Melinda. J'adore les chats. Et George aussi.

– Le problème, c'est que les chats ne le lui rendent pas, dit Caroline d'un ton sérieux. Bon, on fera de notre mieux, je te promets.

– Je vais aller chercher un carton et lui mettre dedans un bon coussin. Comment elle s'appelle?

– Hécate.

– Wow, c'est bizarre, ça. Enfin, je vais chercher un carton pour Hécate. Il y en a un beau au sous-sol...

Elle était déjà partie comme une flèche, tout en continuant à parler toute seule. Fidelia lança à Caroline un regard perspicace.

– J'aimerais bien que vous vous confiiez à moi. Je pourrais peut-être vous aider.

– Je ne veux pas en parler devant Melinda. Mais la prochaine fois que nous serons seules... (Elle laissa sa phrase en suspens et joignit les mains.) Fidelia, vous croyez aux fantômes?

Fidelia soutint son regard.

– Oui. Et vous?

– Non.

– Votre regard dit le contraire. Vous sentez la présence d'un fantôme?

– Je sens quelque chose, dit Caroline d'un ton vague en se perdant dans le regard bleu de Fidelia. Quelque chose de diabolique.

– Vous ne pouvez pas croire que votre petite fille était diabolique.

– Comment savez-vous... ?

– Vous êtes terrifiée lorsque Melinda reçoit un coup de téléphone d'une enfant qui s'appelle Hayley, et vous me demandez ensuite si je crois aux fantômes, dit Fidelia en haussant les épaules.

– Évidemment. Vous avez raison. Tout cela tourne autour de Hayley, mais je ne sais pas très bien comment ni pourquoi.

Elle observa attentivement Fidelia, à l'affût du moindre signe de culpabilité au nom de Hayley, mais le visage tanné de la femme de ménage demeura impassible, puis elle eut un sourire.

– Vous croyez que j'ai quelque chose à voir là-dedans.

– Non, je...

– Ce n'est pas grave, je comprends. Je suis au courant, à propos de Hayley, et je travaille ici. J'étais là le jour où la vitre là-haut a été cassée, et je sais qu'il y avait plus là-dessous que ce que m'en a dit Melinda.

– Qu'est-ce qui vous fait croire ça ?

– Vous. Vous êtes nerveuse. Vous me surveillez. Il faut me croire, Caroline, je ne vous ferais jamais de mal, ni à vous ni à votre famille. Mais si vous voulez que je parte...

– Non, je ne veux pas, réellement.

– Alors, il faudra me dire bientôt ce qui se passe. Vous ne réalisez pas les pouvoirs du surnaturel. Les sorcières, les esprits mauvais que l'on peut invoquer, les envoûtements, tout ça *existe*...

– Non, Fidelia, je ne peux pas y croire, intervint vivement Caroline en pensant à ce que dirait David s'il était témoin de cette conversation.

– C'est effrayant, mais vrai, dit Fidelia d'un ton calme. Souvenez-vous simplement que j'ai de l'affection pour vous et votre famille, particulièrement Melinda. Si vous le désirez, je vous aiderai.

« S'il vous plaît, aidez-moi », fut tentée de répondre Caroline, mais elle comprit que ce serait reconnaître implicitement qu'elle pensait bien qu'il se produisait un événement surnaturel. N'était-ce pas ce que lui avait dit Lucy ? *D'abord, tu es convaincue que Hayley est sortie de sa tombe...* Non, elle ne devait pas se laisser aller à ce genre de réflexions irrationnelles, et son propre penchant à les entretenir, ne serait-ce qu'un instant, la terrifiait.

– Je l'ai, clama Melinda en réapparaissant chargée du carton qui avait contenu le récent four à micro-ondes de sa mère. Il est assez grand?

– Lin, c'est un chat, pas un lion, dit Caroline en riant, soulagée de détourner son regard de celui de Fidelia. Tu ne peux pas en trouver un plus petit?

– Non. Tu as tout jeté l'été dernier, tu te souviens?

– Voilà, ça ne sert à rien d'être trop efficace. Et qu'est-ce que ce joli coussin du salon fait là?

– Je n'ai rien trouvé d'autre, je te jure. Et la chatte a besoin d'un coussin!

– Bon, ça va, la housse est lavable. Va chercher ta veste pendant que je mets ça dans la voiture.

– George peut venir?

Celui-ci les regardait de ses yeux bruns suppliants en remuant la queue.

– Non, je ne crois pas. Il risque de faire peur à la chatte.

La petite fille se pencha pour lui prendre la tête dans ses mains.

– Ne t'inquiète pas, George. Nous allons ramener le petit chat à la maison, et vous pourrez jouer ensemble.

– Espérons-le, murmura Caroline à Fidelia.

Dix minutes plus tard, tandis qu'elles roulaient vers Longworth Hill, Melinda demanda :

– A qui est Hécate?

– Un homme qui s'appelle Chris Corday. C'est un peintre.

– Oh, ton premier mari.

Dans sa stupéfaction, Caroline appuya malencontreusement sur l'accélérateur.

– Whoa! dit Melinda en éclatant de rire devant le bond qu'avait fait la voiture. C'était rigolo, ça!

Caroline ralentit et regarda sa fille.

– Comment sais-tu, à propos de Chris?

– Greg me l'a dit, il y a très, très longtemps. J'ai trouvé une photo de toi dans une longue robe blanche avec des fleurs dans les cheveux. Tu donnais la main à un monsieur très beau. J'ai montré la photo à Greg, et il m'a dit que tu avais eu un autre mari avant papa, mais je ne devais pas t'en parler parce que ça te rend triste d'y penser. Est-ce que ça te rend triste? demanda-t-elle en penchant la tête sur le côté.

Caroline regarda de nouveau la route.

– C'est toujours triste, le divorce.

– Oh, je sais. J'ai des amis dont les parents sont divorcés. Mais c'est différent.

– Pourquoi?

– Parce que papa et toi vous êtes encore mariés. Je ne connais même pas Chris Corday. *Corday*, répéta Melinda en fronçant les sourcils. Tu m'as demandé si c'était le nom de famille de Hayley. Tu croyais qu'il y avait un rapport?

– Oui, c'est ce que je me suis dit, répondit Caroline d'un ton vague.

Melinda eut un hochement de tête pensif.

– Tu n'as pas cru que mon amie Hayley était ta petite fille qui est morte, hein?

Cette fois-ci, Caroline sursauta et se força à garder le regard fixé sur la route.

– C'est Greg qui t'en a parlé?

– Non. C'est Jenny. Sa mère était au courant de toute l'histoire. Elle a dit que tu avais une petite fille qui avait été enlevée et tuée. Elle a dit que c'était tout dans les journaux, en première page. Mais elle ne m'a pas dit le nom de la petite fille. C'était Hayley?

– Oui, reconnut Caroline à contrecœur. Melinda, depuis combien de temps sais-tu tout cela?

– Des années. Enfin, peut-être pas. Peut-être des mois, je ne me souviens plus.

– Depuis le printemps dernier?

– Oui, ça doit être ça.

La petite fille tripotait ses cheveux selon son habitude lorsqu'elle était nerveuse. Caroline lui prit la main.

– C'est pour ça que tu pleurais à l'école?

Melinda hocha la tête.

– Je regrettais vraiment parce que je savais que tu avais dû être très malheureuse que ta petite fille soit morte, et j'étais très triste parce que Greg et moi on avait une petite sœur qu'on n'a jamais connue. Et puis je crois que j'avais très peur aussi, ajouta-t-elle en baissant ses yeux verts.

– Peur qu'il t'arrive la même chose? (L'enfant acquiesça.) Ça ne t'arrivera pas, mon chéri.

– Bien sûr que non, dit Melinda de sa plus belle voix

raisonnable. Je n'ai plus peur, c'est passé. Et tu sais, maman, mon amie Hayley ne peut pas être ta petite fille, parce qu'elle ne ressemble pas du tout à un fantôme.

– Tu as raison, Lin. J'ai été idiote de penser une chose pareille.

– Ça n'est pas grave. Tout le monde peut être idiot quelquefois, même moi.

Caroline ne peut s'empêcher de sourire tandis qu'elles quittaient la route principale pour entamer l'ascension de Longworth Hill. Lorsqu'elles atteignirent la maison, Melinda n'en revenait pas :

– Bon sang ! Une vraie maison en rondins comme celle d'Abraham Lincoln ! Tu as habité ici ?

– Oui, pendant huit ans.

Un cordon de protection entourait la maison, mais il n'y avait pas de policiers en vue, ce qui soulagea Caroline. Bien que l'enfant paraisse beaucoup plus forte qu'elle ne le pensait, elle ne voulait pas l'inquiéter. Caroline ne parvenait toujours pas à croire que sa fille ait pu être au courant de l'existence de Hayley depuis des mois sans jamais en avoir fait mention. Décidément, les enfants pouvaient se montrer très secrets. Hayley avait été pareille.

– Regarde, maman ! Il y a un chat noir qui nous épie, là-bas derrière l'arbre.

– C'est Hécate. J'ai oublié de te dire, ma chérie, qu'elle avait perdu un œil dans une bagarre terrible. Elle n'est pas très jolie.

– Oh, la pauvre ! s'écria Melinda en se précipitant hors de la voiture. On peut peut-être lui en acheter un en verre.

Elle se dirigea vers la chatte en lui parlant à voix

basse et douce. Elle se trouvait à une cinquantaine de centimètres lorsque le chat poussa un feulement, puis partit comme une flèche en direction du manoir Longworth.

– Apporte le carton, maman! cria Melinda, déjà lancée sur les traces de l'animal.

Caroline sortit le carton de la voiture et resta un moment à regarder la maison, tiraillée entre le désir d'entrer pour chercher Twinkle et la peur de ce qu'elle pourrait trouver. Mais en regardant de plus près, elle s'aperçut que le choix lui serait épargné : des scellés étaient apposés sur la porte. Elle savait qu'elle n'était pas censée entrer et aurait même pu effacer par inadvertance des indices susceptibles de révéler qui avait tiré sur Chris.

– Maman, tu viens? appela Melinda, qui avait coincé Hécate contre le mur du garage des Longworth et lui adressait des signes impatients. Elle va s'en aller si tu ne te dépêches pas.

Caroline remonta la colline avec le carton. Même de loin, elle pouvait voir que l'animal était terrifié, mais Melinda s'avança vers lui à quatre pattes en tendant une main amicale, et, ô miracle, il ne s'enfuit pas.

– Allons, ma jolie, il ne faut pas avoir peur de moi, dit la petite fille tandis que Caroline s'approchait prudemment.

Hécate lui lança un regard torve, puis consacra de nouveau toute son attention à Melinda, qui lui tendait un des biscuits au fromage que George adorait.

– Tiens, mange ça! Ils sont très, très bons, et tu as l'air d'avoir faim. Viens, petit chat! Tout va aller très bien, tu vas voir.

Caroline se figea lorsque le chat bondit en avant. Son

œil unique, d'un vert de jade, étudia Melinda, et elle remua les oreilles. Puis elle s'étira, ignora le gâteau au fromage et frotta sa tête sous la paume de Melinda.

– Oh, mais ce sont des caresses que tu veux, hein? roucoula celle-ci. Pauvre petit bébé, son papa est à l'hôpital, il n'a pas eu de caresses de la journée!

Lorsque Melinda s'assit sur l'herbe sèche et attira sur ses genoux une Hécate qui n'élevait pas de protestation, Caroline se rapprocha.

– J'ai l'impression que nous n'aurons pas besoin du carton. Elle t'aime.

– C'est parce qu'elle sait que je l'aime. (Elle se leva, tenant soigneusement le chat dans ses bras.) Tu vois, pas besoin de s'inquiéter. Je savais bien que je pouvais l'amadouer.

A cet instant, une grande cape noire et un chapeau de paille apparurent au coin du garage.

– Dites donc! Qu'est-ce que c'est que ça? Que se passe-t-il?

Hécate miaula, et Melinda eut l'air effrayé, tandis que Millicent Longworth marchait sur elles. Caroline posa la main sur l'épaule de sa fille.

– Retourne à la voiture, ma chérie. J'arrive dans une minute. Miss Longworth, je suis certaine que vous ne vous souvenez pas de moi..., dit-elle en se retournant vers Millicent.

– Vous étiez mariée à Corday.

– C'est exact. Je suis Caroline. Je m'appelle Webb, maintenant.

– Oui, oui, je sais tout ça. Qu'est-ce que vous faites là?

– Il s'est produit un terrible incident, hier soir. On a tiré sur Chris. Il est à l'hôpital, et je suis venue chercher son chat.

La mâchoire légèrement prognathe de Millicent se détendit, et sa voix retrouva son timbre habituel.

– La fille avec laquelle il était est venue téléphoner ici après les coups de feu.

– C'est vrai?

– Elle ne pouvait pas faire autrement. Il n'a pas le téléphone, et la route est loin. J'ai failli ne pas la laisser rentrer. On aurait dit une folle à taper comme ça sur la porte. Et bien sûr, il ne voulait pas que j'ouvre.

– Votre frère?

Le regard de Millicent se teinta de méfiance.

– Non. Un visiteur. Je n'aime pas donner de noms.

– Je vois. Je ne voulais pas me montrer indiscrète. Elle ne put s'empêcher de demander, encouragée par ce qui n'était pour Millicent que du simple bavardage : Vous n'avez rien vu, miss Longworth? Rien qui puisse aider la police à retrouver qui a tiré sur Chris?

– Rien. J'étais dans la maison.

– Et votre frère? Il aurait pu voir quelque chose?

Millicent regarda le ciel gris par-dessus l'épaule de Caroline.

– Garrison a eu une crise cardiaque la nuit dernière. Le choc...

– Mon Dieu, je suis désolée. Il va bien?

– Je ne sais pas. Il est à l'hôpital.

Ou bien c'est une comédienne accomplie, ou bien elle se fiche complètement de l'attaque de son frère, pensa Caroline. Et de nouveau, toutes les vieilles questions resurgirent. Millicent avait-elle eu un quelconque rapport avec le meurtre de Hayley? La police l'avait pensé, un temps, avant que son alibi ne soit confirmé. Caroline devait bien reconnaître que cette femme était glaciale, même vis-à-vis de son frère, et son regard avait toujours eu quelque chose d'étrange.

– Je n'aime pas que ce chat vienne par ici, dit brusquement Millicent, même si les Égyptiens les considéraient comme des animaux sacrés.

Caroline eut un recul intérieur, et un malaise l'envahit.

– Je comprends. Nous l'emmenons.

Elle se retourna et entreprit de descendre la colline d'un pas vif.

– Au revoir, dit Millicent d'un ton si doux que Caroline faillit ne pas l'entendre. Votre petite fille est très jolie. Exactement comme l'autre.

II

– Papa, est-ce que tu peux faire quelque chose pour l'œil d'Hécate? demanda Melinda.

Une petite pluie morne tombait depuis une heure et tambourinait contre la vitre comme une âme perdue à la recherche d'un abri, tandis qu'ils étaient réunis autour de la table de la salle à manger.

David, qui n'avait pas desserré les dents depuis qu'il avait trouvé en rentrant le chat de Chris assis sur le réfrigérateur, hors de portée des transports d'affection de George, esquissa un sourire.

– Elle n'a plus d'œil, ma chérie. On ne peut rien y faire.

– Je pensais à une transplantation, dit Melinda avec sérieux. Est-ce qu'on a assez d'argent pour ça?

– On ne fait pas de transplantation aux animaux, microbe, dit Greg sans lever le nez de son assiette.

– Comment tu sais? C'est papa le docteur.

– Je crois que, sur ce point, Greg a raison. Mais ne

t'inquiète pas pour la chatte, Melinda. Je suis sûr qu'elle voit très bien avec un seul œil.

– Peut-être, mais elle a l'air tellement bizarre qu'elle doit sûrement faire peur aux autres animaux.

– Pas à George, en tout cas, dit Greg avec un sourire. Il est planté devant le réfrigérateur depuis deux heures avec l'air complètement idiot et amoureux.

– George est exceptionnel, dit Melinda avec tendresse. Lui, il ne se laisse pas impressionner par une petite chose, comme un œil en moins. Mais les garçons chats, ils ne sont peut-être pas aussi gentils. (Elle forma dans sa purée un cratère dans lequel elle laissa tomber quelques petits pois.) Papa, maman et moi, on a vu une dame affreuse quand on est allé chercher Hécate. Elle ressemblait à la méchante sorcière dans *le Magicien d'Oz*.

– Millicent Longworth, expliqua Caroline.

– J'avais deviné, dit David.

– Elle m'a dit que son frère Garrison avait eu une crise cardiaque la nuit dernière, mais elle n'avait pas l'air de se préoccuper outre mesure de son état.

Greg embrocha sa troisième tranche de rosbif.

– Ce sont les anciens propriétaires des Filatures Longworth ?

– Oui, dit sa mère. Ils étaient très riches quand j'habitais là-bas. Mais après la mort de son père, Millicent ne connaissait rien aux filatures, et son frère s'en fichait, d'après ce que j'ai cru comprendre. L'entreprise a été vendue à des gens de l'extérieur qui les ont escroqués et qui ont mené l'affaire à la ruine. Je ne sais pas ce qui leur reste, mais Millicent est vraiment une créature pitoyable.

– Effrayante, plutôt, intervint Melinda en repoussant son assiette. Il y a du dessert ?

– De la glace, ça te va? Je n'ai pas eu le temps de préparer autre chose.

– Moi, ça me va, dit Greg en se redressant et en attendant d'être servi.

Caroline repoussa sa chaise, mais David l'arrêta.

– Reste assise. Greg, prépare une assiette pour toi et ta sœur, et allez manger devant la télévision. J'ai à parler à votre mère.

Greg et Melinda échangèrent un regard vif.

– Bien sûr, dit l'adolescent. Viens, microbe. Tu peux peut-être convaincre George de se déplacer pour que je puisse ouvrir le congélateur.

David prêta l'oreille et, une fois certain que les enfants étaient plongés dans une de leurs discussions, et non en train d'écouter aux portes, il regarda Caroline.

– Pourquoi as-tu amené ce chat ici?

Elle s'était préparée à cela toute la soirée.

– David, elle n'est là que pour quelques jours, cela ne pose pas de problème. En plus, je croyais que tu aimais les chats.

– Ne détourne pas la conversation. Pourquoi est-ce *toi*, en particulier, qui devais t'occuper du chat de Chris?

Le sujet de Chris n'avait jamais été abordé ouvertement depuis leur mariage. Bien que David n'ait jamais dit un mot contre lui ni exprimé ouvertement sa jalousie, Caroline savait qu'il ressentait Chris comme une menace – l'artiste séduisant que Catherine avait aimé et perdu. Presque un an s'était écoulé après son divorce avant qu'il ne l'invite à dîner, et c'était elle qui lui avait proposé le mariage, non parce qu'elle se sentait seule, mais parce qu'elle savait que David l'aimait, et qu'elle était tombée amoureuse de sa force et de sa bonté. Mais il n'avait jamais paru croire qu'elle pouvait l'aimer autant qu'elle avait aimé Chris, mais de façon différente, sans l'abandon romantique de la jeunesse et du premier amour. Peut-être, après tout, Lucy ne s'était-elle pas trompée. Peut-être David avait-il senti ce regain d'intérêt pour Chris, ce qui le rendait malheureux.

Elle sourit.

– Chris a demandé à Lucy de s'occuper du chat, mais elle ne voulait pas. Je me suis proposée parce qu'il n'y avait personne d'autre. Et je l'ai ramené ici plutôt que chez le vétérinaire, parce que je pensais que cela ferait plaisir à Melinda.

C'est quasiment la vérité, pensa-t-elle en éprouvant du remords.

David joignit les mains derrière sa nuque et leva le visage vers le plafond en soupirant.

– Tu sais, je croyais que tout ça était bien fini. Hayley. Chris. Mais avec tout ce qui s'est produit récemment, j'ai l'impression que c'était hier.

– Je sais, mais ce n'est pas de ma faute.

Il la regarda.

– Je sais bien, ma chérie. Ce n'est pas ce que je voulais dire. Simplement, tout cela est... fâcheux.

– *Fâcheux* me paraît un mot faible, David. Des coups de téléphone, des intrusions, des coups de feu! (Elle lui lança un regard pénétrant.) Tu me crois, maintenant, non? Tu crois bien que tout cela a un rapport?

– Je sais que quelqu'un a laissé une poupée sur le lit de Melinda et que quelqu'un a appelé. Je suis toujours persuadé qu'il s'agit de Fidelia.

– Fidelia se trouvait là aujourd'hui quand on a téléphoné.

– On peut passer une bande enregistrée au téléphone.

– David, Melinda était en conversation avec quelqu'un avant que je ne prenne le téléphone. On ne fait pas la conversation à un magnétophone!

– Non, sûrement pas.

– Et Chris?

– N'importe qui a pu lui tirer dessus. Et nous n'avons que sa parole en ce qui concerne la poupée sur le lit.

Caroline pianota sur la table.

– Tu as parlé à Lucy?

– Tu veux dire qu'elle a pensé la même chose?

– Oui. Belle coïncidence.

– Il ne s'agit pas de coïncidence, mais de bon sens pur et simple, Caroline. Je te parie cinq dollars que la police ne trouvera pas de clown de chiffon dans la maison de Chris.

Caroline ignora le défi.

– A ce propos, Tom voulait que je te demande si tu avais enfoncé la poupée dans les ordures, ou si tu l'avais posée sur le dessus d'une poubelle.

David s'accouda sur la table.

– Je ne transporte jamais les poubelles dans la rue. C'est trop lourd. Je me contente de sortir les sacs. Attends, laisse-moi réfléchir. Il me semble que j'ai essayé de fourrer la poupée dans un sac plein, mais elle ne rentrait pas. Je l'ai simplement posée sur le dessus.

– Alors, elle a pu tomber par terre.

– Je suppose. Ce qui signifie que tu penses que quelqu'un a pu la ramasser – quelqu'un qui surveille la maison et qui voulait la récupérer pour faire peur à Chris, après t'avoir effrayée, toi.

Elle hocha la tête.

– J'ai du mal à y croire.

– Oh, David, pourquoi refuses-tu toujours de voir les choses quand elles te dérangent ?

– Je ne fais pas ça.

– Mais si. Tu l'as toujours fait. Tu as l'air de penser qu'en refusant d'admettre que quelque chose ne va pas cette chose s'arrangera toute seule.

David ferma les yeux et se frotta les paupières.

– Caroline, tu as traversé une épreuve épouvantable, avec Hayley, finit-il par dire lentement. Tu as de nouveau l'air d'être obsédée par elle, et cela me fait peur.

Moi aussi, cela me fait peur, eut envie de dire Caroline, qui se retint. Elle ne voulait pas qu'il puisse penser ne serait-ce qu'un instant qu'elle doutait d'elle-même.

– David, il se passe quelque chose de bizarre, tu dois le reconnaître.

– Je le reconnais. Quelqu'un essaie de t'effrayer par téléphone. Mais que cela soit lié à la mort de Pamela Burke ou à l'agression contre Chris, je refuse d'y croire.

– Malgré ce que cette enfant a dit sur Chris ?

– Des centaines de personnes pouvaient être au courant. On a pu en parler à la radio.

– Et il se trouve que cette enfant l'a entendu ?

– Un adulte l'a entendu et a fait appeler l'enfant. Qu'est donc devenue ta puissance de raisonnement ?

– Je crois qu'elle est parfaitement intacte.

– Vraiment ? Et aujourd'hui, alors ?

David la fixa avec une intensité qu'elle lui avait rarement vue.

– Caroline, j'ai toujours été persuadé que Millicent Longworth avait tué Hayley. Il y a des années qu'elle est cinglée. Et aujourd'hui que quelqu'un – peut-être Millicent – essaie de te faire peur pour te faire croire que Hayley est revenue, tu emmènes notre petite fille à l'endroit où Hayley a été enlevée et Chris attaqué il y a à peine vingt-quatre heures. Ça ne me paraît pas très raisonnable, à moi.

Caroline savait que lui non plus n'était pas totalement honnête – il entrait une part de jalousie dans son refus de voir Melinda chez Chris. Mais il avait tout de même touché juste. Très juste. Elle fut soudain horrifiée à l'idée de ce qu'elle avait laissé Millicent voir Melinda et d'avoir emmené l'enfant sur les lieux de l'agression. Elle se passa la main sur le front.

– Je suis désolée, David. Avec tout ce qui se passe, il faut croire que je n'ai plus les idées bien en place.

Il y avait également le fait qu'elle n'avait jamais réellement cru que Millicent avait enlevé Hayley. Cette conviction ne se basait sur rien. Ce n'était qu'une impression, et les impressions peuvent être trompeuses, se dit-elle.

– J'ai eu tort d'emmener Melinda là-bas, reconnut-elle avec ardeur. Je te promets de ne plus jamais être aussi imprudente.

David vint s'agenouiller près de sa chaise.

– Tu es la mère la plus prudente que je connaisse. Tu as simplement l'esprit ailleurs. Alors, amis? dit-il en l'étreignant.

Elle plongea son regard dans les yeux bruns qu'elle aimait tant, maintenant cernés de fatigue.

– Toujours amis.

– Papa? demanda timidement Melinda sur le seuil de la pièce. Vous avez fini de vous disputer?

– On ne se disputait pas, ma puce, on parlait seulement.

– Tu dis toujours ça quand vous vous disputez.

Elle s'approcha, arborant son sourire le plus angélique.

– On donne *les 101 Dalmatiens* au cinéma samedi soir. On peut y aller?

David entoura de son bras ses jambes minces.

– Tu ne l'as pas déjà vu?

– Si, mais toi aussi, tu regardes plusieurs fois les films de John Wayne. S'il te plaît?

Caroline regarda David.

– S'il te plaît? Il y a longtemps que nous n'avons rien fait en famille.

– D'accord, dit-il avec un sourire, mais je doute que Greg soit très emballé.

– On donne *les 101 Dalmatiens* dans un endroit où il y a plein de films en même temps. Il a dit que, si Julie pouvait venir, ils iraient voir quelque chose d'autre.

– John Wayne?

– Tom Cruise. Il est tellement mignon! dit Melinda avec un gloussement.

– Mignon ou pas, pour toi, c'est Walt Disney, rit David. Alors, comme ça, samedi soir, j'ai rendez-vous avec les deux plus jolies filles de la ville.

III

Millicent tournoyait devant son miroir dans sa nouvelle robe de soirée en taffetas bleu.

– J'ai presque l'air jolie! s'exclamait-elle à l'adresse de la bonne, Sally.

– Il n'y a pas de presque, disait Sally. Vous êtes jolie comme un cœur.

– Je veux montrer à mère. Où est-elle ?

– Je ne sais pas, miss Millie, disait Sally en se penchant pour redresser l'ourlet de la robe. Probablement dans sa chambre.

Millicent courait le long du couloir, vers la chambre de sa mère, et le taffetas bruissait contre ses longues jambes. Elle frappait à la porte, mais sa mère ne répondait pas. Millicent ouvrait avec hésitation, se demandant si sa mère faisait une de ses siestes de plus en plus fréquentes. Mais le grand lit à baldaquin était vide. Elle se dirigeait alors vers le boudoir à couture. Sa mère ne cousait plus beaucoup ces derniers temps, mais peut-être que...

C'est alors qu'elle la remarquait – la porte du grenier, grande ouverte au bout du couloir – et une peur irraisonnée la saisissait.

Lentement, elle gravissait l'escalier du grenier, dans le bruissement de sa jupe magnifique et les battements de son cœur. Lorsqu'elle atteignait le sommet des marches, elle demeurait parfaitement immobile et regardait la façon dont le soleil éblouissant perçant à travers le vasistas jouait sur le corps de sa mère suspendu par une corde à un chevron, tandis qu'un de ses ravissants souliers blancs se balançait à son pied sans vie.

Le cœur de Millicent cognait dans sa poitrine, et elle ouvrit les yeux en sursaut. Elle ne vit tout d'abord rien, encore aveuglée par les images de son rêve, qui dansaient devant elle comme des flammes. Puis les battements de son cœur ralentirent, tandis que sa chambre plongée dans l'ombre se dessinait devant elle. Tout allait bien. Une fois encore, il ne s'agissait que de son rêve. Elle aurait dû y être habituée après tout ce temps.

Elle aurait dû être capable de dire : « Il ne s'agit que d'un rêve, à propos de quelqu'un mort depuis longtemps », être capable de se réveiller, mais non. Le cauchemar était toujours aussi frappant et vivace que cinquante ans auparavant.

Millicent poussa un long soupir tremblant, la bouche âcre comme si elle avait pris un de ses somnifères. Mais elle n'en avait pas pris ce soir. C'est ce qu'il lui semblait, en tout cas, bien qu'une certaine torpeur se soit emparée d'elle après son sherry du soir et qu'elle soit allée se coucher à neuf heures et demie. Était-il possible qu'elle en ait effectivement avalé un, ou même deux, sans s'en souvenir ?

Elle tenta de s'asseoir, sans y parvenir. Son bras paraissait immobilisé en l'air derrière elle, et en se retournant sur le lit, elle s'aperçut avec horreur que son poignet était menotté à la tête du lit de cuivre.

Dans un recoin plongé dans l'ombre, quelqu'un bougea.

– Vous avez peur ? demanda une petite fille.

Millicent gémit et tira, mais les menottes tenaient bon.

– Vous avez peur, hein ? Vraiment peur, continua la petite voix douce. C'est une impression atroce, hein ?

– Qui êtes-vous ? hoqueta Millicent.

– Vous ne vous souvenez pas ?

– Me souvenir de quoi ?

– Ce n'est pas bien de mentir. Vous vous en souvenez. Il y a bien longtemps, une petite fille pleurait. Elle vous a demandé de la libérer et de l'emmener retrouver sa maman.

Silence.

– Mais vous ne l'avez pas fait.

Millicent tenta frénétiquement de percer l'obscurité.

– Que voulez-vous ?

– Je veux que vous vous sentiez comme elle, il y a si longtemps. Effrayée. Seule. Vous n'avez pas envie de pleurer ?

La longue chemise de nuit blanche de Millicent tournoya autour de ses jambes osseuses tandis qu'elle s'agitait faiblement sur le lit, priant pour que ce ne soit encore qu'un autre cauchemar. Mais elle savait que ce n'en était pas un.

– Je ne comprends pas.

– Si, vous comprenez. Souvenez-vous, miss Longworth. Souvenez-vous bien. (Un bruit métallique s'éleva dans le coin, comme si on dévissait un couvercle.) Elle était venue pour lier amitié, mais elle ne devait pas le dire à son papa ni à sa maman. C'était un secret.

Bien qu'elle sache que c'était impossible, Millicent reconnut la voix avec horreur.

– Vous ne pouvez pas être cette petite fille. Cette Hayley.

– Pourquoi ?

Millicent perçut un bruit d'éclaboussures.

– Hayley est morte.

– Oh, dit la voix enfantine d'un ton perplexe, tandis qu'une odeur âcre se répandait dans la pièce.

– Que faites-vous ? croassa Millicent.

– Je verse quelque chose.

– Du kérosène ! Cela sent le kérosène !

– Oui.

– Mon frère est là. Mon frère va...

– Votre frère est à l'hôpital.

Millicent se débattit violemment.

– Laissez-moi ! Détachez-moi !
– Je ne peux pas. Vous vous enfuiriez.
Des sanglots secs déchirèrent Millicent.
– Qu'allez-vous faire ?
– Vous brûler.
– Me brûler... Cette enfant, Hayley, a été brûlée.
– Je sais.
Millicent cessa soudain de se débattre.
– J'ai essayé d'oublier.
– Moi, je n'ai pas oublié.
– J'ai essayé de me racheter. Je suis désolée. Je n'aurais jamais pensé qu'on en arriverait là.
– Qu'avez-vous pensé, miss Longworth ? Que vous pourriez la cacher pour toujours ?
– Je n'y ai pas pensé. Mais je ne voulais la mort de personne. J'ai supplié Dieu de tout arranger.
– Dieu n'écoute pas les gens mauvais.
– Mais je n'avais pas le choix ! Je devais protéger le nom de la famille. Père aurait été tellement furieux. Furieux !
Millicent se mit à marmonner :
– Mais je l'ai toujours trouvée jolie. Des yeux bleus magnifiques. Comme ceux de mère. Mère est morte. Hayley est morte...
– Mince, le bidon est vide.
La voix de Millicent s'éleva, hystérique :
– Je sais pourquoi vous êtes là ! C'est Harry Vinton qui vous a envoyée !
– Qui ?
– Le policier. Il m'a fait passer le test du détecteur de mensonges. Je mentais. Il le savait. Il a tout vérifié, il a tout compris, cet homme affreux et odieux ! Mais il a dit qu'il apporterait son aide. Il a dit que,

pour de l'argent, il dissimulerait tout. Ils m'ont laissée tranquille, après ça. Tout le monde m'a laissée tranquille jusqu'à hier soir.

– Je n'étais pas au courant à propos du policier. Mais il ne m'a pas envoyée.

Millicent demeura un moment immobile. Puis elle se mit à crier :

– C'est père qui vous a envoyée ! Il vous a envoyée pour me punir. Il n'a pas compris.

On craqua une allumette, et à la lueur de celle-ci, Millicent entrevit des cheveux frisés de couleur vive.

– Ce n'est pas votre papa qui m'a envoyée. Peut-être est-ce Dieu. Ou bien le diable.

Millicent se tordit désespérément tandis qu'on approchait l'allumette d'un morceau de chiffon. Celui-ci s'enflamma.

– Adieu, miss Longworth.

Le chiffon, jeté en avant, explosa en touchant le kérosène.

En l'espace de quelques secondes, un mur de flammes atteignit le pied du lit de Millicent. Elle hurla et, dans une convulsion, se déboîta l'épaule droite. Mais il était impossible de se libérer des menottes, et tandis que la fumée s'élevait en volutes, elle s'étouffa dans une dernière malédiction à l'adresse de Dieu qui l'avait abandonnée le jour où sa mère s'était pendue.

11

I

Tom était épuisé. Appelé à cinq heures du matin sur l'affaire d'homicide et d'incendie criminel au manoir Longworth, il avait regardé ses hommes emporter les restes de Millicent Longworth, qui avait été retrouvée menottée à un lit de cuivre. C'était le second incendie en deux semaines, mais Tom ne croyait pas à l'œuvre d'un pyromane. Il était maintenant une heure, et de retour à son bureau, il était en train de se demander si la sauce tartare qui accompagnait le sandwich qu'il avait englouti dans sa voiture n'était pas tournée, car il ne se sentait pas bien. Il attrapa sa tasse de café, la regarda un moment fixement, puis la reposa et farfouilla dans son tiroir à la recherche de tablettes pour les maux d'estomac.

Le téléphone sonna. Il croqua une tablette lorsqu'il reconnut la voix de son ex-femme, Marian.

– Je t'appelle au sujet des enfants, annonça-t-elle sans préambule. Elles se sont mis en tête de venir te voir pendant les vacances.

– Cela me paraît une bonne idée. Je ne les ai pas beaucoup vues depuis que j'ai déménagé ici.

– La faute à qui ?

– La tienne. Tu te débrouilles toujours pour programmer une maladie hystérique dès qu'elles veulent me voir.

– Mes maladies ne relèvent pas de l'hystérie, dit-elle d'un ton froid. En plus, je ne veux pas qu'elles traînent avec cette femme avec qui tu vis.

– Ce n'est pas *cette femme*. Elle s'appelle Lucille.

– Je me fiche pas mal de son nom. Je ne veux pas que mes enfants la voient.

Tom soupira et se demanda où était passée la jeune fille à la voix douce qu'il avait épousée vingt ans auparavant. Tout le monde leur avait dit qu'ils étaient trop jeunes pour se marier, et avant longtemps, il avait compris que tout le monde avait raison. Ils n'étaient que des gamins qui, en l'espace de cinq ans, s'étaient retrouvés avec deux enfants, et plus rien en commun. Tom avait commencé à consacrer de plus en plus de temps à son travail, et Marian à sortir avec d'autres hommes, ce qu'elle paraissait avoir oublié depuis que leur divorce avait été prononcé quatre ans auparavant. Elle se voyait maintenant comme la femme bafouée, abandonnée avec deux filles, pendant que son mari se faisait entretenir par une femme riche et plus âgée. En dépit de sa colère, il ne pouvait s'empêcher de sourire de la situation. L'imagination portée au mélodrame de Marian s'était déchaînée depuis qu'il vivait avec Lucy, et son antipathie n'avait fait que croître depuis l'été dernier, lorsqu'il était allé voir ses filles à Chicago en sa compagnie. Non seulement elles avaient parfaitement accepté Lucy, mais elles avaient été ravies de son enthousiasme et de ses façons jeunes, si différentes de la mélancolie hypocondriaque de leur mère.

Tom se força à parler avec calme.

– Écoute, Marian, en dépit du fait que nous ayons la garde conjointe des filles, je t'ai toujours laissé prendre toutes les décisions depuis que nous sommes divorcés. Je suppose que je devais me sentir coupable, encore que je ne voie pas très bien de quoi. Mais les filles approchent de la fin de l'adolescence, et je crois qu'il serait temps qu'elles prennent certaines décisions elles-mêmes.

– Elles n'ont pas encore dix-huit ans, et je ne les laisserai en aucun cas subir l'influence de ton genre de vie.

– J'ai bien peur que tu n'aies pas le choix. Je te rappelle le terme : garde *conjointe.* J'ai mon mot à dire tout autant que toi, et si je dois exercer mon autorité pour les aider à faire ce qu'elles veulent – par exemple rendre visite à leur père –, tu peux être certaine que je n'y manquerai pas.

Marian lui raccrocha au nez. Tom poussa un grognement et ressortit ses tablettes pour l'estomac, en se demandant si on pouvait mourir d'une overdose de ce genre de chose.

Il fixa la petite réplique en bronze du Sphinx posée sur son bureau, un cadeau de Lucy, parce que le Sphinx symbolisait l'énigme, et que celle-ci était son métier. Comme l'énigme du meurtre de Hayley Corday. Écartant Marian de ses pensées, il décida d'appeler Margaret Evans, la femme qui avait affirmé avoir vu Hayley une semaine après son enlèvement. Sa fille lui avait dit qu'elle serait rentrée vendredi matin, et l'après-midi était déjà entamé.

Une femme qui se présenta comme Margaret Evans répondit à la troisième sonnerie.

– Je sais que des années se sont écoulées depuis que vous avez témoigné avoir vu une enfant répondant au signalement de Hayley Corday sur une aire de repos au bord de la route, dit Tom, mais je vous serais très reconnaissant si vous pouviez me redonner tous les détails dont vous vous souvenez à propos de cet incident.

Mrs. Evans, une vieille dame de soixante-dix ans à la langue acérée, avait attendu bien longtemps pour déverser sa colère à l'endroit de Harry Vinton et de la façon dont il avait écarté son témoignage, et elle n'allait pas lui fournir de détails avant de lui avoir bien fait comprendre l'étendue de l'affront subi.

– Il est bien temps de s'intéresser à ce que j'ai vu, grommela-t-elle. Il est trop tard pour faire quoi que ce soit pour cette petite fille.

– Vous êtes certaine qu'il s'agissait bien de Hayley Corday ?

– Je me trouvais à quelques centimètres d'elle. Des centimètres. Je l'ai reconnue d'après les photos à la télévision et dans les journaux. J'ai dit à ce gros malin de policier chargé de l'affaire que c'était Hayley, mais il ne m'a pas crue.

– Pouvez-vous me dire exactement ce que vous avez vu ?

– Pourquoi ? Vous rouvrez l'enquête ?

– Pas de façon officielle, mais j'ai relu les rapports sur l'affaire, et je me pose quelques questions. (Tom décida que la flatterie s'imposait.) S'il vous plaît, Mrs. Evans, je ne suis pas Harry Vinton, et je vais tenir compte de ce que vous me direz. Vous pourriez m'être d'une aide considérable si vous essayiez de vous souvenir.

Un profond soupir s'éleva à l'autre bout du fil, et Mrs. Evans se calma.

– D'accord. Je n'ai jamais rien voulu faire d'autre qu'aider. Et je n'ai pas à essayer de me souvenir. Je n'ai jamais oublié ce que j'avais vu.

– Fantastique, Mrs. Evans.

– C'était le 4 Juillet, et je rentrais avec mon mari d'une visite à ma fille, celle à qui vous avez parlé l'autre jour. Son mari est mort il y a cinq ans en réparant l'antenne sur le toit. Il a dégringolé sur la pelouse et s'est cassé la colonne vertébrale.

– C'est affreux, murmura Tom, en pensant qu'outre le travail de surveillance, ce qu'il n'aimait pas dans la police, c'étaient les témoins bavards.

– Oui, c'était affreux, et comme elle n'avait pas d'enfants, je lui ai dit qu'il valait mieux qu'elle vienne vivre ici avec moi. Enfin, Roy – mon mari – avait besoin d'aller aux toilettes. Il avait des problèmes rénaux. Je lui ai dit d'attendre qu'on trouve un restaurant agréable – ces trucs sur le bord de la route ne sont guère mieux que des toilettes de jardin –, mais il a refusé de m'écouter. Vous savez comment sont les hommes. Nous nous sommes donc arrêtés, et il n'y avait qu'une autre voiture sur le parking. J'ai dit à Roy que je l'attendais dans la voiture, mais après une ou deux minutes, j'ai décidé de me dégourdir les jambes. Je me suis approchée de la Cadillac – c'était l'autre voiture, une Cadillac marron – et appelez ça comme vous voudrez, prémonition, ou volonté de Dieu, mais je savais qu'il fallait que je regarde dans cette voiture, Mr. Jerome.

– Stupéfiant, acquiesça celui-ci en serrant le combiné. Qu'avez-vous vu ?

– Une petite fille enveloppée dans une couverture. J'ai d'abord pensé qu'il n'y avait rien d'anormal à ce qu'un enfant soit endormi sur la banquette arrière d'une voiture, puis j'ai vu qu'elle avait du sparadrap collé sur la bouche. J'ai regardé de plus près et j'ai vu qu'elle avait les yeux creusés, le teint pâle. J'ai pensé qu'elle avait été droguée. Et puis j'ai réalisé. Hayley Corday. C'était Hayley Corday, la petite fille qui avait disparu depuis une semaine.

– Qu'avez-vous fait alors, Mrs. Evans ?

– Je me suis précipitée pour lire la plaque d'immatriculation, puis je me suis dirigée vers les toilettes et j'ai appelé Roy. « Une seconde ! » il m'a crié, mais j'ai hurlé : « C'est une question de vie ou de mort ! » et il a déboulé en courant. Au moment où il est apparu, la voiture a démarré et a quitté le parking sur les chapeaux de roue. Je voulais la suivre, mais Roy a refusé.

– Quel était le numéro d'immatriculation, Mrs. Evans ?

– Ça, je ne m'en souviens pas, au bout de dix-neuf ans. Mais je l'ai donné à Harry Vinton. Il n'est pas dans le rapport ?

– Non.

– Vous voyez ! Je vous ai dit comment il s'était conduit. Il a pratiquement été me dire que j'inventais des choses. Il ne l'aurait probablement pas noté, d'ailleurs, si je n'avais pas parlé à cet autre policier, là-bas. Je ne me souviens pas de son nom.

– Vous avez raconté votre histoire à un autre policier ?

– Oh non, pas tout. J'ai simplement mentionné que

j'avais vu Hayley Corday et que Harry Vinton avait noté tous les détails.

D'où le rapport, pensa Tom. Si Mrs. Evans avait parlé à quelqu'un d'autre, Vinton ne pouvait ignorer le témoignage – il était obligé d'écrire un rapport. Mais celui-ci n'avait pas besoin d'être complet, et il n'avait pas besoin de suivre la piste.

– J'avais rappelé parce que je m'étais souvenue d'un autre détail, continuait Mrs. Evans. C'était à propos de la couverture dans laquelle était enveloppée la petite fille.

– Oui?

– Eh bien, ce n'était pas une couverture usuelle. Elle était épaisse, comme tissée à la main, et elle portait un motif étrange. Je ne sais pas comment le décrire, sinon qu'il avait l'air africain. Vous croyez que c'est important? Ce genre de détail a toujours beaucoup d'importance dans les films policiers, à la télévision.

– Ce pourrait être très important, Mrs. Evans.

– Oui. C'est bien ce que je pensais, dit-elle avec satisfaction.

– Mrs. Evans, vous n'avez pas vu la personne au volant de la voiture?

– Oh non, et d'ailleurs cela m'a intriguée. Il avait dû s'arrêter pour aller aux toilettes, mais je ne l'ai pas croisé quand je suis allée chercher Roy.

– Les toilettes des hommes et des femmes étaient-elles séparées?

Mrs. Evans demeura un moment silencieuse.

– Effectivement, dit-elle enfin, elles ne se trouvaient pas au même endroit. Mais vous ne pensez tout de même pas qu'*une femme* aurait pu enlever cette enfant et... lui faire ces *choses*!

– Tout est possible.

– Oh, Seigneur Dieu ! dit Mrs. Evans dans un souffle. *Une femme.*

– Peut-être. Mrs. Evans, vous souvenez-vous de quoi que ce soit d'autre ?

– Non, c'est tout.

– Je veux que vous sachiez combien j'apprécie que vous m'ayez donné ces renseignements, dit Tom de son ton le plus chaleureux. Je sais qu'il ne s'agissait pas de souvenirs très agréables.

– Non, c'est vrai, dit-elle d'un ton cassant. Mr. Jerome ? ajouta-t-elle d'une voix incertaine.

– Oui ?

– Est-ce que j'ai mal fait, à l'époque ? Je savais que Harry Vinton ne traitait pas mes renseignements comme il aurait dû. J'ai voulu me rendre à la direction de la police pour trouver quelqu'un d'autre à qui parler de tout ça, mais Roy, paix à son âme, m'en a dissuadée. Pourquoi aller au-devant des ennuis ? m'a-t-il dit, et je l'ai écouté. Mais je me suis toujours... je me suis toujours dit que j'aurais peut-être pu sauver cette petite fille.

Vous auriez pu si Harry Vinton n'avait pas été chargé de l'enquête, pensa Tom avec fureur. Vinton avait dissimulé le témoignage inestimable de cette femme, mais ce n'était pas de sa faute à elle.

– Mrs. Evans, vous avez fait ce qu'il fallait, lui dit-il avec bonté. J'aimerais que tout le monde soit aussi observateur et coopératif que vous.

– Ah bon... (Il sentit qu'elle se détendait.) C'est gentil de me le dire. Cette histoire m'a longtemps inquiétée.

– Cessez de vous inquiéter. Et merci beaucoup pour ces renseignements.

Tom raccrocha, se laissa aller sur son siège et poussa un profond soupir. Hayley Corday enveloppée dans une couverture au motif *africain*? Évidemment, Mrs. Evans n'avait pas vu cette couverture depuis près de vingt ans, et sa description se résumait à une vague impression de dessin, mais personne ne pouvait ignorer les conséquences de ce témoignage, pas quand de vieux dossiers montraient que Millicent Longworth se trouvait en Afrique au moment où son père était mort et où elle était rentrée s'occuper des affaires de la famille. Mais il fallait qu'il soit sûr. Il décrocha de nouveau le téléphone.

– Caroline? Comment vas-tu? demanda-t-il du ton le plus banal possible.

– Bien. Il n'y a pas eu de nouveaux appels, l'informa-t-elle, d'une voix pourtant inquiète et tendue. Tu appelles par amitié, ou bien je peux faire quelque chose pour toi?

– Les deux. En fait, je voudrais savoir ce que tu peux me raconter sur Millicent Longworth.

– Millicent? Pourquoi?

– Tu vas l'apprendre aux informations du soir, alors autant te le dire tout de suite. Elle a brûlé dans l'incendie de sa maison la nuit dernière.

Caroline eut un hoquet.

– Un autre incendie!

– Et un autre meurtre. Elle était attachée au lit.

– Mon Dieu!

– Oui, ce n'était pas beau à voir. Son frère ne sait pas combien il a eu de la chance d'avoir une attaque et d'être à l'hôpital. Sinon, il aurait pu se faire tuer.

– Dieu sait comment la mort de sa sœur va l'affecter, après ce qu'il vient de subir.

– Tu le connais?

– Non, je ne l'ai jamais rencontré. Lorsque j'étais mariée avec Chris, il vivait en Italie avec sa femme. Chris m'a dit que sa femme était morte et qu'il était rentré il y a quelques années à cause de ses problèmes cardiaques.

– Mais tu connaissais Millicent.

– Je ne dirais pas ça. Je l'ai rencontrée. Lorsque je vivais là-bas, j'ai dû lui parler quelques minutes à quatre ou cinq reprises.

– Elle aussi a fait le tour du monde, non?

– Oui. Son frère et elle voyageaient ensemble, jusqu'à ce qu'il se marie. Elle a continué ses pérégrinations toute seule. Elle est rentrée l'année où je me suis mariée avec Chris, et l'année où son père est mort. Lui, c'était un vrai tyran.

– Le père?

– Oui. Bien sûr, il n'a jamais même daigné nous parler à Chris ou moi, et il essayait de se débarrasser de la maison de rondins, bien qu'elle ne se trouve pas sur ses terres. Il a tenté plusieurs fois d'acheter Chris, puis a fini par se résoudre à faire intervenir les politiciens du coin pour nous éjecter. Il avait fait partie du Congrès, tu sais. Il s'est battu jusqu'au bout contre nous, jusqu'au jour où il est mort.

– Et Millicent est rentrée.

– Oui. Ça ne m'étonnait pas tellement que son frère et elle soient toujours en voyage, et ne restent jamais avec leur père, mais j'ai été surprise que Garrison ne revienne pas quand son père est mort. J'imagine qu'il ne portait guère celui-ci dans son cœur et qu'il était heureux en Italie. Mais après tous ces voyages coûteux, il est bizarre que Millicent se soit cloîtrée chez elle.

(Elle fit une pause.) Tu sais qu'on l'a soupçonnée du meurtre de Hayley.

– Je sais. Avec raison.

– Mais elle a été innocentée. Elle se trouvait ailleurs le soir de l'enlèvement.

Oui, d'après Vinton, Millicent Longworth avait ce soir-là rendu visite à une Mrs. Sally Rice, pensa Tom. Mrs. Rice avait affirmé que Millicent s'était trouvée avec elle de trois heures de l'après-midi à dix heures du soir.

– Caroline, tu te souviens de la voiture que possédait Millicent à l'époque de l'enlèvement ?

– Ça, c'est une question difficile ! dit-elle avec un rire. Ça ne date pas d'hier, mais laisse-moi réfléchir. Je me souviens que son père avait laissé une voiture à laquelle Millicent faisait religieusement effectuer l'aller et retour du haut en bas de la colline, pour expulser l'oxyde de carbone, nous avait-elle dit un jour. Chris avait trouvé ça tellement drôle ! Mais si je me souviens bien, il devait s'agir d'une Cadillac, un de ces vieux modèles avec de grandes ailes.

– De quelle couleur ?

– Bon sang, Tom, je n'en sais rien. Foncée.

– Noire ?

– Peut-être. Non, attends. Chris avait remarqué une fois que, si elle avait été noire, elle aurait eu l'air d'un corbillard. Attends... elle devait être marron ou vert foncé. Marron, je crois. Pourquoi est-ce important ?

– Je me demandais simplement si elle savait conduire, répondit-il en éludant la question.

Il lui avait dit qu'il voulait qu'elle soit au courant de tout, mais ce détail-là, il préférait pour l'instant se le réserver. Si Caroline apprenait que quelqu'un avait aperçu Hayley et que l'enfant aurait pu être sauvée... il ne pouvait pas le lui dire, elle avait bien assez de soucis pour l'instant.

– Je crois que je sais pourquoi tu t'intéresses à sa conduite. David dit qu'il a fourré Twinkle sur un sac poubelle plein et que la poupée a très bien pu tomber. David a toujours été persuadé que Millicent avait enlevé Hayley, tu sais. Il est possible qu'elle soit venue et qu'elle ait trouvé le clown.

– Mais comment l'aurait-elle d'abord introduit chez toi ?

– C'est également la question que je me suis posée. Difficile de croire que j'ai vu Millicent encore hier.

– Tu l'as vue ?

– Oui. Je suis allée avec Melinda chercher le chat de Chris. L'animal s'est enfui vers le manoir, et Melinda lui a couru après. Millicent est sortie en exigeant de savoir ce que nous faisions là. Je lui ai expliqué qu'on avait tiré sur Chris, et elle m'a dit qu'elle était au courant – que la fille avec laquelle se trouvait Chris était venue utiliser le téléphone après l'agression.

Ah, la charmante et délicieuse Renée! pensa Tom avec ironie. Il l'avait interrogée la veille.

– Je ne sais rien, et je ne veux rien savoir, lui avait-elle dit d'un ton agressif. Vous vous rendez compte ? Vous rencontrez un type, vous rentrez chez lui pour passer une soirée agréable, et qu'est-ce qui se passe ? Il devient fou, et quelqu'un se met à tirer sur la maison à la mitraillette!

– C'était un revolver.

– Revolver, mitraillette, tout ça, ça tire des balles. Et après, alors que je viens juste d'échapper au massacre et que je vais chercher de l'aide, cette cinglée et ce gros porc là-haut ne veulent pas me laisser rentrer. « N'ouvrez pas cette porte! » il arrêtait pas de crier. Un petit vieux décharné m'a quand même ouvert. Il a été très gentil, mais il avait les lèvres toutes bleues et il n'avait pas l'air bien. La bonne femme n'arrêtait pas de tournicoter en hurlant et en parlant de vie privée, et le gros porc a tourné les talons et est parti dans une autre pièce, comme s'il ne voulait pas qu'on le voie. Si vous voulez mon avis, c'est lui qui a tiré.

– Vous l'avez bien vu, Renée?

Elle avait fixé le vide avec irritation, puis, incapable de résister à l'intérêt qu'on lui portait, s'était laissé fléchir.

– Comme je vous ai dit, il était gros. Et il avait des yeux tout noirs comme des olives et des cheveux bruns grisonnants un peu clairsemés sur le dessus. C'est tout ce que je peux vous dire, parce qu'il s'est tiré vite fait. Mais j'ai vu une Oldsmobile 98 garée devant la maison. Je l'ai remarquée parce que ma maman en a une pareille. Je suppose que c'était la sienne – je ne vois pas la folle ou le vieux malade en train de conduire.

– De quelle couleur était la voiture?

– Blanche. Et pas toute jeune. Comme ma maman.

– Vous n'auriez pas remarqué le numéro d'immatriculation, par hasard?

Renée l'avait regardé les yeux vides, la bouche ouverte.

– Alors là, vous êtes trop, vous les flics. Bien sûr que si, on me tire dessus et je vais m'arrêter pour noter un numéro! Bon sang!

Revenant à sa conversation avec Caroline, Tom demanda :

– Millicent a-t-elle dit quelque chose d'autre à propos des coups de feu?

– Rien de très cohérent. Ah si, un détail intéressant, quand même. Elle a dit qu'*il* ne voulait pas laisser entrer la fille. J'ai pensé qu'elle parlait de son frère, mais elle a fait mention d'un visiteur. Lorsque je lui ai demandé de qui il s'agissait, elle s'est énervée et m'a répondu qu'elle n'aimait pas donner de noms. Mais elle paraissait effrayée. Je crois qu'elle en avait trop dit.

– Tu es certaine qu'elle n'a rien remarqué d'autre à propos de cet homme?

– Non, rien. Pourquoi? Tu crois qu'il aurait pu avoir un rapport avec les coups de feu?

– On ne sait jamais, dit-il d'un ton vague tout en pensant à l'Oldsmobile 98 blanche qu'il avait vue garée devant la maison du gros Harry Vinton.

II

Caroline raccrocha et se passa la main dans les cheveux, déçue. Pourquoi n'avait-elle pas dit à Tom qu'elle était sûre que la mort de Millicent Longworth était liée à celle de Hayley? D'abord Pamela, ensuite Chris, et maintenant Millicent – ils avaient tous connu la petite fille. Mais elle n'avait aucune preuve. Seul un indice tangible rendrait sa conviction crédible.

Lorsque le téléphone sonna dix minutes plus tard, elle crut qu'il s'agissait de nouveau de Tom, mais ce fut la voix traînante de Chris qui résonna à ses oreilles.

– Caro.

– Chris! Tu appelles de l'hôpital?

– Non, on m'a laissé sortir ce matin, et j'ai pris un taxi. Je suis dans un drugstore près de la maison. Je me suis arrêté chez le véto, mais il m'a dit que tu ne lui avais pas laissé Hécate. Elle n'a pas disparu après qu'on m'a tiré dessus?

– Non, non. Je suis désolé de ne pas t'avoir prévenu plus tôt, mais je pensais que tu ne sortirais que demain. Elle est restée ici avec nous. Après tout ce qui lui est arrivé, je me suis dit qu'il serait moins traumatisant pour elle d'être dans une famille que chez le véto, mais je n'en suis plus si sûre, ajouta-t-elle en riant.

– J'espère qu'elle ne t'a pas causé d'ennuis.

– Pas du tout. Le problème, c'est George, notre labrador : il est fou d'elle et ne la quitte pas d'une semelle. Je suis sûre qu'elle sera ravie de rentrer chez elle, même si Melinda aura du mal à la rendre.

– Ta fille a aimé la chatte?

– Melinda est très douée avec les animaux. D'ailleurs, Hécate l'aime bien, même si le reste de la famille ne l'emballe pas.

– Je vais venir la chercher.

– Inutile. Je vais te la ramener, si tu es certain que tu es en état de t'en occuper.

– Je vais bien. A l'exception de mon bras en écharpe, je suis en pleine forme et prêt à te débarrasser du chat. En plus, elle me manque.

– D'accord. Je vais voir si je peux la persuader de monter dans la voiture, et nous serons là d'ici une demi-heure.

Dès qu'elle eut raccroché, son cœur se mit à battre la chamade. Elle allait voir Chris. Cette perspective la démontait, surtout lorsqu'elle pensait à la désapprobation de David, mais en même temps elle se sentait transportée, pour la première fois plus vivante depuis que toute cette affaire avait commencé. Depuis le jour où ils s'étaient rencontrés, alors qu'elle n'était qu'une étudiante de dix-sept ans, à l'occasion d'un cours dont Chris était l'invité, il n'avait jamais cessé de provoquer chez elle ce sentiment. Elle avait passé vingt-sept ans à l'aimer, malgré la souffrance, malgré la séparation. Malgré David.

Tentant de ne plus penser à David, elle se mit en quête du chat. Il ne servait à rien de se mortifier en se sentant coupable d'éprouver des sentiments auxquels elle ne pouvait rien, même si elle n'avait aucune intention de les suivre. Elle allait rapporter son chat à Chris, s'assurer qu'il avait tout ce qu'il lui fallait chez lui, et ce serait tout.

Hécate était roulée en boule sur la bibliothèque dans le salon, et George plongé en extase à ses pieds deux mètres plus bas.

– George, il va falloir te trouver une petite amie convenable, soupira Caroline en prenant la chatte sur l'étagère.

Hécate se raidit et cracha, terrifiée à l'idée d'être présentée au monstre noir qui la suivait sans relâche depuis des jours, mais lorsque Caroline la tint bien haut, serrée contre elle, la chatte se détendit un peu. George, bien décidé à ne pas les lâcher jusqu'à la voiture, se laissa néanmoins distraire par quelques gâteaux que Caroline lui jeta sur le sol de la cuisine avant de foncer vers le garage avec le chat.

– Tu vas manquer à Melinda, lui dit Caroline en remontant la route en bord de rivière qui menait à Longworth Hill.

Hécate lui lança un regard soupçonneux, de son bel œil unique, puis, assise sur le siège du passager, se lança dans une étude approfondie du paysage.

L'odeur de fumée régnait encore autour de la colline, et Caroline comprit pourquoi lorsqu'elle atteignit le sommet. Il ne restait plus du manoir Longworth que quelques pans de mur de brique. Contrairement à la résidence de Pamela, il n'y avait pas eu ici, à l'évidence, de système automatique de détection d'incendie. Même la pelouse merveilleusement entretenue et les rosiers de Millicent n'avaient pas échappé au désastre. Caroline coupa le contact et resta là, immobile, à contempler les ruines, tandis que son estomac se serrait. Pauvre et étrange Millicent, qui hier encore traversait la pelouse enveloppée dans sa cape noire, dans son désir jaloux de protéger la maison de famille. Elle n'avait plus à s'inquiéter, maintenant. Il ne restait plus rien du domaine Longworth, plus rien de Millicent.

Chris apparut sur le seuil à l'instant où elle ouvrait la portière.

– Drôle de spectacle, hein? remarqua-t-il.

Il paraissait plus mince et plus pâle qu'auparavant, le bras en écharpe. Hécate sauta par-dessus les genoux de Caroline et se précipita dans sa direction telle une fusée noire.

– Je ne pensais pas que les dégâts étaient aussi importants.

Caroline descendit de voiture tandis que Chris se baissait pour prendre la chatte.

– Il ne reste plus rien.

– L'endroit était pourtant bâti comme une forteresse.

Maintenant qu'elle se tenait si près de lui, elle distinguait les pattes-d'oie autour de ses yeux, les rides de fatigue le long de sa bouche. Il lui sembla qu'il avait vieilli de dix ans en quelques jours.

– On t'a appris que l'incendie était volontaire?

Chris la regarda avec surprise.

– Tu es sûre?

– Oui. Tom me l'a dit. Ils ont également trouvé Millicent attachée au lit, ajouta-t-elle après avoir jeté un regard à la maison. Elle a été assassinée.

La pâleur du visage de Chris s'accentua.

– Je ne peux pas y croire.

– Je sais. D'abord Pamela Burke, et maintenant Millicent.

– Mais il ne peut pas y avoir de lien, non?

Elle haussa les épaules.

– Peut-être pas.

Chris posa Hécate sur le sol, et elle se frotta contre ses jambes.

– Eh bien, cela va faire un drôle d'effet de ne plus avoir les jumelles de cette chère Millicent fixées sur la maison. S'occuper de ses roses et m'observer ont été ses deux seules distractions pendant vingt ans. Mais je parie qu'elle va manquer au vieux Garrison. Il semblait très attaché à elle.

– Tu as des nouvelles de sa santé?

– Il se trouvait également au County Hospital, et j'ai demandé à une des infirmières de se renseigner pour moi.

Bien sûr, pensa Caroline froidement. Les femmes sont toujours ravies de rendre service à Chris.

– C'était une légère attaque. J'espère qu'il n'en aura pas d'autre quand il apprendra la mort de sa sœur. J'ai fait du café, ajouta-t-il en montrant la maison d'un signe de tête. Tu en veux?

Je devrais partir, se dit-elle. Je devrais dire non merci et repartir le plus vite possible.

– Juste une tasse, s'entendit-elle répondre.

Lorsqu'ils entrèrent, Hécate sauta des bras de Chris et se précipita vers sa place favorite sur le canapé, comme si elle venait d'atteindre la Terre promise.

– Je sais qu'elle est ravie de rentrer, dit-elle en suivant Chris dans la cuisine. George lui a rendu la vie intenable.

– Oh, elle fait juste des manières. Elle est probablement flattée comme un pou qu'un membre du sexe masculin la trouve encore séduisante.

– Melinda trouve que tu devrais te renseigner sur les transplantations oculaires, et la chirurgie esthétique pour son oreille.

Chris éclata de rire.

– Elle a l'air adorable, Caro. J'aimerais bien la rencontrer un jour.

– Oui, un jour peut-être, dit-elle vaguement en songeant à la réaction de David à cette suggestion. Tu as besoin d'aide pour le café ?

– Non. Heureusement, c'est mon épaule gauche qui a été atteinte. Je peux même peindre. Qui que ce soit qui m'a tiré dessus n'avait pas l'intention de me tuer.

Caroline examina son visage.

– Pourquoi penses-tu ça ?

Il lui tendit une tasse de café.

– D'après Tom, les balles proviennent d'un Beretta calibre 22. La terre derrière la jeep portait des traces, et le tireur se trouvait donc probablement là, à une dizaine de mètres de la maison. Si quelqu'un avait vraiment voulu me tuer à cette distance, il aurait choisi une arme plus puissante.

– Peut-être ne s'y connaissait-il pas très bien en armes. Ou bien était-il piètre tireur. Il a atteint la maison deux fois.

– *Après* que je suis tombé. Pourquoi continuer à tirer alors que j'étais hors de portée? Non, je crois que l'agresseur voulait laisser libre cours à sa rage, pas me tuer.

– Voilà qui se rapproche de la théorie du mari jaloux de Lucy.

– Les maris jaloux ne se promènent pas avec des clowns de chiffon.

Caroline s'approcha d'un pas lent du vaisselier qui contenait le service bleu que la grand-mère de Chris leur avait offert en cadeau de mariage. D'une éclatante propreté, celui-ci brillait sous le soleil matinal.

– Qu'est devenu Twinkle?

– La dernière fois que j'ai vu la poupée, elle se trouvait sur mon lit. Mais lorsque Tom est venu, elle avait disparu, et d'après lui les policiers qui sont arrivés juste après les coups de feu ne l'ont pas vue non plus.

Elle se retourna pour le regarder.

– Mais tu es certain qu'il s'agissait de Twinkle.

– Quasiment. En tout cas, elle ressemblait au clown de Hayley.

– Et elle s'est évanouie lorsque ta petite amie a couru chez Millicent pour téléphoner?

– Certainement, puisque l'ambulance et la police sont arrivés un quart d'heure après son appel.

Caroline vida sa tasse.

– Chris, est-ce que tu crois que le meurtrier de Hayley peut être responsable de tout ça?

Il regarda par la fenêtre. Hécate, sentant son désarroi, leva la tête pour l'observer.

– J'en suis persuadé. Je quitte la ville après-demain, je vais à Taos. Et je crois que David et toi feriez bien de décamper.

– Nous n'en avons pas parlé, mais c'est une bonne idée. (Elle réfléchit tandis qu'il lui tournait le dos.) Tu sais, David a toujours pensé que Millicent avait tué Hayley, mais elle aussi a été assassinée la nuit dernière.

– Ce qui ne veut pas dire qu'elle n'ait pas tué Hayley, ou qu'elle ne m'ait pas tiré dessus.

– Tu ne crois pas qu'elle ait pu tuer Hayley, sinon tu n'aurais pas continué à vivre ici.

– Non, tu as raison. Elle avait un alibi. Alors, qui a tué Millicent?

– Je n'en sais rien, mais j'ai le sentiment que sa mort est liée à tout ce qui m'arrive depuis un moment, et peut-être même à l'assassinat de Hayley.

Il se retourna pour la regarder.

– Je le pense aussi. Mais, bon sang, quel pourrait être le rapport entre l'assassinat d'une petite fille et celui d'une vieille dame après toutes ces années?

– Je ne sais pas, dit-elle en essayant d'expliquer en vain des sentiments qui ne se basaient sur rien de concret. Mais je veux trouver une réponse. (Sa voix se brisa.) Il y a Melinda, tu comprends. Elle reçoit des appels, elle est abordée par une petite fille qui dit s'appeler Hayley...

Chris traversa la pièce et la prit dans ses bras.

– Caro, ne t'effondre pas. Ce qui est arrivé à Hayley n'arrivera pas à Melinda.

– Tu n'en sais rien. Et je ne peux pas oublier.

– Tu dois essayer.

– Tu peux, toi? s'écria-t-elle. Est-ce que, chaque jour, tu ne penses pas à la mort de Hayley?

Il soupira.

– Si, mais c'est moi qui étais censé la surveiller. Si tu t'étais trouvée avec elle sur la colline, jamais elle n'aurait été enlevée. Je le sais. Malheureusement pour Hayley, c'est moi qui étais responsable. Et elle est morte.

– Ne dis pas cela ! Cesse de t'accuser, dit-elle en levant le visage vers lui. Je ne peux pas le supporter.

– Vraiment ? Tu ne m'accuses pas, toi ? demanda-t-il d'un ton à la fois incrédule et cynique. Honnêtement, tu peux dire que tu ne m'as jamais tenu pour responsable ?

– Oui, je le peux ! Tu l'aimais autant que moi. Et tu étais un père merveilleux, un mari merveilleux.

Il la lâcha brusquement et se détourna.

– Je n'étais pas aussi merveilleux que tu le pensais, grommela-t-il. Je n'étais ni un père merveilleux ni un mari merveilleux. Voilà pourquoi j'ai toujours dit que sa mort était une punition.

La sensation de froid glacial que Caroline avait si souvent ressentie ces derniers jours s'empara d'elle. Chris allait lui dire quelque chose qu'elle ne voulait pas entendre. Elle n'éprouvait qu'une envie, s'enfuir en se bouchant les oreilles, mais une irrésistible pulsion masochiste la cloua sur place et lui fit demander :

– Pourquoi une punition ?

Chris ne se retourna pas pour lui faire face.

– Je ne voulais pas te le dire. Jamais. Et puis, quand tout ça a recommencé, j'ai éprouvé le sentiment superstitieux que c'était mon silence qui le provoquait. C'est idiot, hein ? ajouta-t-il avec un rire faux.

– Raconte, dit-elle d'un ton bref.

– Oh, Caro, je suis tellement désolé.

– Raconte.

Il prit une profonde inspiration et retourna vers le canapé. Hécate s'assit sur ses genoux, la queue battante, comme si elle avait peur.

– Cela s'est passé pendant ton voyage à la Jamaïque avec tes parents. Ils m'ont toujours détesté, et je suppose que je t'en voulais d'y aller en emmenant Hayley.

– C'est toi qui m'as persuadée d'y aller. Je ne t'avais jamais quitté depuis notre mariage.

– Je sais. Je n'ai jamais dit que mes sentiments étaient honnêtes. Ils étaient, c'est tout. Ainsi, vous étiez parties toutes les deux avec tes parents, qui pouvaient t'offrir tout ce que tu voulais, alors que j'étais à peine capable de nous faire vivre. Je ne pouvais pas me douter que, quelques mois plus tard, tout allait s'ouvrir devant moi. L'exposition à New York. Les critiques fabuleuses. Enfin, toujours est-il qu'un soir Lucy est venue me voir.

« Oh, Seigneur, non », gémit intérieurement Caroline, qui lui rendit son regard avec franchise.

– Sa peinture ne la menait nulle part. Tout le monde lui répétait qu'elle était compétente, sans plus. Elle a toujours prétendu qu'elle s'en fichait, mais ce n'était pas vrai. La critique l'avait démolie.

– Il y a bien longtemps que j'avais compris ça, Chris.

– Oui, évidemment, bien sûr, dit-il en passant la main dans ses cheveux. Elle était au trente-sixième dessous, alors nous avons bu quelques verres, puis nous avons fumé. Je suppose que nous étions complètement défoncés. Et puis... eh bien, elle m'a dit qu'elle m'avait toujours aimé. Depuis que nous étions sortis ensemble, avant que je ne te rencontre. Elle était si vulnérable, tellement pleine d'adoration. Et tu étais...

– A la Jamaïque avec mes parents, qui pouvaient m'offrir tout ce que je voulais.

– Caro, ne rends pas les choses plus difficiles.

– Loin de moi cette idée. Continue, je t'en prie.

Chris leva les mains.

– Tu peux deviner la suite. Nous nous sommes sentis terriblement coupables, après. Puis Lucy a découvert qu'elle était enceinte. Elle voulait garder l'enfant, le faire passer pour le résultat d'une brève liaison. Mais j'ai dit non. C'était ta meilleure amie, elle te disait tout. Tu l'aurais su si elle avait eu une passade. Tu devinerais tout. Tu comprendrais qu'elle était tombée enceinte pendant ton absence, et tu en tirerais les conséquences. Lucy était hystérique. Elle t'aimait. Elle disait que tu étais la seule véritable amie qu'elle ait jamais eue.

– Drôle de façon de le montrer.

Chris ignora la remarque.

– Alors, nous avons décidé qu'elle devait avorter. Mais l'opération s'est mal passée, et elle n'a plus jamais pu avoir d'enfant. Tu vois, j'ai dû assumer non seulement le fait que je t'avais trompée, mais aussi la responsabilité de son avortement et de sa stérilité. Hayley a été enlevée quelques mois plus tard, et j'ai considéré cela comme une sorte de paiement.

– Voilà pourquoi tu as voulu que je te quitte. Parce que tu pensais qu'il s'agissait d'une juste punition pour ce que tu avais fait, pour ce que tu pensais avoir provoqué.

Il hocha la tête. Caroline le fixa. Il avait l'air malheureux. Elle savait qu'il *était* malheureux. Mais pour l'instant, elle ne ressentait pour lui que mépris. Elle se souvenait avec quelle joie il les avait accueillies à leur retour de la Jamaïque, ce printemps-là. Alors qu'il lui avait été infidèle et que sa meilleure amie attendait son enfant, un enfant dont il avait préféré qu'elle avorte plutôt que Caroline ne découvre la vérité. Ainsi, au cours des dernières semaines de la vie de Hayley, elle avait vécu dans un monde de mensonges, des mensonges qui, vingt ans plus tard, pouvaient encore bouleverser son existence.

– Caroline, je sais que tu ne pourras jamais me pardonner, mais essaie seulement de comprendre.

Elle le regarda froidement.

– Chris, il y a bien longtemps que je tente de te comprendre. Je t'ai toujours trouvé toutes les excuses possibles et imaginables. Mais même moi, je ne peux pas vivre éternellement dans un rêve.

Elle posa sa tasse de café et quitta d'un pas transi la maison qu'elle avait aimée, en sachant qu'elle n'y entrerait plus jamais.

12

I

Plein de zèle, Harry Vinton attaquait le tuyau d'évacuation de l'évier avec une ventouse, lorsque la sonnette de la porte d'entrée retentit. Il choisit d'abord de l'ignorer, mais lorsqu'elle sonna pour la quatrième fois, il jeta sa ventouse avec rage et fonça dans le salon.

A l'instant où il ouvrit la porte et découvrit Tom Jerome, il comprit que quelque chose n'allait pas. Mais pas du tout.

– Vous avez une seconde, Vinton? demanda Jerome, avec des yeux aux reflets gris ardoise dans la lumière de cette fin d'après-midi. J'aimerais vous poser quelques questions.

– Vous l'avez déjà fait, dit Harry d'une voix grave et forte, tandis qu'il avait l'impression que tout tremblait à l'intérieur de sa grosse carcasse. Et puis je suis occupé.

– Dans ce cas, je reviendrai. (Tom s'interrompit, transperçant Harry du regard comme s'il s'était agi d'un porc prêt à passer à la broche.) Et je continuerai à revenir tant que je n'aurai pas ce que je veux.

Et il allait le faire. Très loin au fond de la tête de Harry, quelque chose résonna comme un glas, et il sut que tout était fini. Au bout de dix-neuf ans, c'était fini.

– Bien, dit-il en s'écartant pour laisser Tom pénétrer dans le salon au mobilier coûteux mais négligé.

Des journaux étaient éparpillés sur un beau tapis tressé, et des canettes de bière froissées jonchaient les tables de style « early american ». Lucy serait folle si elle voyait ça, pensa distraitement Tom. Visiblement, Harry avait décoré l'endroit avec soin, puis l'avait laissé à l'abandon. Dommage.

Harry s'effondra dans un fauteuil à oreillettes délabré, et Tom remarqua le tremblement de ses lèvres.

– Alors, qu'est-ce que vous voulez cette fois, Jerome? dit-il d'un ton brusque.

Tom ne demanda pas s'il pouvait s'asseoir et resta debout, le dominant de toute sa taille.

– Pourquoi avez-vous dissimulé des indices dans l'affaire Hayley Corday?

Harry prit l'air offensé.

– Je ne vois pas de quoi vous voulez parler!

– Non? Eh bien, et Mrs. Margaret Evans? Vous savez, la femme qui a vu Hayley à l'arrière d'une Cadillac garée sur une aire de repos près de Mayesville?

– Une cinglée.

– Je ne crois pas, Vinton. Je crois que cette dame savait exactement ce qu'elle avait vu, et vous en a fait un compte rendu très détaillé, jusqu'au numéro d'immatriculation de la Cadillac. Une Cadillac marron, comme celle de Millicent Longworth. Bien entendu, cette information n'apparaît pas dans votre rapport.

– Bon Dieu, un numéro d'immatriculation! explosa Harry. Elle ne m'a jamais donné de numéro!

– Elle dit que si. Et je la crois.

– Millicent Longworth ne connaissait même pas cette gamine.

– Vinton, elle a toujours vécu à côté de la maison de Hayley. Ne me racontez pas ce genre de bobard.

– Mais Longworth n'était pas là le soir de l'enlèvement.

– Ah oui, l'alibi bien pratique. Elle rendait visite à Sally Rice, dit Tom en se penchant sur Harry, l'air d'un oiseau de proie. C'est drôle, mais j'ai découvert que Sally Rice avait travaillé pour les Longworth. Elle a été leur bonne pendant près de vingt ans. Très attachée à la famille. Ce qui est encore plus intéressant, c'est qu'un mois après le meurtre Corday elle a emménagé en Floride, dans un bel appartement à Palm Beach. Évidemment, elle vivait de peu, mais je suppose qu'elle avait quand même dû se montrer très économe, non?

Harry déglutit avec bruit.

– Où voulez-vous en venir?

– J'en viens au fait que vos recherches après la disparition de la petite fille ont été merdiques, au point même de dissimuler des indices. J'en viens au fait que, peu de temps après le meurtre, vous avez pu quitter la police et jouer au détective privé tout en vivant plus aisément que jamais. J'en viens au fait que vous étiez chez Millicent Longworth la veille de son assassinat.

Harry blêmit, le souffle rauque.

– *Qui* prétend que j'étais chez les Longworth?

– La fille qui est venue utiliser le téléphone, dit Tom sans éprouver aucun remords de cette déformation de la vérité.

Il suivait son intuition et cherchait surtout maintenant à surprendre les réactions de Vinton.

– Elle t'avait déjà vu avant, elle t'a reconnu.

– C'est un foutu mensonge!

– Alors, pourquoi ça te tracasse?

Harry se mit debout, le visage à quelques centimètres de celui de Tom.

– Ça vous plairait, à vous, de voir un jeune merdeux vous jeter ce genre d'accusations à la figure?

– Ça ne me plairait pas, mais je ne m'effondrerais pas. Sauf si elles étaient vraies.

La sueur perla sur le front de Harry.

– Et qu'est-ce que ça ferait que je me sois trouvé chez les Longworth? Elle n'est pas morte cette nuit-là.

– Non, mais la nuit suivante, dans un incendie criminel. Elle est morte attachée à son lit. Que s'est-il passé, Harry? Sa conscience l'a finalement rattrapée? Elle allait avouer le meurtre de Hayley et te dénoncer comme complice?

– Sortez de cette maison! aboya Harry.

– Avec plaisir. Mais je crois qu'il est inutile que je te prévienne de ne pas quitter la ville. Tu t'es peut-être tiré de ce que tu as manigancé dans l'affaire Corday, mais tu ne te tireras pas de l'assassinat de Millicent Longworth.

– Je n'ai pas tué cette femme. Je ne l'ai pas tuée, répéta Harry d'une voix brisée.

Tom eut un sourire.

– Alors, il n'y a pas de quoi t'inquiéter, non?

Harry demeura figé tandis que Tom sortait calmement et refermait la porte derrière lui. Il se sentit cloué au sol, tandis que le sang refluait de sa tête vers ses pieds comme la lave se précipite au flanc d'une montagne. Combien de fois, au cours de toutes ces années, avait-il imaginé cette scène ? Une centaine ? Un millier ? Tellement de fois, il avait pensé que, si ce jour venait jamais, il serait détendu, d'une nonchalance longtemps répétée. Mais il n'était pas détendu. Il s'était conduit comme un gamin surpris en train de cambrioler l'épicerie du coin – tremblant, terrifié, coupable. Vingt ans plus tôt, il aurait pu se tirer des pattes de Jerome. Aujourd'hui, il n'était plus qu'un alcoolique qui n'avait plus les idées en place. Il avait tout fichu en l'air. Il leva une main grasse pour s'essuyer le front. Eh bien, si Jerome avait bluffé, il pouvait maintenant être certain de ce qu'il n'avait auparavant que deviné. Sauf pour la mort de Millicent. Merde ! Un homicide et un incendie criminel. Qui pouvait bien avoir voulu tuer la vieille folle ? Pas lui. Il avait déjà une mort sur la conscience – il n'en aurait pas ajouté une deuxième, même si elle avait menacé de prévenir la police, ce qui n'était pas le cas. Mais ça, Jerome ne le croirait jamais. Bon Dieu, personne qui soit au courant de son rôle dans l'affaire Corday ne croirait à son innocence dans la mort de Millicent.

Ses mains ne cessaient de trembler. Un verre, voilà ce qu'il lui fallait. Un bon verre.

Il se rendit à la cuisine d'une démarche chancelante et ouvrit le placard. Qu'est-ce que ce serait ? Son regard tomba sur la bouteille à moitié vide de bourbon Ezra Brooks qu'il gardait pour les grandes occasions. Voilà ce qu'il lui fallait. Du velours pur et onctueux de vingt ans d'âge. Il se versa une généreuse rasade, qu'il engloutit avec un soupir de plaisir. Elle se répandit en lui, chaude et réconfortante, et il s'en resservit une autre, qu'il avala tout aussi rapidement. Il décida de savourer la troisième. Il allait siroter son verre, allumer la télévision et réfléchir au moyen de se sortir de ce merdier.

Dans le salon, assis dans son grand fauteuil, il pointa la télécommande sans prêter réellement attention aux chaînes qui défilaient en silence. Les informations de la soirée. Des dessins animés, un film. Il s'arrêta sur le film. Arnold Schwarzenegger dans un truc. Il aimait bien les films de Schwarzenegger. Des films d'action, sans histoires sentimentales idiotes...

Lorsqu'il se réveilla, la pièce était plongée dans l'obscurité. Seules des images dansaient sur l'écran. Il regarda d'un air hagard la bouteille de bourbon, vide, puis tenta de fixer son regard sur le cadran de la pendule posée sur la table tout près. Celui-ci vacillait, mais il lui sembla distinguer la petite aiguille sur le neuf. Il était resté inconscient pendant des heures. Il voulut se lever, puis retomba. Bon Dieu, il était rond. Paralysé. Il allait être malade demain. Et pourtant agréablement engourdi. Il pouvait ne plus penser à Hayley Corday ou Millicent Longworth, ou Tom le Génie de Chicago.

Le souvenir de Tom fit gémir Harry, et il regarda l'écran de télévision, sur lequel une balle de base-ball s'élevait au ralenti avant d'atterrir sur le panneau d'affichage lumineux. Des sphères de lumière retombaient sur le ciel nocturne comme des confettis tandis que la musique enflait à l'arrière-plan.

– C'est tellement joli. J'aimerais bien peindre ça.

Harry bondit, et la bouteille roula par terre. La voix ne venait pas de la télévision, mais de quelque part derrière lui. C'était une hallucination, bien sûr. Il se frotta les yeux.

– Mais je le rendrais encore plus joli.

Non, ce n'était pas une illusion. Enfin, il ne croyait pas.

– Qui est là?

Il s'efforça de se lever, poussa sur ses grosses jambes. Soudain, un fil de fer s'enroula autour de son cou, et il fut projeté en arrière violemment. La morsure lui fit comprendre que le fil lui entamait la peau.

– Restez tranquille.

Une voix d'enfant, se dit-il avec stupéfaction. Une petite fille, qui l'étranglait avec un fil de fer. Il toucha le fil. Si c'était une hallucination, elle était d'un sacré réalisme.

– Savez-vous qui je suis?

– Non, dit-il d'une voix rauque.

La pièce dansait devant ses yeux. Sans sa faiblesse et ses vertiges, il pourrait se lever, se libérer.

– Vous ne vous souvenez pas de Hayley Corday?

– C'est une plaisanterie?

Le fil se resserra et le tira en arrière.

– Ce n'est pas une plaisanterie.

Les idées de Harry se débattaient dans tous les sens, tentaient de trouver une logique à tout cela. Il dit enfin d'un ton triomphant :

– C'est un truc! Une des conneries débiles de Tom Jerome!

– Il ne faut pas dire de gros mots.

– Bon Dieu, qui êtes-vous?

– Je ne savais rien de vous avant de tuer miss Longworth, mais elle m'a raconté comment vous aviez tout dissimulé, tout caché. Pourquoi avez-vous fait ça? Pour de l'argent?

Harry fit un effort dérisoire pour se redresser, mais le fil s'enfonça plus profondément dans sa chair. Le sang commençait à goutter sur son tee-shirt. Il le regarda d'un air perplexe, comme s'il s'agissait du sang de quelqu'un d'autre.

– Vous avez tué Millicent?

– Oh oui! Et Pamela. Je ne savais pas qu'il me faudrait vous tuer aussi. (Elle émit un gloussement de réprobation.) Mais vous avez été méchant, comme eux, alors vous devez mourir aussi.

Harry sentit l'urine mouiller son pantalon et tremper le coussin du fauteuil. Aussi soûl qu'il puisse être, il savait qu'il ne s'agissait pas d'une mise en scène. Bon Dieu, il saignait! Et cette voix! Enfantine, mais mortelle. Il balbutia :

– Millicent Longworth était folle. Elle a toujours été folle. Je n'ai pas pu la coincer pour le meurtre Corday, mais c'est elle. Il ne faut pas croire ce qu'elle vous a dit.

– Oh mais si, je l'ai crue. Je comprends tout maintenant. Je comprends tout.

Pris de panique, Harry s'agrippa au fauteuil.

– Vous êtes folle! Vous ne pouvez pas...

Il se tut lorsque la lame d'un couteau lui ouvrit proprement la gorge en lui tranchant les cordes vocales. Le sang jaillit, éclaboussant ses cuisses, le tapis tressé.

– Je dois me tenir derrière vous pour ne pas me tacher, expliqua doucement la voix. Mais ne vous inquiétez pas, je sais couper. Vous ne mettrez pas très longtemps à mourir.

Le fil se relâcha, et Harry s'affaissa en avant. Puis une main puissante le poussa hors du fauteuil. Il atterrit sur les genoux et l'épaule droite, sur le tapis imbibé de sang. Il réussit à tourner légèrement la tête. Le clair de lune inondant la pièce dessinait près de lui les contours d'une silhouette tremblotante. Il tendit la main en gargouillant, mais elle recula hors de sa portée, et il se laissa mollement retomber sur le dos.

Il ne s'en sortirait pas, et soudain ça n'avait plus d'importance. Était-ce cela qu'avait ressenti Teresa lorsque son agresseur lui avait porté le dernier coup de couteau fatal? se demanda-t-il rêveusement. Était-ce cela qu'avait ressenti cette gamine lorsque le couperet s'était abattu sur sa tête? Eh bien, il ne les plaindrait plus tant que ça, désormais, parce que après tout, ce n'était pas si pénible. Plutôt reposant même, en fait. Reposant et définitif. D'une certaine façon, c'était préférable à la vie.

II

– Où vas-tu? demanda David tandis que Caroline enfilait une robe de jersey noir et l'ajustait sur ses hanches.

Elle hésita, puis répondit d'un ton de défi :

– A l'enterrement de Millicent Longworth.

– Pourquoi?

– Je la connaissais. J'ai vécu près de chez elle, tu sais.

– Je le sais très bien. Je sais aussi que tu ne lui as jamais adressé plus de trois mots.

– Si.

– Pas la peine de couper les cheveux en quatre. Pourquoi ne pas me dire sincèrement pourquoi tu y vas?

– Je pense qu'il y a un lien entre la mort de Millicent et tout ce qui se passe autour de nous depuis quelques semaines.

– A quoi cela va-t-il te servir d'assister à l'enterrement ?

– S'il se trouve là-bas un bouquet d'orchichées de soie noire, je *saurai* qu'il y a un rapport.

Elle attendit ses objections. Au lieu de cela, il ôta son cardigan bleu et se dirigea vers le placard.

– Je vais avec toi. Mon costume gris est revenu de chez le teinturier ?

Elle le regarda avec stupéfaction.

– Je croyais que tu allais piquer une colère.

Il se retourna pour lui sourire.

– Chérie, je ne suis pas tout à fait le vieux schnock pour lequel tu me prends. Je suis toujours persuadé, ajouta-t-il en reprenant son sérieux, que nous devrions laisser cette enquête aux mains de la police, mais à l'exception de Tom, je ne pense pas qu'elle prenne notre problème très au sérieux.

– Je croyais que c'était également ton cas.

– Je sais. Tu es blessée parce que tu penses que je ne te crois pas à propos des fleurs. Je veux te montrer que si.

Ou bien tu veux démontrer qu'elles n'existent effectivement pas, et que je me fais des idées, pensa-t-elle. Mais quelles que soient les véritables motivations de David, elle était heureuse qu'il ait proposé de se joindre à elle.

– Merci de ne pas essayer de m'empêcher d'y aller, dit-elle en l'embrassant. Mais je ne veux pas que les enfants restent tout seuls.

– Pourquoi n'appelles-tu pas Lucy ? suggéra-t-il en déchirant le plastique du teinturier. Cela ne la gênera sûrement pas de faire la baby-sitter quelques heures.

– Non !

David la regarda, surpris, et elle baissa la voix.

– Non, sa mère ne va pas bien, et je crois qu'elle allait la voir cet après-midi.

Caroline n'avait pas reparlé à Lucy depuis les révélations de Chris sur leur brève liaison. Celle-ci avait appelé trois ou quatre fois, sachant visiblement que Chris lui avait parlé, mais elle avait chargé Greg ou David de répondre qu'elle était occupée et rappellerait plus tard. Elle savait qu'il lui faudrait un jour affronter son amie, mais cela lui était impossible tant que la colère l'habitait encore.

– Je peux appeler Fidelia.

– Non. Je ne veux pas qu'elle reste seule ici avec les enfants.

– Que faisons-nous, alors? Je ne connais personne d'autre que nous puissions réquisitionner si vite et, étant donné les circonstances, je ne vais pas laisser Melinda uniquement sous la garde de Greg.

– D'accord, je reste, dit-il en rangeant son costume. Mais je n'aime pas l'idée que tu ailles à cet enterrement toute seule.

– Que veux-tu qu'il m'arrive au milieu de la foule? Ça ira. Et tu verras, cette fois-ci, je rapporterai un bouquet.

On était dimanche, et Greg était vissé devant un match de football à la télévision, tandis que Melinda découpait des poupées de papier sur le sol.

– Où vas-tu, maman? demanda-t-elle lorsque Caroline traversa la pièce sur ses hauts talons.

– A un enterrement. Je veux que tu restes ici avec Greg et papa.

– L'enterrement de qui? Et pourquoi je ne peux pas y aller?

– Tais-toi, microbe, je n'entends rien, dit son frère d'un air distrait.

Melinda lui tira automatiquement la langue et se tourna vers Caroline d'un air suppliant.

– S'il te plaît, je ne peux pas y aller? Je ne pleurerai pas, je ne dirai rien. Je ne sais même pas qui est mort.

Caroline lui déposa un baiser sur la tête.

– Je préfère que tu restes.

Melinda arbora son air le plus désespéré.

– D'accord. Va t'amuser. Moi, je vais rester là avec mes vieux découpages.

– Allez, console-toi! dit David en pénétrant dans la pièce. Quand maman rentrera, nous irons chercher des glaces.

– Chouette! hurla la petite fille en battant des mains, ce qui fit aboyer George, et déchaîna Greg.

– Impossible de regarder tranquillement quelque chose dans cette maison! fulmina-t-il.

– Eh bien, tu peux aller chez Julie, hurla Melinda. Espèce de rouspéteur!

– Je te souhaite bien du plaisir, murmura Caroline à son mari en enfilant son manteau. Je crois que je préfère aller à un enterrement plutôt que de rester là. Au moins, ce sera plus calme.

L'enterrement de Millicent avait lieu dans la vieille église épiscopale St. John, fréquentée par la majeure partie de l'aristocratie de la ville depuis cinquante ans. A l'inverse de l'enterrement de Pamela, celui-ci n'attirait pas grand monde, et Caroline trouva à se garer sans difficulté. Et à dire vrai, si elle n'avait pas vérifié le matin même la notice nécrologique, elle aurait pensé s'être trompée d'endroit. Il n'y avait que quelques voitures sur le parking, et elle remarqua un homme qui relevait les numéros d'immatriculation. Elle se souvint que Tom lui avait dit que la police assistait toujours aux enterrements des victimes d'assassinat, au cas où le meurtrier serait présent. Des policiers en civil avaient dû faire de même à l'enterrement de Pamela, mais elle ne les avait pas remarqués dans la foule. En grimpant les marches de l'église, elle ne vit que quelques curieux qui dévisageaient tous ceux qui passaient, comme s'ils pouvaient ainsi détecter l'assassin parmi eux.

Lorsqu'elle pénétra dans la pénombre fraîche de la chapelle et s'assit dans le fond, Caroline ne put empêcher son cœur de battre plus vite. Bien qu'elle n'ait jamais été très religieuse, quelque chose dans la musique qui résonnait doucement à l'orgue, dans la croix dorée brillant au-dessus de l'autel, dans le rayon de soleil hivernal transperçant les vitraux, l'emplissait du sentiment de la présence de quelque chose de plus grand et de plus puissant que l'homme. S'agissait-il d'un pouvoir bienveillant? se demanda-t-elle. En pensant au meurtre de sa petite fille, cela lui paraissait impossible, et pourtant, ici, dans cet endroit calme et imposant, elle parvenait presque à croire en un Dieu veillant sur les humains perdus qui étaient Ses enfants, un Dieu qui avait une raison d'emporter les innocents.

Lorsque le cercueil de Millicent apparut, recouvert d'une lourde étoffe bordeaux, les assistants se retournèrent pour l'examiner avec intérêt. Sans chagrin – personne ne versait une seule larme – mais avec intérêt. Rien de plus naturel, pensa Caroline. Millicent avait passé sa jeunesse à voyager, puis s'était transformée en recluse après son retour. Même Garrison n'avait pu assister au service. David s'était renseigné et avait appris que le vieillard avait directement quitté l'hôpital pour une maison de repos. Non, tous ceux qui se trouvaient là paraissaient soit très vieux – probablement des amis du père de Millicent –, soit de simples curieux pour qui il s'agissait là d'une distraction. Ceux-là, Caroline les connaissait déjà, les professionnels à qui la vue du chagrin des autres procurait des sensations fortes. Près de deux cents d'entre eux avaient assisté à l'enterrement de Hayley.

Cette pensée la ramena au présent et à la raison pour laquelle elle se trouvait là. Les fleurs ne paraissaient pas très nombreuses et se réduisaient à quelques bouquets maladroitement réunis au pied de l'autel. Elle scruta la pénombre, regrettant de ne pas s'être assise plus près, mais maintenant que le pasteur parlait, elle ne pouvait plus se déplacer. Elle écouta avec impatience son sermon banal, dépourvu d'inspiration, tandis que les assistants ne tenaient pas en place. Enfin, le dernier hymne retentit. Caroline se leva, faisant semblant de chanter, et jeta un coup d'œil à sa montre tandis qu'on sortait le cercueil de Millicent. La cérémonie n'avait pas duré plus de vingt minutes et avait paru s'éterniser deux heures.

Caroline avait laissé exprès son sac à main ouvert, et en renversa tout le contenu à terre lorsqu'elle se leva. Tandis que les assistants sortaient de l'église les uns derrière les autres, elle ramassa à quatre pattes ses clés, son rouge à lèvres, son peigne, son portefeuille et la douzaine d'autres objets qu'elle transportait toujours. Elle faillit éclater de rire lorsqu'elle tomba sur un gâteau pour chien. L'église s'était maintenant vidée, et le pasteur avait disparu derrière une des lourdes portes d'acajou à la droite de l'autel.

Elle se précipita comme un voleur. La pauvre Millicent n'avait suscité qu'une vingtaine d'offrandes, et rien de très élaboré. Caroline passa en revue la rangée rose, blanche et jaune, et tomba sur un petit bouquet noir. Pourquoi ne l'avait-elle pas remarqué du fond de l'église? Il se détachait comme un furoncle sur une joue rose.

Un dernier regard lui assura qu'elle était seule, et elle se pencha pour ramasser le bouquet. Lorsqu'elle se releva, la carte tomba sur le sol, mais même à cette distance, Caroline pu déchiffrer la grande écriture enfantine :

« Pour Millicent »
« Noir comme le souvenir »

13

I

– J'y vais, dit Caroline à Fidelia lorsque la sonnette de la porte d'entrée retentit.

Fidelia acquiesça sans ralentir le rythme de ses coups d'aspirateur.

Caroline fut surprise de découvrir Tom, serrant les pans de son manteau gris contre l'air frais de novembre.

– Bonjour, dit-il d'un ton joyeux, bien qu'elle puisse lire un certain malaise dans son regard. Tu te préparais à sortir ? demanda-t-il en jetant un coup d'œil à sa jupe de lainage et à ses mocassins.

– Oui. Malheureusement, j'ai assisté à une réunion de parents d'élèves le jour où ils cherchaient des gens pour aider à faire les costumes de la pièce qu'ils montent pour Thanksgiving. Tout le monde sait que je fais beaucoup de travaux d'aiguille, alors, quand on a demandé des volontaires et que tous les regards se sont tournés vers moi, ma main s'est levée toute seule.

Je manque de courage, ajouta-t-elle avec un sourire.

– Considère ça comme ta bonne action de l'année.

– Tu as raison. Mais je n'ai pas du tout envie d'aller aujourd'hui à l'école pour une réunion avec le metteur en scène.

– Avant de partir, tu pourrais m'accorder quelques minutes pour que nous parlions des fleurs que tu as trouvées à l'enterrement de Millicent?

– Bien sûr. Je suis une piètre maîtresse de maison, en ce moment – je ne t'ai même pas invité à entrer.

– Tu n'as pas besoin d'excuses, dit-il en pénétrant dans la maison, puis en jetant un coup d'œil à Fidelia, qui terminait le salon. Tu as un endroit où nous pourrions parler en privé?

– La cuisine. Je vais te préparer du café.

Tom s'assit à la grande table d'érable, et elle sortit des tasses.

– Lait? Sucre?

– Noir.

Elle tenta d'ignorer le tremblement de ses mains tandis qu'elle versait le café, se demandant ce que Tom avait bien pu découvrir au sujet du bouquet qu'il était venu chercher la veille, seulement, après l'enterrement de Millicent. En avait-il déjà découvert l'origine?

Elle posa le café devant lui, s'assit et lui jeta un regard interrogateur.

– Bien. De quoi s'agit-il?

– D'abord, je veux te demander si tu as reconnu quelqu'un à l'enterrement. Réfléchis bien.

– C'est déjà fait, Tom. Je ne connaissais *personne*.

– Je pensais que tu t'étais peut-être souvenue de quelque chose.

– Non. Je ne cesse de penser que, si j'avais été moins

obnubilée par les fleurs, j'aurais pu remarquer quelqu'un de suspect.

Il sourit.

– Il n'y a que dans la fiction que les gens ont des têtes suspectes. Les tueurs en série ont en général l'air parfaitement normal. Regarde Ted Bundy ou Albert DeSalvo, l'Étrangleur de Boston. S'ils n'avaient pas présenté une apparence parfaitement normale, ils n'auraient jamais pu approcher toutes ces femmes d'aussi près.

– Je n'avais pas pensé à ça, dit-elle en buvant son café. Alors tu crois vraiment que nous avons affaire à un tueur en série?

– Aucun doute là-dessus. Enfin, d'abord, je n'ai rien pu tirer du bouquet. Comme nous l'avions déjà dit, les orchidées de soie peuvent venir de n'importe où, pas nécessairement de chez un fleuriste.

– Sauf qu'il ne doit pas exister beaucoup de magasins qui vendent des orchidées de soie noire, Tom.

– Je sais, et nous suivons cette piste. Quant à l'écriture, pas grand-chose à en dire. L'expert graphologue que nous consultons fréquemment, et qui a l'air compétent, dit que le problème, c'est qu'il s'agit d'une écriture d'enfant. Elle est trop primaire pour révéler quoi que ce soit d'utile.

– Une écriture d'enfant? Il ne s'agit pas d'un adulte imitant une écriture enfantine?

Tom secoua la tête à contrecœur.

– Non.

– Mon Dieu!

– N'oublie pas qu'un adulte a très bien pu faire écrire les messages par un enfant. Mais ce n'est pas vraiment pour te parler de ça que je suis venu. Tu te souviens de Harry Vinton?

– Bien sûr, dit-elle en fronçant les sourcils. Le détective chargé de l'enquête sur l'enlèvement de Hayley.

– Exact. Eh bien, ce matin, sa sœur a retrouvé son corps, chez lui. Il est trop tôt pour avoir le rapport d'autopsie, mais il semble qu'il soit mort depuis au moins trente-six heures. Caroline, ajouta-t-il en baissant la voix, il a eu la gorge tranchée, comme Pamela, et on a mis le feu à la maison.

Un voile noir tomba devant les yeux de Caroline, qui agrippa les bords de la table jusqu'à ce que sa vision redevienne normale.

– Pourquoi l'incendie n'a-t-il pas été découvert plus tôt ?

– Il n'a pas réellement pris. Il n'y avait pas de kérosène, cette fois-ci, simplement de légères brûlures autour du corps.

– Et à son enterrement, on trouvera un bouquet d'orchidées de soie noire, avec un message, « Pour Harry, Noir comme le souvenir ».

– J'en mettrais ma main au feu.

Caroline se leva pour aller vers le comptoir de la cuisine, et son regard tomba sur le malheureux pot de terre de Melinda baptisé Aurora.

– Pamela, Chris, Millicent, Vinton. Toutes les victimes avaient un point commun : Hayley.

Tom joignit les mains, sans la regarder.

– Je vois un lien beaucoup plus étroit entre Millicent et Vinton. J'ai effectué pas mal de recherches sur le dossier de ta fille. Vinton a dissimulé des indices – des indices qui incriminaient Millicent Longworth. De plus, je suis quasiment certain que Vinton se trouvait chez les Longworth le soir qui a précédé l'assassinat de Millicent, après que je lui ai appris ce que je savais. Je suis persuadé que Millicent l'avait grassement payé à l'époque pour sauver sa peau. Je pense également qu'il a eu peur qu'elle ne soit en train de craquer – peut-être même qu'elle ne soit responsable de ces coups de téléphone – et il est allé là-bas pour s'expliquer avec elle. Ce soir-là, Garrison a eu une attaque...

– C'était le choc, l'interrompit Caroline. C'est ce que Millicent a dit : que le choc avait provoqué sa crise cardiaque. J'ai cru qu'elle parlait de l'agression contre Chris, mais peut-être s'agissait-il de la découverte de ce qu'elle avait fait à Hayley.

– Cela paraît logique.

– Mais, Tom, si Millicent a tué Hayley, puis Pamela pour une raison quelconque, qui les a tués, elle et Vinton?

– C'est là que ma théorie s'effondre, bien que je sois sûr et certain, je le sens, que Vinton a eu quelque chose à voir dans l'enlèvement de Hayley.

– Alors *qui*? Qui a bien pu les tuer tous les trois et tirer sur Chris?

– L'éventualité d'un mari jaloux tient toujours.

– Mais la poupée? Il dit qu'il y avait une poupée sur le lit, et je le crois. La personne qui lui a tiré dessus était en possession de Twinkle.

– Caroline, il faut que tu tiennes pour acquis que le clown de chiffon que vous avez vu n'était pas Twinkle. (Il éleva la main pour l'empêcher de parler.) Je sais que tu te refuses à y croire, mais tu as confectionné d'autres poupées quasiment identiques. Nous devons supposer que l'effraction chez toi et les coups de feu tirés sur Chris sont liés – vous étiez les parents de Hayley – mais que ces deux incidents ne sont pas liés aux morts de Millicent, Pamela et Vinton. Après tout, quel pourrait bien être le rapport entre Pamela et Hayley, à l'exception du fait qu'elles étaient ensemble à la maternelle ?

– Je ne sais pas, mais il y a quelque chose. Et tu le sais, n'est-ce pas ? dit-elle en l'observant plus attentivement.

– Je ne le *sais* pas, mais je le sens. (Il regarda fixement à travers la fenêtre.) Mais je dois rester objectif, Caroline, et examiner toutes les possibilités. Je suis payé pour ça.

Fidelia apparut sur le seuil de la cuisine.

– Je suis désolée de vous déranger, mais est-ce que vous voulez que je reste jusqu'à votre retour cet après-midi ?

Caroline secoua la tête.

– Je ne serai sans doute pas de retour avant quatre heures, et vous aurez fini vers deux heures, inutile de vous faire perdre votre temps.

– Je peux aller chercher Melinda à trois heures.

– Non, merci. Je la ferai patienter, et nous rentrerons ensemble.

– Elle ne va pas apprécier, dit Fidelia en riant. Elle va rater son feuilleton.

– Pour cette fois, elle n'en mourra pas, dit Caroline en se forçant à sourire.

– Bien, je voulais simplement être sûre que vous n'auriez pas besoin de moi, dit Fidelia, qui disparut de nouveau dans la salle à manger.

– Je suis surpris de voir qu'elle travaille encore pour toi, dit doucement Tom.

– J'ai mes raisons, répondit-elle en haussant les épaules.

– Tu mènes toujours ta petite enquête de ton côté, hein ?

– S'il te plaît, ne parle pas comme David.

– D'accord. Je n'ai aucun droit de te dire qui tu peux recevoir chez toi, et je ne veux pas te retarder, tu as un rendez-vous.

Il se leva et demeura immobile d'un air maladroit, sans la regarder dans les yeux.

– Caroline, je sais que Chris t'a dit pour Lucy et lui.

– Tu es au courant ?

Il acquiesça.

– Lucy m'a tout raconté quand notre relation a commencé à devenir sérieuse. (Il soutint enfin son regard.) Tu sais que ce qui s'est passé était un accident. Elle était défoncée, déprimée, et elle s'est fait avorter parce qu'elle ne voulait pas que tu le découvres.

– Et maintenant, elle est stérile, dit Caroline avec amertume, et je suis censée la prendre en pitié et oublier qu'elle a couché avec mon mari.

– Elle ne veut pas de ta pitié et elle ne s'attend pas à ce que tu oublies. Elle veut simplement que tu lui pardonnes.

– Ce n'est pas très facile, Tom. Je lui faisais implicitement confiance.

– Est-ce vraiment trop demander pour quelqu'un qui a été ta meilleure amie pendant plus de vingt ans ? dit-il avec un pauvre sourire qui lui dessina deux petites virgules de chaque côté de la bouche. Honnêtement, je comprends ce que tu ressens. Mais j'aime Lucille, et je ne supporte pas de la voir souffrir à ce point.

– Moi aussi, je souffre. (Elle soupira.) Tom, c'est très bien de ta part de plaider la cause de Lucy, surtout étant donné les circonstances. Mais pour le moment, je ne sais pas ce que je ressens. Je ne la déteste pas, si c'est ça qui l'inquiète. Si quelqu'un connaît l'ascendant que peut avoir Chris sur les femmes, c'est bien moi. Quant à savoir si la situation pourra redevenir entre nous comme avant, je n'en ai aucune idée, conclut-elle en secouant la tête.

– Au moins, tu n'as pas dit catégoriquement qu'elle ne serait plus comme avant.

Il sortit ses clés de sa poche et les tripota avec nervosité.

– Je t'admire beaucoup, Caroline. Et je ne t'en veux pas de refuser de régler cette situation pour l'instant. Nous devons d'abord assurer la sécurité de ta famille. Ensuite, tu pourras régler le problème de tes relations personnelles.

Je me demande si Lucy réalise combien elle a de la chance d'avoir Tom, se dit-elle en regardant celui-ci regagner sa voiture. Autant de chance que moi d'avoir David.

II

L'après-midi avait été interminable. Après avoir appris que Harry Vinton avait dissimulé des indices au cours de l'enquête sur la disparition de Hayley et que, presque vingt ans plus tard, il avait été assassiné de la même façon que Pamela, elle avait eu du mal à se concentrer sur ce que lui racontait miss Cummings, maîtresse de Melinda et metteur en scène de la pièce, à propos des décors, des costumes et du malheureux gamin qui allait jouer la citrouille. Caroline avait à deux, trois reprises surpris le regard qu'elle lui jetait, à la fois perplexe et impatient. Et pour tout arranger,

Melinda, lorsqu'elle avait appris qu'elle devait rester à l'école jusqu'à quatre heures, avait sombré dans une de ses rares crises de bouderie, ne cessant de grommeler et de se plaindre que lorsque Caroline avait menacé de lui donner une fessée. D'une humeur exécrable, elle se tassait maintenant dans le siège de la Thunderbird d'un air renfrogné.

– Melinda, je déteste quand tu es comme ça.

– Tu m'as rendue ridicule devant miss Cummings.

– Tu t'es rendue ridicule toute seule en te conduisant comme une sale gamine de trois ans. Qu'est-ce que tu as aujourd'hui ?

– Je n'ai pas trois ans, mais huit, et je suis assez grande pour rentrer à la maison toute seule. Tu n'aurais pas dû m'obliger à t'attendre.

– Je ne veux pas que tu fasses l'aller et retour seule.

– Les autres le font.

– Tu n'es pas les autres. En plus, tu es furieuse uniquement parce que tu as raté ton feuilleton idiot.

– Il n'est pas idiot ! Et tu aurais pu mettre le magnétoscope !

– J'ai oublié, d'accord ? (Caroline prit une profonde inspiration.) Écoute, si on se calmait, hein ?

– D'accord, dit Melinda en se retournant pour fixer le paysage à travers la vitre. Mais je n'ai pas trois ans.

Caroline serra les dents et bifurqua dans leur rue. Elle avait essayé de compter jusqu'à dix, mais elle avait maintenant atteint cent, sans aucun résultat.

La voiture rangée dans le garage, Melinda sortit et attendit près de la porte d'un air de patience exaspérée que sa mère tire la clé de son sac. Une fois dans la maison, elle alla droit au porche de derrière pour libérer George, comme toujours attaché par Fidelia lorsque celle-ci s'en allait. Le chien bondit dans la maison en aboyant et faillit renverser Caroline.

– Arrête! cria celle-ci. Calme-toi immédiatement.

George la regarda avec une surprise peinée, et Melinda se pencha pour lui caresser la tête en murmurant :

– Elle est méchante comme tout aujourd'hui. Ne l'écoute pas.

– Pourquoi n'allez-vous pas dans le salon regarder la télévision, suggéra Caroline en tentant de maîtriser sa voix.

– Mon feuilleton est terminé, et je ne supporte pas l'émission suivante. Je vais dans ma chambre.

– Bien. Restes-y jusqu'à ce que tu sois de meilleure humeur.

Melinda se précipita, le chien sur ses talons. Soudain, la porte s'ouvrit avec une violence familière, et Greg déboula dans la pièce.

– Salut, m'man! Devine ce qui s'est passé aujourd'hui?

– Greg, tu ne peux pas entrer normalement?

– Oh, ben, si, sûrement, dit-il sans laisser soupçonner le moins du monde qu'il puisse être vexé. Tu ne veux pas savoir ce qui s'est passé?

A cet instant, Melinda poussa un hurlement à l'étage. Caroline sursauta, et Greg resta bouche bée. Puis il se précipita en courant dans le salon et dans l'escalier, Caroline derrière lui. Lorsqu'ils atteignirent la chambre de Melinda, ils trouvèrent la petite fille sur le seuil, livide et en larmes.

– Ma... ma chambre, sanglotait-elle. Quelqu'un est venu dans ma chambre.

Derrière elle, c'était le chaos. Les rideaux avaient été

arrachés de leurs tringles et taillés en pièces, le dessus-de-lit blanc déchiqueté, le petit fauteuil à bascule blanc réduit en morceaux contre le mur. Ses belles poupées les regardaient, les yeux et le nez arrachés, et les membres de ses animaux en peluche, répandant leurs entrailles, jonchaient le sol. George gémit et, traversant la pièce, se dirigea vers la commode éventrée. Greg le suivit, stupéfait. Lorsqu'il atteignit le miroir de Melinda, il pâlit et dit doucement :

– Maman, tu devrais venir voir ça.

Comme dans un rêve, Caroline se fraya un chemin à travers le désordre. Debout près de lui, elle vit alors ce qui l'avait fait blêmir.

Sur le miroir s'étalait un message, tracé avec ce qui paraissait être du sang :

« Au secours, maman »

14

I

David fixa d'un air dur le spectacle de la chambre dévastée.

– Fidelia, murmura-t-il.

Caroline le regarda sans comprendre.

– Fidelia ?

– C'est elle qui a fait ça pendant que tu étais à l'école.

– David, c'est absurde.

Melinda, qui n'avait pas lâché la main de son frère depuis qu'ils avaient trouvé le message sur le miroir, secoua la tête avec véhémence.

– Fidelia ne ferait pas ça, papa. Elle m'aime.

– C'est ce qu'elle dit.

– Elle m'aime vraiment, insista Melinda. Les enfants savent très bien quand les gens les aiment.

– Elle a raison, intervint Greg. Fidelia est quelqu'un de bien. Et puis où aurait-elle trouvé le sang pour écrire le message ?

Mais David était sûr de son fait.

– Nous ne savons pas s'il s'agit de sang. De plus, George aurait attaqué un intrus.

– George était dehors, lui dit Melinda. Je l'ai détaché quand nous sommes rentrées.

David eut un hochement de tête.

– Tu vois? A chaque fois que quelque chose de bizarre se produit dans la chambre de Melinda, Fidelia est là et George est attaché dehors.

– Fidelia n'aurait pas besoin d'attacher George, dit Caroline. Il la connaît, il ne l'attaquerait pas.

– Mais tu as peut-être en partie raison, papa, ajouta Greg. Peut-être la personne ne vient-elle que lorsque George est attaché.

– Ou bien peut-être que ce n'est pas du tout une personne, dit Melinda d'une voix tremblante. C'est peut-être un fantôme.

Ils la regardèrent tous les trois, bouleversés.

– Un fantôme, il n'aurait pas besoin d'une clé, ajouta-t-elle.

– Qui lui a mis cette histoire de fantôme dans la tête? demanda David. Fidelia?

– Non, papa, elle n'a jamais parlé de fantômes. Je pensais juste que... eh bien... comme le message dans la glace dit : « Au secours, maman », c'est peut-être le fantôme de la petite fille de maman qui a été assassinée.

Ses parents échangèrent un regard. Caroline avait appris à son mari que la mère de Jenny avait décrit à sa fille le meurtre de Hayley et que celle-ci l'avait à son tour appris à Melinda.

– Nous aurions peut-être dû lui révéler nous-mêmes, avait dit Caroline. Nous aurions pu adoucir les choses, éviter les détails horribles.

Mais il était maintenant trop tard. David se baissa et étreignit sa fille avec ardeur.

– Ma chérie, Hayley était ta sœur, et c'était une très gentille petite fille. Tu peux me croire sur parole – je l'ai connue. Alors même si elle revenait sous forme de fantôme, et nous savons tous les deux que c'est idiot, jamais elle ne ferait quoi que ce soit pour te faire de la peine. Elle t'aurait aimée.

– Peut-être qu'elle ne m'aurait pas aimée parce que j'ai pris sa place, dit Melinda d'une voix pleine de larmes. Elle aurait sûrement aimé les poupées et les animaux en peluche, mais ils sont à moi.

– Elle ne leur aurait pas fait plus de mal qu'à toi. Elle aimait les poupées et les animaux, ajouta Caroline en jetant un coup d'œil à George, tapi dans un coin à l'extérieur de la chambre.

Après sa première incursion dans la pièce en compagnie de Greg, le chien s'était enfui dans le couloir.

– Si ce n'était pas un fantôme, George n'aurait pas aussi peur, et le fantôme ne m'aime pas. Je suis la seule dont la chambre a été mise sens dessus dessous, insista Melinda en serrant contre elle ce qui restait d'un ours en peluche.

– David, je crois que nous devrions appeler Tom, dit Caroline en se forçant à maîtriser sa voix. Je sais que ce n'est pas de son ressort, mais il a suivi tout cela depuis le début.

David acquiesça.

– Greg, tu peux téléphoner à Tom ? Je crois que ta mère a besoin de quelques minutes pour se remettre.

Une heure plus tard, lorsque l'homme du laboratoire scientifique eut passé la chambre au peigne fin, à la recherche d'indices éventuels, Tom s'assit en bas dans le salon avec David et Caroline.

– Vous savez qu'il n'y a aucune trace d'effraction, dit-il.

– J'ai commencé par vérifier toutes les serrures, répondit David. Je crois qu'il n'est pas difficile de deviner qui est derrière tout ça.

– C'est peut-être trop facile. A moins qu'elle ne soit totalement stupide, la femme de ménage aurait simulé une effraction. David, dit-il en se penchant, je crois que vous devriez quitter la ville un moment jusqu'à ce que nous ayons éclairci cette affaire.

– Quitter la ville! éclata celui-ci. J'ai des patients, un bureau où je suis censé me trouver en ce moment même. Je ne peux pas tout laisser tomber.

– Je comprends que tes malades soient importants, David, mais ta famille ne l'est-elle pas plus? Je peux poster quelqu'un devant ta maison, mais je ne peux pas t'assurer toute la protection nécessaire. Tu veux mettre tes enfants en danger? ajouta-t-il en le fixant.

– Qu'est-ce que tu insinues?

– Je n'insinue rien. Je te donne mon opinion professionnelle : quelqu'un qui a déjà tué trois personnes s'en est pris à ta famille. Maintenant, si j'étais à ta place, je n'hésiterais pas à confier mes malades à quelqu'un d'autre pour un moment, ou bien à laisser Caroline et les enfants partir ailleurs sans moi.

David le regarda, consterné.

– Tu penses vraiment que notre situation a un rapport avec ces meurtres?

Oh, David, cria intérieurement Caroline. Tu crois encore que ce sont mes nerfs qui lâchent et qu'il ne se passe rien, sinon une mauvaise plaisanterie de la part de Fidelia.

Tom continua avec calme :

– Ta femme n'a rien inventé. Il te suffit de jeter un coup d'œil à la chambre de Melinda pour t'en rendre compte.

– Mais la femme de ménage? Elle pourrait très bien envoyer des orchidées noires aux enterrements de tous les gens qui ont été assassinés.

– Pourquoi ferait-elle ça? demanda Caroline.

– Bon sang, je n'en sais rien. Je te l'ai dit, je suis sûr qu'elle est piquée.

– Peut-être, et nous allons bien entendu l'interroger, dit Tom. Mais, David, même si elle est responsable du chaos là-bas, elle peut aussi être responsable des meurtres. Ce pourrait être une femme très dangereuse, et il peut se passer beaucoup de choses entre cet instant et le moment où nous pourrons l'arrêter si nous avons des preuves contre elle.

David regarda ses mains.

– D'accord, Tom. Tu as raison. Ma famille prime tout, et si je dois les emmener pour les protéger, je le ferai. Nous ne sommes jamais allés à Miami, dit-il en regardant tendrement Caroline. Tu veux y aller pour la semaine?

– J'en serais ravie.

– David, tu dois t'absenter plus de quelques jours, intervint Tom. Si cela ne t'est pas possible, arrange-toi pour que Caroline et les enfants s'éloignent jusqu'à ce que l'affaire soit éclaircie. Je t'en supplie.

David soupira, puis acquiesça.

– Ils demeureront éloignés tout le temps qu'il faudra. Je peux être prêt à partir après-demain.

Tard dans la nuit, tandis que David avait sombré dans le ronflement qui accompagnait un sommeil agité et que Melinda venait pour la cinquième fois de lui envoyer un coup de pied, Caroline se leva doucement, enfila son kimono de soie et descendit. Au bout d'un moment d'hésitation, ne sachant où se trouvait son devoir de gardien, George laissa Melinda dormir avec son père dans le grand lit et suivit Caroline.

La lune brillait avec tant d'éclat qu'elle n'eut pas besoin d'allumer la lumière. Elle se versa un doigt de brandy et se recroquevilla dans le large fauteuil situé face aux grandes baies vitrées du salon. George s'installa près d'elle, mais lui aussi était agité, et dressait le museau toutes les deux minutes pour tendre l'oreille.

L'assassin pourrait se trouver là dehors, pensa Caroline. Il devait bien surveiller la maison, sinon il n'aurait pas pu savoir quand elle était vide, ou bien découvrir Twinkle dans la poubelle.

Pauvre Twinkle qui, après avoir été le jouet favori d'une jolie petite fille, était devenu un accessoire dans cet étrange scénario de film d'horreur. Tout cela paraissait trop fantastique pour être vrai, et se déroulait néanmoins.

Elle but une gorgée de brandy en regardant le bouquet d'œillets incarnats que David lui avait envoyé la veille pour lui remonter le moral. Un bouquet de douze œillets incarnats dans un vase de cristal étincelant sous la lune, sur la table à café en merisier que Fidelia avait cirée ce matin même.

Elle respira l'odeur épicée des fleurs. Elle adorait les œillets rouges. Chaque année, elle déposait sur la tombe de Hayley des œillets incarnats. Mais quelque chose la troublait dans ces fleurs, une association d'idées qu'elle ne parvenait pas à formuler et qui tournait autour de cet incarnat. Qu'est-ce que ça peut bien être? se demanda-t-elle distraitement en finissant son verre et en reposant sa tête sur le dossier du fauteuil. Quelque chose dont je devrais me souvenir, surtout en ce moment.

Et soudain, elle réalisa. Les rosaces sculptées sur tant de pierres tombales représentaient des œillets. Des œillets incarnats, le symbole de la réincarnation. Elle se redressa. Pendant dix-neuf ans, elle avait déposé ces fleurs sur la tombe de Hayley, sans jamais faire le rapprochement. Ou bien avait-elle inconsciemment opéré celui-ci? Et son vœu avait-il été exaucé de façon baroque et horrible? Hayley était-elle revenue sous une forme meurtrière?

– Non!

George bondit et aboya.

– Hayley n'est pas revenue, dit-elle farouchement. C'est impossible!

Mais ses mots sonnèrent creux dans la pénombre inquiétante d'une froide nuit de novembre.

II

Melinda et Greg étaient désespérés.

– Manquer l'école pendant des semaines! se lamentait Melinda. Et je devais jouer Pocahontas dans la pièce!

– Et je vais rater les séances d'entraînement de basket. Je ne serai plus dans l'équipe.

– Lin, tu pourras jouer dans une autre pièce une autre année, lui dit sa mère. Même chose pour toi, Greg. Le lycée aura toujours une équipe de basket l'année prochaine.

– Mais je serai complètement dépassé, marmonna-t-il. Oublié, je serai un *has-been*.

– Écoutez, les enfants, je suis désolée, dit Caroline d'un ton égal, mais la police pense que nous devrions quitter la ville un moment.

– Pourquoi est-ce qu'on ne peut pas simplement aller dans un motel, et un prêtre viendrait jeter de l'eau bénite partout? demanda Melinda. Les fantômes détestent ça.

David était déjà parti travailler, lui laissant comme d'habitude les querelles à régler avec les enfants. Même quand il s'agit d'une urgence, il n'est pas là, pensa-t-elle avec colère. Elle ramassa les assiettes du petit déjeuner et se dirigea d'un pas décidé vers l'évier.

– Il y a plus derrière tout cela que le simple saccage de ta chambre, Melinda, mais le problème n'est pas là. Le problème, c'est que ton papa et moi, nous avons décidé d'aller passer quelque temps ailleurs, et c'est tout. Je ne veux plus rien entendre sur le sujet.

– Et George? demanda le petite fille. Tu vas le laisser ici avec le fantôme?

Le chien, qui dormait tranquillement au soleil sous la fenêtre, leva la tête. Caroline aurait juré qu'il les regardait avec inquiétude.

– Il n'y a pas de fantôme, mais George vient aussi. Papa va louer pour un mois un appartement où nous pourrons l'emmener.

– Il ne va pas aimer ça, dit Melinda d'un air sombre. Il va s'enfuir.

– Non, il ne s'enfuira pas. Il va adorer nager dans l'océan.

– Dans *les Dents de la mer*, il y a un chien qui se fait manger par un requin.

– Melinda, ça suffit! Nous partons, nous allons bien nous amuser, un point, c'est tout.

Les deux enfants partirent pour l'école en ronchonnant. Caroline aurait voulu qu'ils restent à la maison, mais Melinda devait participer à un concours d'orthographe cet après-midi-là, et Greg voulait parler à son entraîneur de basket pour lui expliquer son futur « hiatus ». Trop éreintée pour discuter davantage, elle avait cédé, sachant que, le lendemain, ils seraient tous en route pour Miami, en sécurité.

Greg avait promis de déposer Melinda devant la porte de son école, et lorsqu'ils furent partis, Caroline s'assit à la table de la cuisine, saisie de désespoir. Que resterait-il de sa vie après ce cauchemar ? Il avait déjà abîmé son amitié avec Lucy, amené à maturation des problèmes qui n'étaient qu'embryonnaires entre David et elle, et maintenant les enfants, Melinda en particulier, devenaient de plus en plus difficiles. Caroline sentait bien que leur irritabilité naissait d'une peur qu'ils se refusaient à admettre, mais quoi qu'ils puissent ressentir, elle devait les protéger de la menace inconnue suspendue au-dessus de leurs têtes.

Elle passa la matinée à faire les bagages. Elle commença par les vêtements de Melinda, pour la bonne raison qu'elle avait peur de regarder la chambre et qu'elle voulait être débarrassée de la corvée le plus vite possible. Tandis qu'elle pliait petits pantalons de coton et pull-overs, ses rêveries de la veille lui revinrent. La réincarnation. Dans la lumière hivernale crue qui inondait la chambre sans rideaux de Melinda, l'idée ne paraissait pas seulement extravagante, mais ridicule. Ressusciter sa fille en mettant des œillets incarnats sur sa tombe, non mais et puis quoi encore ! Elle était peut-être *effectivement* en train de perdre les pédales. Eh bien, si c'était le cas, ce n'était guère étonnant, si l'on pensait à la façon dont s'était transformée son existence depuis le moment où elle avait entendu cette voix d'enfant dans la réserve de Lucy. Mais ses pensées suivaient une voie qui prouvait amplement qu'elle avait désespérément besoin de prendre du champ. Ils en avaient tous besoin.

Décidant que Greg et David pouvaient préparer leurs propres valises, elle transporta la sienne devant son placard ouvert en essayant de se décider. Quel temps faisait-il à Miami à cette époque de l'année?

La sonnette de la porte d'entrée interrompit ses réflexions. Elle n'attendait personne. Peut-être s'agissait-il de Tom, qui voulait jeter un dernier coup d'œil à la chambre de Melinda.

Mais c'était Chris, qui se tenait un peu mal à l'aise sur le porche, un sourire désinvolte aux lèvres.

– Salut, Caro. J'espère que je ne te dérange pas.

– Il se trouve que si, dit-elle d'un ton bref. Nous partons demain, et je fais les bagages.

– Ce que j'ai à te dire ne sera pas long.

– Tu vas me parler d'une autre femme avec laquelle tu as couché quand nous étions mariés? Une femme que tu avais oubliée?

Le sourire de Chris s'évanouit.

– Le sarcasme ne te va pas. Pourquoi ne descends-tu pas de tes grands chevaux pour me parler? Dix minutes. Je ne demande pas plus.

Caroline éprouva l'envie de lui claquer la porte à la figure, mais quelque chose l'en empêcha. Trop d'années de bonnes manières, peut-être. Ou bien trop d'années d'amour pour lui. Il était difficile d'opérer une volte-face complète du jour au lendemain.

Elle s'écarta.

– D'accord, entre, mais pas plus de quelques minutes. J'ai vraiment beaucoup de choses à faire.

George l'avait suivie et montrait les dents tandis qu'un grondement menaçant montait de sa gorge.

– George, arrête! ordonna-t-elle. C'est un ami, tout va bien.

Le chien continua de regarder l'étranger avec méfiance, tandis que Chris pénétrait dans la maison.

– C'est un bon chien, Caro, dit-il en tendant un poing à demi fermé pour que l'animal puisse le sentir. Ne lui reproche pas de veiller sur toi.

George regarda Caroline pour s'assurer qu'il s'agissait bien d'un ami, puis il se détendit et laissa Chris lui caresser la tête, bien que ses pattes arrière demeurent tendues, prêtes à bondir.

– Tu disais que tu faisais les bagages? demanda-t-il en continuant de caresser le chien.

– Oui. Tom pense qu'il est préférable que nous quittions la ville un moment jusqu'à ce que la police ait découvert le responsable de tout ceci.

Elle ajouta après un silence:

– Tom t'a parlé de Harry Vinton et de ses soupçons sur la mort de Millicent?

– Oui. Et il m'a répété que je devrais partir.

– Je croyais que tu partais pour Taos il y a quelques jours.

– J'ai retardé mon voyage parce que je voulais trouver une occasion de te parler. Je veux mettre les choses au point avant mon départ.

– Je ne crois pas que ce soit possible, dit-elle sèchement. Quelques plates excuses n'arrangeront rien.

– Oh, Caro!

– Tom t'a-t-il parlé de la chambre de Melinda? demanda-t-elle pour changer de sujet.

– Non.

Caroline savait qu'elle ne faisait qu'atermoyer, refusant de penser au problème de Lucy avec Chris, mais elle ne pouvait s'en empêcher.

– Monte. La police m'a demandé de ne pas nettoyer aujourd'hui, au cas où ils auraient besoin de revenir vérifier quelque chose.

George les suivit en trottinant, mais refusa de pénétrer dans la chambre. Chris, lui, entra avec précaution et poussa un long sifflement.

– Comment ce cinglé est-il entré?

– Nous ne savons pas. Il n'y avait pas trace d'effraction.

Chris fronça les sourcils.

– Alors, il avait une clé?

– C'est ce qu'il semble, mais je viens de faire changer les serrures. Les seules personnes à disposer d'une clé sont David, Greg et moi.

– Lucy m'a parlé de ta femme de ménage. Tu ne crois pas...

Lorsqu'il avait mentionné Lucy, Caroline s'était détournée.

– Est-ce que tu dois vraiment prendre cet air de bête blessée à chaque fois que je prononce son nom?

Elle lui fit face avec violence.

– Désolée si mes émotions te mettent mal à l'aise.

– C'est une vieille histoire.

– Je viens tout juste de la découvrir.

– Et c'est surtout cela qui te perturbe, n'est-ce pas? Le fait que ta meilleure amie ait pu dissimuler un tel secret pendant si longtemps.

– Ce n'est pas le genre de chose qui contribue à renforcer la confiance.

– Ni la tranquillité d'esprit. Je n'aurais pas pu choisir un pire moment. Dans des circonstances normales, tu n'aurais pas réagi aussi violemment.

– Ne sois pas si sûr de cela.

Chris soupira.

– Caro, c'était une erreur. Nous avons essayé de la réparer...

– Et vous n'avez fait qu'aggraver les choses.

Il se mit à faire les cent pas.

– Oui, nous n'avons fait qu'aggraver les choses. Mais comment aurais-tu réagi si je te l'avais dit ? Nous t'aurions perdue tous les deux.

– Tu veux dire que *tu* aurais perdu Hayley. Moi, j'étais visiblement très facilement remplaçable.

– Évidemment, dit-il avec colère, tout le monde sait que je me suis immédiatement remarié, sans plus jamais repenser à toi.

Il cessa brusquement sa ronde et fixa le miroir.

– Dieu du ciel, qu'est-ce que c'est que ça ?

– Un message qui dit : « Au secours, maman ».

– Je le vois bien. Mais on dirait du...

– ... Du sang.

Elle se rapprocha de lui.

– Notre visiteur a laissé cela. On dirait un message de Hayley, n'est-ce pas ?

Il lui jeta un regard vif.

– C'est impossible.

– Je sais. Enfin, une part de moi le sait. Une autre part dit...

– Que le fantôme de Hayley est revenu, a dévasté la chambre de ta fille et laissé un message tracé avec du sang ? (Il posa sa main libre sur son épaule.) Tu crois que ça ressemble à Hayley, ça ?

– Non, mais il n'y avait aucune trace d'effraction, Chris. Et puis il y a George. Regarde-le. Il refuse de mettre les pieds dans cette pièce. Les chiens sont censés être très sensibles aux phénomènes surnaturels, non ?

Chris regarda le chien, comme pour chercher une confirmation, et l'animal s'accroupit près de la porte, la queue bien entre les jambes.

A cet instant, le téléphone sonna, et Caroline prit le combiné blanc de la chambre de Melinda. Avant même qu'elle ait eu le temps de dire « allô », la voix profonde de Tom s'élevait :

– Je ne veux pas t'inquiéter, mais je voudrais que tu saches que nous avons eu des résultats sur les recherches faites dans la chambre de Melinda.

– Oui ?

– A l'exception de celles de la famille, il n'y avait qu'une autre série d'empreintes. Probablement celles de Fidelia. Pas d'autres cheveux que ceux de la famille. Mais nous avons pu déterminer que le message sur le miroir avait bien été écrit avec du sang humain. Groupe O positif.

– O positif. C'était le groupe sanguin de Hayley.

– C'est le groupe le plus répandu, Caroline. Je voulais que tu le saches pour bien vous convaincre que vous avez affaire à un véritable fou, et qu'il est impératif que vous quittiez la ville demain, sans dire à personne où vous vous rendez, et surtout pas à Fidelia Barnabas.

– Fidelia ! Mais tu ne penses pas vraiment...

– Non, comme je te l'ai dit, à moins qu'elle ne soit idiote, mais cela ne change rien au fait que, les deux fois où il s'est produit un incident chez toi, elle s'était trouvée là. Tu me promets de garder votre destination secrète ?

– Je te le promets.

Il raccrocha sans dire au revoir, et Caroline se retourna vers Chris.

– Tom dit que le message est écrit avec du sang humain, du groupe O positif. Comme le groupe sanguin de Hayley.

Chris était devenu blême.

– Caroline, il doit y avoir une explication à tout cela.

Il eut un faible sourire.

– En plus, je ne crois pas que les fantômes aient de sang, non?

Malgré sa peur et sa colère, malgré le tremblement qui s'était emparé d'elle, Caroline eut un rire.

– Je ne sais pas. J'aurais dû prêter un peu plus attention à tous ces films d'horreur de série B que je regardais quand j'étais jeune.

Puis elle éclata en sanglots.

Chris l'entoura de son bras valide et la serra contre lui.

– Caro, tout ira mieux dès que tu seras partie pour quelques semaines. Ils vont trouver le responsable, et ta vie redeviendra aussi paisible qu'auparavant.

Mais ma vie ne sera plus jamais la même, pensa-t-elle après le départ de Chris. Elle ne pourrait jamais oublier que Harry Vinton avait dissimulé des indices qui auraient peut-être pu sauver Hayley. Elle ne pourrait jamais oublier Chris et Lucy. Il n'y aurait pas de retour en arrière. Ce qu'elle venait de vivre avait de nouveau ébranlé la confiance dans la nature humaine qu'elle avait essayé de retrouver après l'assassinat de Hayley, et elle n'était pas sûre de parvenir une seconde fois à restaurer celle-ci.

En dépit de leur départ matinal le lendemain

matin, David avait insisté pour travailler ce soir aussi tard que d'habitude. Caroline en avait été contrariée, mais guère surprise. Issu d'une famille pauvre, David avait lutté pour devenir médecin et ouvrir un cabinet, et il se raccrochait à celui-ci avec une ténacité presque paranoïaque, persuadé que, s'il se laissait aller plus d'une semaine, l'œuvre d'une vie s'évanouirait en un instant, et il se retrouverait à travailler comme son père l'avait fait jusqu'à sa mort précoce au fond d'une mine de charbon du Kentucky. Caroline le comprenait, mais cela ne rendait pas plus supportable son absence quasi constante. Et ce soir tout particulièrement, ce soir où leur intimité pouvait de nouveau être violée, elle lui en voulait de cette absence.

Elle alla dîner à la pizzeria avec les enfants, et ils se disputèrent avec bonne humeur sur le choix des sauces. Elle fut soulagée de constater qu'ils s'étaient résolus à l'idée de partir, bien qu'ils soient encore un peu vexés parce qu'à l'exception du fait qu'il s'agissait d'une plage elle avait refusé de leur indiquer leur destination exacte. Dieu merci, elle n'avait pas parlé de Miami ce matin, pensa-t-elle, étant donné l'avertissement de Tom.

Ils rentrèrent vers sept heures. Caroline expédia Greg faire sa valise tandis qu'elle rassemblait le nécessaire de voyage de George, y compris vitamines, vermifuge, et son jouet favori. Melinda faisait des coloriages assise au comptoir de la cuisine, et, lorsque le téléphone sonna, elle décrocha.

– Pour toi, maman. Ce n'est pas le fantôme, c'est un monsieur.

Caroline prit le combiné en espérant que l'interlocuteur, quel qu'il soit, n'avait pas entendu. Pourtant, quelques secondes plus tard, elle n'y pensait plus. La police appelait pour l'informer que quelqu'un avait tiré sur David sur le parking derrière son bureau.

15

– Maman? Qu'est-ce qui se passe? Maman? Greg! Viens vite! Il y a quelque chose qui ne va pas!

Caroline sentit qu'on lui ôtait le combiné des mains, et la voix de Greg lui parut venir de très loin. Puis il raccrocha.

– Qu'est-ce qui se passe? pleurnicha Melinda.

– On a tiré sur papa, microbe, mais il n'est pas mort.

La pièce avait cessé de tourner, et Caroline fixa le visage effrayé de son fils.

– Maman, il faut qu'on aille à l'hôpital. Je vais conduire.

– Tu n'as pas de permis. Nous allons demander au policier que Tom a mis devant la maison de nous emmener.

– Ce n'était pas nous qu'il fallait garder, dit Greg d'une air lugubre. Lin, mets ton manteau. Ça va aller, maman?

– Oui, ça va, dit-elle en tentant de sourire. Va chercher le policier.

Melinda renifla sans interruption sur la banquette

arrière tandis que le jeune policier conduisait à une vitesse excessive. Personne ne dit mot.

Un autre policier en tenue les attendait devant la salle des urgences. Agé d'une quarantaine d'années, il n'avait pas l'air d'avoir esquissé un sourire depuis des années, mais sa voix était pleine de bonté.

– Mrs. Webb? demanda-t-il lorsqu'ils se présentèrent tous les trois.

– Oui. Qu'est-il arrivé à mon mari?

– Asseyons-nous d'abord.

Caroline fut soulagée de constater que la salle d'attente était presque vide. La télévision suspendue le long du mur ne fonctionnait que pour une seule spectatrice. Caroline s'assit sur une chaise de vinyle noire tandis que Greg et Melinda se pressaient à ses côtés.

– D'après l'infirmière de votre mari, commença le policier, le Dr Webb a dit qu'il était inquiet à propos d'un problème familial, et il lui a demandé de décommander ses deux derniers rendez-vous. Il est sorti de l'immeuble par la porte de derrière, qui donne sur le parking du personnel. Vingt minutes plus tard, après que l'infirmière eut passé ses appels et verrouillé la porte du cabinet, elle est partie par le même chemin. C'est alors qu'elle l'a trouvé à une quinzaine de mètres de sa voiture.

Melinda s'était mise à geindre.

– Si on allait chercher une bouteille de Coca-Cola, suggéra Greg. Je mettrai la pièce, et tu pousseras le bouton.

Il lui prit la main, et elle le suivit en trébuchant.

– Mon mari est sérieusement touché?

– Il a une blessure à la cuisse. Il a dû tomber et se heurter la tête, parce qu'il était inconscient. Je ne suis pas médecin, mais il ne m'avait pas l'air en trop mauvais état. Je dirais qu'il s'en tirera très bien.

Caroline réalisa que la tension qui l'habitait ne s'était pas une seule fois relâchée depuis le coup de téléphone qui lui annonçait l'accident. Ainsi, il ne gisait pas sur le parking la poitrine ensanglantée comme le gardien du cimetière, car c'était là ce qu'elle avait imaginé.

– Avez-vous une idée de la personne qui lui a tiré dessus ?

Il la regarda avec gravité.

– Celui qui a fait ça n'était plus là depuis longtemps lorsque nous sommes arrivés.

– Et il n'y avait pas de témoins ?

– Il n'y avait qu'un autre bureau ouvert dans l'immeuble – le cabinet d'un dentiste, sur la façade. Étant donné que le parking se trouve de l'autre côté et qu'il est entouré d'arbres, les chances pour que quelqu'un aperçoive quoi que ce soit étaient très minces.

– Mais quelqu'un l'attendait.

Exactement comme Chris, pensa-t-elle. Quelqu'un qui connaissait ses habitudes, quelqu'un qui le surveillait.

Greg et Melinda revinrent avec des canettes de Coca-Cola à la main. Bien qu'elle demande immédiatement des nouvelles de son père, Melinda paraissait rassurée.

– On va l'opérer ? demanda-t-elle.

– Nous devons attendre de voir le docteur avant de savoir.

Melinda grimpa sur une chaise.

– Je suis une loque, dit-elle en poussant un soupir.

Greg et le policier éclatèrent de rire, et même Caroline ne put réprimer un sourire.

– Je suis désolée que la situation soit aussi cahotique, ma chérie.

– Ce n'est pas de ta faute.

La petite fille se retourna pour s'adresser au policier.

– On a un fantôme. C'est elle qui a dû tirer sur papa.

Le sourire du policier s'évanouit, et Caroline fut soulagée de voir apparaître l'ami de David, Lew Ramsey, qui sortait de la salle des urgences. Un sourire se dessina sur ses traits fatigués.

– Caroline, il y a si longtemps que nous ne nous sommes vus. Je suis désolé que nous nous retrouvions dans de pareilles circonstances.

– Je sais, Lew. Comment va-t-il?

– Il a eu de la chance. Il a une mauvaise blessure à la cuisse droite, mais, Dieu merci, l'os n'a pas été touché. Pas de dommages vasculaires non plus. Sinon, il aurait pu se vider de son sang sur ce parking avant que quelqu'un ne le trouve. C'est le quadriceps qui a été le plus abîmé. Nous allons le garder trois ou quatre jours, puis il pourra marcher sur des béquilles.

– Il a repris conscience? demanda le policier.

– Oui. Je suppose que vous voulez l'interroger.

– Si c'est possible.

Lew hocha la tête.

– Je pense qu'il peut tenir le choc, bien qu'il ait récolté une sacrée migraine après le coup qu'il a pris sur le front. Allez-y.

– Quand pouvons-nous le voir? demanda Caroline.

– Laissons la police en terminer avec lui avant que le sédatif ne fasse son effet, puis nous l'installerons dans sa chambre, (Il lança un coup d'œil à Melinda.) Le choc sera moindre s'il est dans une chambre d'hôpital normale, tu comprends.

– Bien sûr. Nous voulons juste lui dire bonsoir.

– C'est l'affaire de quelques minutes. Reprends un peu de couleurs, ma belle, ajouta-t-il en lui posant la main sur l'épaule. Il s'en tirera très bien. On lui a tiré dessus de près, mais ce n'était que du calibre 22.

– Un Beretta, sans aucun doute, dit doucement Caroline.

– Qu'est-ce qui te fait dire ça?

– Une intuition.

Il lui lança un regard perplexe.

– Je ne suis pas très expert en balistique. La police trouvera de quelle arme il s'agit.

Il disparut de nouveau dans la salle des urgences, et, lorsque Caroline se retourna, elle découvrit Lucy, qui se tenait tout près.

– Bonjour, Caro.

– Comment as-tu appris?

– Greg m'a appelée.

Caroline regarda son fils, qui vidait son Coca. Ainsi, il avait compris depuis le début qu'il y avait des problèmes entre Lucy et elle. Elle devait commencer à admettre qu'il n'était plus un enfant, mais un adulte de plus en plus sensible.

Melinda se précipita sur Lucy.

– On a tiré sur papa, et son quadrupède est abîmé!

– Quadriceps, rectifia Caroline. C'est un muscle de la cuisse. Mais il va s'en tirer.

Merci, mon Dieu, soupira Lucy en prenant Melinda dans ses bras.

Caroline remarqua qu'elle portait des jeans moins serrés que d'habitude et qu'avec un très léger maquillage elle était presque laide.

– Tom est allé examiner le parking, dit Lucy.

– Il ne trouvera probablement rien.

– Oh, il pourrait t'étonner. (Elle reposa Melinda.) Je veux que vous veniez dormir tous les trois à la maison.

Caroline secoua la tête, consciente de l'étrangeté de la confrontation. Toutes deux s'exprimaient avec précaution, et leurs regards s'évitaient maladroitement.

– Je crois que nous devrions rentrer, dit Caroline. Il y a George...

– Il peut venir aussi.

– Non, je ne crois pas, Lucy, mais merci quand même.

– Tu ne devrais pas retourner là-bas toute seule.

Caroline rejeta ses cheveux derrière ses oreilles.

– Lucy, si cette personne nous veut, elle nous trouvera, où que nous soyons. Et puis Tom a posté quelqu'un pour surveiller la maison.

– Mais ça ne servira à rien, intervint Melinda. On ne peut pas voir un fantôme s'il ne veut pas qu'on le voie.

Lucy la regarda prudemment.

– Et tu crois que c'est un fantôme qui a tiré sur ton papa ?

– Oh oui ! Le fantôme de Hayley.

Lucy ouvrit, puis ferma la bouche, mais pas un son ne sortit. Greg lui épargna d'avoir à trouver une réponse.

– Viens, Lin, on va aller chercher un cadeau pour papa à la boutique.

– Un chien en peluche qui ressemble à George ! Ça, ça lui plaira !

Les enfants partis, Lucy s'assit à côté de Caroline.

– J'avais tellement envie de te parler ces derniers jours.

– Pour me dire que tu es désolée ? C'est inutile. Je le sais.

– Cela ne s'est produit qu'une fois, Caro. Ce n'était pas prévu...

Caroline se leva.

– Épargne-moi les détails.

La femme qui regardait la télévision lui jeta un bref regard, puis retourna à son *sitcom*, dont les rires enregistrés tonitruaient de façon désagréable dans la petite pièce.

Lucy tendit la main et toucha le bras de Caroline.

– Je n'allais pas te donner de détails. Je voulais simplement que tu saches qu'il ne s'agissait pas d'une liaison, mais d'une bêtise d'une nuit.

Caroline lui fit face.

– Quand tu as découvert que j'avais parlé à Chris de ce qui s'était produit récemment, tu as eu l'air en colère. Tu étais jalouse?

Lucy écarquilla les yeux.

– *Jalouse*? Seigneur, non. Mais je savais que, si Chris et toi recommenciez à échanger plus que des bonjours ou des au revoir, il se passerait quelque chose. Soit il tenterait de s'immiscer de nouveau dans ta vie, soit il te parlerait de nous. Je crois qu'il a fait les deux.

Caroline se rassit.

– Il y a une chose que j'ai voulu te demander ces derniers jours... Tu es restée amie avec Chris toutes ces années. Comment?

Lucy joua avec sa boucle d'oreille en or.

– Nous étions tous les deux coupables, Caro. Il ne m'a pas violée, et il ne m'a pas obligée à avorter.

– Mais il était pour.

– Oui, mais c'est moi qui ai pris la décision finale.

– A cause de moi. (Elle étudia Lucy.) Combien tu as dû m'en vouloir pendant tout ce temps.

Lucy finit par ôter sa boucle d'oreille et resta assise à regarder l'objet au creux de sa main.

– Je ne t'en voulais pas. Ce n'était pas de ta faute. Mais ne parlons pas de ça maintenant.

Caroline ouvrit une canette de Coca-Cola et but une gorgée, jetant un coup d'œil à la télévision.

– Je suis contente que tu sois là.

– C'est vrai ?

– Oui. Comme Tom me l'a si bien rappelé, on n'oublie pas facilement vingt ans d'amitié.

– Tom t'a parlé de tout ça ?

– Oui. Il t'aime beaucoup, Lucy.

– Je sais.

– Est-ce que tu ne l'as jamais épousé parce que tu es toujours amoureuse de Chris ?

– Non, je ne l'aime plus, dit Lucy en secouant la tête. Je ne pense pas l'avoir jamais réellement aimé. C'était plutôt une passion adolescentte à retardement. Je suppose que je n'ai jamais épousé Tom parce que j'avais peur de m'engager totalement envers quelqu'un et de risquer de le perdre, ce qui t'était arrivé avec Chris.

Caroline haussa les épaules.

– Je ne peux pas te garantir que ça n'arrivera pas, la vie est bien trop imprévisible, mais Tom n'est pas Chris. Il est beaucoup plus stable, moins tourmenté. Je crois que tu devrais tenter ta chance.

– Je n'arrive pas à croire que tu puisses te montrer une aussi bonne amie après la façon dont je t'ai trahie.

Caroline soupira.

– J'avoue que j'ai été bouleversée, mais ma réaction a été disproportionnée. J'ai déjà perdu une fille, et j'ai failli perdre un mari ce soir. Ce sont peut-être des chocs de ce genre qui vous font comprendre qu'il vaut mieux estimer ceux qui vous sont proches plutôt que leur reprocher leurs faiblesses. Quand je t'ai vue dans la salle d'attente, j'ai ressenti plus de joie que de colère, et j'ai réalisé que je ne pouvais pas t'en vouloir pour une erreur commise il y a vingt ans. D'autant plus que tu l'as déjà payée d'un prix terrible. (Elle regarda Lucy droit dans les yeux.) Tu aurais dû garder cet enfant, si tu le voulais, et me laisser assumer la situation du mieux possible.

– Mais j'ai toujours cru que tu étais si délicate, si sensible. Chris et moi étions persuadés que tu t'effondrerais.

– C'est bien ce qui s'est passé, alors, de toute façon, cela n'a servi à rien.

– Non, dit doucement Lucy. A rien.

Greg et Melinda réapparurent soudain avec un vase blanc laiteux plein de roses rouges et une petite boîte de chocolats Godiva.

– J'avais choisi une tirelire en forme de cochon rose, mais Greg m'a dit que c'était ça qu'on donnait aux gens malades, annonça Melinda. Et puis il l'a fait mettre sur la note de papa.

– Je n'avais qu'un dollar cinquante sur moi, s'insurgea son frère.

– Aucune importance, je m'en occuperai plus tard, dit Caroline.

– Alors, on pourrait peut-être retourner chercher la tirelire, dit Melinda avec espoir. Il était si mignon, le cochon. Il riait...

Une infirmière apparut à la porte de la salle d'attente.

– Mrs. Webb, vous pouvez voir votre mari maintenant. Je vous montre le chemin.

Officiellement, les enfants n'étaient pas autorisés à rendre visite aux malades, mais, étant donné que David appartenait au personnel de l'hôpital, Melinda emboîta le pas à sa mère et à Greg, en portant fièrement les fleurs. Une fois dans la chambre, pourtant, elle se cantonna dans un silence timide, ce que Caroline comprit parfaitement. Livide, des cernes sous les yeux et un bleu sur le front, David avait l'air épouvantable. Il leva légèrement la tête à leur entrée, puis la laissa retomber en arrière avec un bruit mou. Melinda était visiblement bouleversée, et Greg n'en menait pas large non plus, aussi Caroline décida-t-elle de prendre les choses le plus à la légère possible.

– David Webb, tu ferais n'importe quoi pour ne pas quitter la ville!

Il esquissa un pauvre sourire, et elle se pencha pour l'embrasser.

– Moi qui ai fait tous ces bagages pour rien!

– Pas pour rien, dit-il d'une voix rauque. Je veux que vous partiez tous les trois.

– Mais pas demain matin, comme prévu. Dans un jour ou deux.

– Plus têtue que jamais, murmura David avec un sourire. Ce sont des cadeaux que je vois là? demanda-t-il en regardant les enfants.

– Des chocolats et des fleurs, dit Greg. Mais tu n'as pas l'air d'attaque pour les chocolats.

– Ce sera pour demain.

Caroline prit les cadeaux et les posa sur la table de chevet. Melinda se mit alors à pleurer.

– Eh bien, qu'est-ce qui se passe? demanda son père en se forçant à prendre un ton enjoué.

– Le fantôme t'a tiré dessus, gémit Melinda. Il a failli te tuer.

David tendit une main, qu'elle prit avec hésitation.

– Lin, ce n'est pas un fantôme qui m'a tiré dessus. Je crois que c'était quelqu'un qui devait tirer sur un chat sauvage et qui l'a raté.

– Tu me racontes des histoires. Les gens croient toujours que les enfants ne comprennent rien.

Il sourit.

– Tu as raison. C'était une explication idiote. Mais ce n'est pas un fantôme qui m'a tiré dessus, ma chérie. C'est une personne en chair et en os, que Tom va attraper et mettre en prison.

– Est-ce que tu as vu quelque chose, papa ? demanda Greg.

– J'ai entendu un bruissement dans les arbres, et je jurerais que quelqu'un a dit : « Le voilà. » Puis ma jambe a cédé, et je suis tombé. Il y a pourtant une chose dont je suis sûr : on n'avait pas l'intention de me tuer. On aurait pu m'achever facilement tandis que j'étais inconscient.

Le seul but était de faire peur, pensa Caroline. Quelqu'un voulait t'effrayer de la même façon que Chris. Puis quelque chose d'autre la frappa : Chris avait été touché à l'épaule gauche, et non la droite, ce qui l'aurait mis dans l'incapacité de peindre. Et David avait été atteint à la jambe. Une blessure à l'épaule aurait pu l'empêcher de continuer à pratiquer des accouchements, et particulièrement des césariennes.

L'infirmière passa la tête dans l'entrebâillement de la porte.

– Je vais devoir vous mettre dehors jusqu'à demain. Le Dr Webb a pris un sédatif, et il a besoin de dormir.

– Bien sûr. Les enfants, dites bonsoir à papa.

Melinda, qui avait séché ses larmes, lui déposa un

baiser sonore sur la joue. Greg lui serra la main avec gravité et lui frôla légèrement la joue de ses lèvres avant de se diriger vers la porte.

– C'est la première fois qu'il m'embrasse depuis l'âge de sept ans, remarqua David, avant d'ajouter : Melinda, tu veux bien attendre dehors avec ton frère pendant que je dis quelque chose à maman ?

– D'accord. Je t'aime beaucoup, beaucoup.

– Moi aussi, chérie.

Lorsqu'elle eut quitté la chambre, David agrippa la main de sa femme avec une force surprenante.

– Il y a quelque chose que je ne voulais pas mentionner devant les enfants.

Caroline rassembla ses forces, essayant de ne pas faire la grimace sous la violence de son étreinte.

– Quoi, chéri ?

– Cette voix qui disait : « Le voilà » elle semblait s'adresser à elle-même, et c'était une voix d'enfant. De petite fille.

16

I

– Vous êtes une femme difficile à rencontrer, dit Tom lorsque Fidelia Barnabas lui ouvrit la porte, son caftan beige de grosse laine voletant dans l'air froid autour de son corps mince.

– Je n'étais pas en ville. Il s'est passé quelque chose chez les Webb ?

– Comment le savez-vous ?

– Je ne vois rien d'autre qui puisse faire venir jusqu'ici un officier de police.

– En effet, il s'est produit quelques incidents ces derniers jours. Je peux entrer en discuter ?

– Je vous en prie, dit-elle en s'écartant pour lui laisser le passage.

Tom pénétra dans une petite pièce au plancher de bois dur parsemé de tapis aux motifs joyeux. Plusieurs tableaux primitifs étaient suspendus aux murs, et le mobilier était simple et austère, du genre qu'on achète pour le remettre soi-même en état. Sous une fenêtre, dix coquillages roses miroitants étaient posés sur une table ronde.

– Vous voulez du thé? demanda poliment Fidelia. Ou quelque chose de plus fort?

– Rien, merci.

Tom s'assit sur une chaise au dossier canné tandis que Fidelia se laissait tomber sur le sol avec grâce, sa chevelure brune brillante s'étalant sur son épaule droite, et ses petits pieds nus pointant sous le caftan.

Elle le fixa de ses étranges yeux bleu clair.

– Que s'est-il passé?

– Vous avez fait le ménage chez les Webb avant-hier, n'est-ce pas?

– Oui.

– Vers quelle heure avez-vous quitté la maison?

– Deux heures. J'avais proposé à Mrs. Webb de rester plus longtemps, mais elle m'a dit de partir à deux heures. Vous l'avez entendue.

– A un moment donné, avant quatre heures et quart, la chambre de Melinda a été mise à sac, ses poupées éventrées, des meubles brisés. Il y avait également un message sur le miroir, « Au secours, maman », tracé avec du sang humain.

Fidelia soutint son regard.

– Du sang *humain.* Et vous pensez que c'est moi qui ai fait ça?

– Vous étiez là.

– Je vois.

Fidelia détourna un moment le regard, et ses boucles d'oreilles en argent accrochèrent la lueur du petit feu qui brûlait dans sa cheminée.

– Caroline pense que c'est moi?

– Non, mais vous comprenez pourquoi je dois vous

interroger. Où vous trouviez-vous ces deux derniers jours?

– Je suis allée voir des parents à Cincinnati. La famille de mon père.

– Quand êtes-vous partie?

– Avant-hier vers cinq heures. Je suis rentrée ce matin.

– Vous pouvez me donner le nom de quelqu'un qui se portera garant pour vous?

– Bien sûr. Mon cousin.

Elle alla prendre un petit répertoire près du téléphone et se mit à recopier des renseignements sur une carte de bristol, qu'elle tendit à Tom :

– Nom, adresse, numéro de téléphone.

– Merci.

– Vous savez, il n'y a que Caroline et moi pour croire qu'il se cache derrière ces terribles événements quelque chose d'autre qu'une personne.

Tom rangea la carte et examina attentivement Fidelia.

– Quelque chose d'autre qu'une personne. Vous voulez dire un fantôme?

Fidelia haussa une épaule sans rien dire.

– Je n'ai pas l'impression que Caroline croie qu'il s'agit d'un fantôme, remarqua-t-il.

– Elle ne l'avoue peut-être pas, mais c'est ce qu'elle croit.

– L'a-t-on encouragée à le croire?

Fidelia eut un sourire.

– Vous me demandez si j'essaie de la convertir au vaudou? Non. Mais elle m'a demandé si je croyais aux fantômes, et je lui ai répondu oui.

– Vous pensez que les esprits des morts reviennent?

– Oui.

Tom la regarda froidement.

– Vous ne trouvez pas que croire aux fantômes ou aux revenants est un peu inhabituel?

– Pas là d'où je viens. Mais je suppose que c'est le cas pour vous.

– Je n'ai jamais vu de fantôme, miss Barnabas.

– Vous avez déjà vu une idée?

– Touché, dit Tom avec une grimace. Mais je ne suis pas vraiment venu discuter de surnaturel. Pouvez-vous prouver que vous n'êtes pas responsable du saccage de la chambre de Melinda?

– Non. Je n'ai pas d'alibi. J'étais seule à la maison en train de préparer mes bagages. Mais vous êtes libre de m'examiner pour trouver des coupures.

– Des coupures?

– Il aurait fallu que je me coupe afin d'avoir du sang pour écrire le message. Quel était le groupe sanguin?

– O positif.

– Je suis A positif. Mais je serais ravie que vous vérifiiez. Évidemment, j'aurais pu conserver dans mon sac toute la journée un récipient plein du sang de quelqu'un d'autre, en espérant que Caroline sortirait – elle pourra vous dire que je ne savais pas avant ce matin-là qu'elle devait se rendre à l'école de Melinda. Et je ne m'attendais certes pas à ce qu'on me soupçonne, bien que je me sois trouvée seule dans la maison.

– D'accord, d'accord, c'est un peu tiré par les cheveux. Mais, si votre alibi ne se confirme pas, il me faudra cet examen sanguin. Et j'ai également besoin de vos empreintes digitales pour les comparer avec celles trouvées dans la chambre. Nous avons trouvé cinq séries d'empreintes, dont quatre appartiennent à la famille.

– Et la dernière est la mienne. Mais je me soumettrai bien entendu à tous les examens nécessaires. Je n'ai rien à craindre.

Debout, Fidelia le regarda calmement.

– Vous avez parlé de plusieurs incidents survenus chez les Webb. Il a dû se produire quelque chose hier, sinon vous n'auriez pas besoin de contacter mon cousin. Que s'est-il passé?

– On a tiré sur David Webb hier soir.

La couleur monta aux joues brun pâle de Fidelia, puis s'en retira.

– Bon Dieu! Il est mort?

– Non. Il a été blessé à la cuisse, et c'est le muscle qui a été le plus endommagé. Il va bien.

– Quelle chance!

– Cela s'est produit sur le parking derrière son bureau. La balle provient d'un Beretta calibre 22, et l'examen balistique a démontré qu'il s'agissait de la même arme que celle utilisée contre Chris Corday, l'ex-mari de Caroline. Et, avant d'être touché, David a le souvenir d'avoir entendu quelqu'un dire : « Le voilà », avec une voix de petite fille.

Fidelia ferma les yeux.

– Je me suis trompée, je pensais que l'esprit mauvais se concentrait sur Melinda, mais il les touche tous. Cette famille est en grand danger, dit-elle en joignant les mains sur ses genoux. Nous devons les aider.

– Je leur ai conseillé de quitter la ville, ce qu'ils se préparaient à faire avant que David ne soit agressé. Caroline ne partira pas tant qu'elle ne sera pas sûre de son état, et lui, bien entendu, ne peut se déplacer avant quelques jours. Il a perdu beaucoup de sang.

– Ce n'est pas en quittant la ville qu'ils pourront échapper à un esprit mauvais de cette importance.

– Vous voulez dire un esprit mauvais surnaturel?

Fidelia baissa la tête et se frotta le front comme pour s'éclaircir les idées.

– Je ne sais pas. Je ne suis pas médium, Mr. Jerome. Ma maman était médium. Elle était ce que la religion vaudou appelle un *mambo,* une femme prêtre, guérisseuse, qui protège de la sorcellerie et des envoûtements. Elle comprenait ces choses-là bien mieux que moi et elle a essayé de m'apprendre, mais mon père, qui appartenait à l'Église baptiste, voyait cela d'un mauvais œil. Peut-être est-ce pour cela que je n'ai pas appris comme je l'aurais dû. Mais je sens tout de même la présence des esprits mauvais, et comment ils opèrent.

Tom n'était pas sûr de la croire, mais une part de lui-même y était toute prête. Ne venait-elle pas de décrire ce qu'il avait tant de fois ressenti sur des affaires d'homicide, et qu'il appelait « pressentiment »?

– Que ressentez-vous en ce moment? lui demanda-t-il, un peu gêné.

– Je sens que qui ou quoi que ce soit qui persécute les Webb n'a pas encore été satisfait.

– Que cherche-t-il – ou elle?

– La vengeance. Et Melinda, souffla Fidelia.

II

Debout à l'entrée de la réserve dont les portes étaient grandes ouvertes, Tina surveillait avec nervosité les déménageurs en train de décharger un énorme lit à baldaquin, et serra contre elle son gilet. Un des hommes trébucha sur la rampe de descente et elle eut un hoquet, honteuse de s'inquiéter davantage pour le lit que pour l'homme.

– Allez-y lentement et doucement, dit-elle.

– On connaît notre boulot, jeta celui qui venait de se tordre la cheville.

– Je suis désolée, mais ce mobilier a une telle valeur.

– Ouais. Avec ce que coûte ce vieux lit, on pourrait sûrement nourrir un gamin pendant un an. Bon Dieu, deux gamins, même! Les miens.

Après avoir négocié la descente de la rampe, ils pénétrèrent dans la réserve.

– Et où est-ce que vous voulez qu'on le mette, ce truc qui a tant de valeur? demanda-t-il en jetant un coup d'œil à son collègue, qui ricana devant tant d'humour.

– Là-bas à droite, le long du mur.

– Tout là-bas?

– Oui, s'il vous plaît.

– Bon Dieu!

Ils traversèrent la réserve en chancelant, se cognant deux fois de suite dans des meubles.

– Attention! gémit Tina.

– Vous voulez le porter toute seule ou quoi?

– Je veux simplement que vous regardiez où vous mettez les pieds.

– Ouais, on sait ce qu'on fait, vous inquiétez pas.

Mais, en approchant du mur, le lit pencha dangereusement d'un côté. En essayant de le redresser, les deux hommes perdirent complètement l'équilibre. La grande gueule jura copieusement, et lit et hommes basculèrent contre deux hautes piles de caisses. Tina poussa un cri tandis que le lit s'écrasait sur le sol de ciment dans un énorme craquement de bois. Les déménageurs s'écroulèrent, et les piles de caisses leur dégringolèrent dessus en s'éventrant.

Tina se précipita :

– Vous vous êtes fait mal?

Le silencieux était déjà sur ses pieds, tandis que l'autre s'agitait au milieu des débris comme un homme pris dans les sables mouvants.

– Je vais vous faire un procès! hurla-t-il.

Tina l'agrippa par le bras et le releva.

– Je vous ai dit de faire attention.

– Bon Dieu, je suis sûr que j'ai un traumatisme crânien! J'ai le cerveau en compote.

– Vous l'aviez déjà avant d'arriver.

Le bonhomme fulmina, et Tina comprit qu'elle avait commis une bévue. Le moment n'était pas aux sarcasmes, et une grosse bosse se dessinait effectivement sur le grand front du type.

– Je suis vraiment désolée. Rien de cassé?

Les portes communiquant avec le magasin s'ouvrirent à la volée, et Lucy entra en courant.

– Au nom de Dieu, que se passe-t-il?

– Ils ont fait tomber le lit.

– Le *lit*! Ils ont fait tomber le *lit*!

La grande gueule lissait ses cheveux frisés, qui n'avaient pas dû voir de shampooing depuis au moins une semaine.

– Et moi, ma petite dame? Vous pourriez vous inquiéter un peu pour moi et Hal, non? Tout ce qui vous intéresse, c'est cette foutue vieillerie!

Lucy marcha sur eux d'un air menaçant.

– Comment avez-vous pu faire une chose pareille?

– Facile. Viens, Hal, on va à l'hôpital. Et vous, ma

petite dame, vous entendrez parler de mon avocat, dit-il en lançant un regard meurtrier à Lucy.

– Et vous du mien! hurla-t-elle en retour tandis qu'ils quittaient la réserve.

Tina regarda avec désespoir le lit renversé sur le côté au milieu des caisses brisées qui contenaient tant des affaires personnelles et des tableaux de Lucy, toutes choses qu'elle n'avait pas la place de mettre dans son appartement.

– Vous savez combien coûtait ce lit? gémit celle-ci.

– Oui. Mais il était assuré, n'en faites pas une maladie.

– L'argent ne remplacera pas ce lit, le travail de l'artisan, son âge.

Elle semblait près de fondre en larmes.

– Lucy, ce n'est peut-être pas aussi grave qu'il y paraît, dit Tina en se baissant pour ramasser un vieil album de photos. Débarrassons un peu tout ça.

– Je vais le faire.

– Cela va vous prendre un temps fou, toute seule.

– Tina, retournez dans la boutique. Je vais m'occuper...

Tina s'agenouilla et, écartant une toile, ramassa un vieux clown de chiffon, qu'elle fixa un long moment en silence. Puis elle se retourna lentement pour faire face à Lucy.

III

Il était minuit. La soirée avait été calme à la maison de repos Sunnyhill, mais le calme était toujours de courte durée. Garrison Longworth posa son exemplaire usé de *Portrait de femme*, ôta ses lunettes pour lire, et soupira lorsque la femme au bout du couloir, celle qu'ils appelaient Blanche, entama sa tirade nocturne. Cela débutait toujours par de douces remontrances à sa fille Rose, à qui elle demandait de lui lire à voix haute. Une infirmière avait raconté à Garrison que Rose était morte dans un accident de voiture cinquante ans auparavant, mais, comme pour tant de gens séniles, le passé lointain était plus réel aux yeux de Blanche que le présent, et Rose vivait encore dans sa mémoire. Le ton des jérémiades allait bientôt monter et devenir strident. Puis Blanche se mettrait à jurer, à crier, et on serait finalement obligé de l'attacher et de lui administrer un sédatif. C'était toujours pareil, pensa Garrison. Tellement éprouvant et tellement *fort*. Serait-il obligé de subir les tourments de cette femme jusqu'à la fin de ses jours ?

Il rejeta ses couvertures avec résignation et trottina sur ses jambes maigres jusqu'à la salle de bains. Moderne et parfaite, celle-ci le remplissait de joie, tant elle était différente de celle de la maison, dont l'aménagement en la matière était archaïque et insuffisant. *La maison*. Ses yeux s'embuèrent. La maison n'était plus qu'un tas de débris. Et Millicent s'était envolée en fumée avec.

Il tira la chasse, regarda dans la glace si ses dents avaient besoin d'un second brossage, puis éteignit la lumière et regagna sa chambre. Il n'y avait pas beaucoup de lune, ce soir, et il était ravi que la veilleuse brille dans le noir avec constance. Il avait peur de l'obscurité, mais les infirmières ne voulaient pas qu'il garde l'applique au-dessus de son lit allumée toute la nuit. Chaque fois qu'elles le trouvaient endormi, elles éteignaient celle-ci, et il se réveillait tenaillé de peur.

Au bout du couloir, Blanche hurlait maintenant : « Bon Dieu, Rose, je t'ai dit que je voulais une histoire! *Mildred Pierce!* Je veux *Mildred Pierce*, et tu vas me le lire, au lieu d'aller baiser dans les buissons avec ce garçon! Seigneur, pensa Garrison. Non seulement elle est grossière, mais elle a en plus des goûts d'un commun! *Mildred Pierce*! Quel mauvais goût!

– Bonjour, Garrison.

Il eut le sentiment de dégringoler dans un tunnel qui plongeait tout droit dans les profondeurs de l'enfer. Le vent rugit à ses oreilles, et il lui sembla que quelque chose grondait tout près. Il demeura pétrifié.

– Tu ne me dis pas bonjour?

Il ne pouvait pas se retourner. Il ne pouvait pas faire face à l'horreur dont il savait qu'elle se tenait derrière lui. Un faible cri sortit de sa gorge, mais sa porte était fermée, et Blanche avait commencé à hurler au bout du couloir. Personne ne pouvait l'entendre.

– Tu savais que j'allais venir te voir, hein?

Comme sa voix était douce. Douce et impitoyable. Oui, il savait qu'elle allait venir, dès le moment où Harry Vinton lui avait dit que Caroline Corday recevait des coups de téléphone d'une enfant nommée Hayley. C'est à ce moment-là qu'il avait eu son attaque. Et puis Millicent avait été assassinée. Oui, il savait qu'elle allait venir.

Une corde s'enroula autour de son cou filiforme et se resserra jusqu'à ne lui laisser qu'un peu d'air pour respirer.

– Tu étais censé être un homme bon, Garrison. Tu disais que tu étais un homme bon. Mais les hommes bons ne se conduisent pas comme toi.

Il lutta pour retrouver son souffle. Soudain, il crut

entendre son père entonner des versets de la Bible, comme il le faisait toujours avant chaque repas, mais il réalisa que c'était lui qui parlait, et non père :

– « Je regardai, et voici, parut un cheval d'une couleur pâle. Celui qui le montait se nommait la mort, et le séjour des morts l'accompagnait. Le pouvoir leur fut donné sur le quart de la terre pour faire périr les hommes par l'épée, par la famine, par la mortalité et par les bêtes sauvages de la terre. »

– Hayley est une bête sauvage de la terre maintenant. Voilà ce que tu en as fait. Elle aurait pu ne pas le devenir. Elle avait un papa et une maman qui l'aimaient. Elle allait à l'école. Mais tu l'as prise et tu l'as cachée. Et tu lui as fait des choses. Des choses mauvaises. Des choses qu'un vieil homme ne devrait pas faire à une petite fille. Tu n'as pas honte de toi ?

Honte ? Avait-il honte ? Il ne lui semblait pas qu'il faille avoir honte. Mais les autres, les gens qui ne comprenaient pas, c'est ce qu'ils pourraient penser. Et père aussi pourrait bien le penser. Père.

– « Et le diable qui les séduisait fut jeté dans l'étang de feu et de soufre, où sont la bête et le faux prophète. Et ils seront tourmentés jour et nuit, aux siècles des siècles. »

– Tu seras tourmenté. Même lorsque j'en aurai fini avec toi, tu seras tourmenté. Tout ce temps pendant lequel personne n'a rien su. Ils pensaient tous que tu étais en Italie avec ta femme. Personne ne savait que tu étais rentré parce que tu étais fou et qu'elle t'avait quitté. Millicent t'a gardé caché, et personne n'a jamais su, sauf Harry Vinton. Il l'a découvert, n'est-ce pas ? Mais il n'a rien dit pour que Millicent lui donne de l'argent. C'est cela, n'est-ce pas ? Et Millicent ne t'a jamais dénoncé. (La corde se resserra encore, et Garrison faillit tomber.) Et *moi*, je ne t'ai jamais dénoncé.

Blanche hurlait au bout du couloir :

– Bon Dieu de Bon Dieu, je veux une histoire! Pas une piqûre! Je ne veux pas de foutue piqûre!

Garrison ferma les yeux. Seul Dieu pouvait le sauver maintenant. Seul Dieu pouvait arrêter cette brebis égarée qui ne le comprenait pas.

– « Le troisième ange versa sa coupe dans les fleuves et dans les sources d'eau. Et ils devinrent du sang. »

– Arrête! siffla la voix. Arrête ce truc! Je ne le supporte plus. Parle. Dis que tu regrettes. Dis-le!

– Tu ne comprends pas, gémit Garrison. Tu n'as jamais essayé de comprendre.

Il se mit à pleurer.

– Tu es un assassin. Tu as tué Hayley.

– Non, je ne l'ai pas tuée.

– *Assassin!*

– « Je suis le premier et le dernier, et le vivant. J'étais mort; et voici, je suis vivant... »

– Comme moi, Garrison. J'étais morte, et voici, je suis vivante.

– « ... Je suis vivant aux siècles des siècles... »

Une douleur transperça le bras gauche de Garrison. Une douleur atroce et fulgurante. Il eut un hoquet, ses yeux papillotèrent, et il s'écroula, uniquement retenu par la corde qui lui encerclait le cou.

Au bout du couloir, Blanche se calmait, roucoulait :

– Ma gentille petite Rosie. Ma gentille petite fille. Ma bonne petite fille.

– Garrison. *Garrison!*

On relâcha la corde, et il tomba face contre terre. Un cri de rage enfantine s'éleva dans la pièce.

Une infirmière épuisée qui revenait de la chambre de Blanche entendit la voix inconnue et poussa la porte de la chambre de Mr. Longworth, qui refusa de s'ouvrir. Aucune des chambres n'avait de serrure. On avait bloqué celle-ci.

– Mr. Longworth! cria-t-elle. Mr. Longworth!

Rien. Elle remonta le couloir en courant, appelant « Joe! », jusqu'à ce que l'imposant infirmier apparaisse.

– Longworth a bloqué sa porte, je ne peux pas l'ouvrir. Si tu n'y arrives pas, il faudra passer par l'extérieur et casser sa vitre.

Mais, lorsqu'ils atteignirent la chambre, la porte s'ouvrit sans difficulté. L'infirmière entra et alluma le plafonnier. Elle demeura un instant pétrifiée, puis très lentement, comme au ralenti, elle s'évanouit et glissa sur le sol. L'infirmier l'ignora, fasciné par le spectacle du corps fragile de Garrison Longworth recroquevillé sur le sol avec une corde autour du cou. Près de lui reposait un bouquet d'orchidées de soie noire dont les pétales frémissaient sous le souffle du vent froid qui pénétrait par la fenêtre ouverte.

17

I

– Mais, maman, on *veut* aller à l'école.

Caroline regarda ses enfants sans en croire ses oreilles.

– Je n'aurais jamais pensé devoir un jour vous convaincre de rester à la maison.

– Mais cette maison est hantée, expliqua Melinda. On a peur ici.

Greg jouait avec une pomme.

– Je n'ai pas peur. Je trouve juste que je devrais aller à l'école aujourd'hui.

Caroline les regarda. Un intrus s'était introduit deux fois dans la maison, et ils savaient maintenant que quelqu'un persécutait la famille. Il n'était guère étonnant qu'ils redoutent de rester dans un endroit où quelqu'un s'amusait à laisser des messages écrits avec du sang sur les miroirs.

– Écoutez, dit-elle, voilà ce qu'on va faire. Vous allez tous les deux à l'école – d'ailleurs, vous serez sûrement plus en sécurité au milieu d'autres gens –, et ce soir nous irons à l'hôtel.

– Le grand dans le centre avec la piscine couverte? demanda Melinda avec enthousiasme.

– Bien sûr.

– Et George?

– On ne pourra pas faire autrement que le mettre en pension quelques jours chez le vétérinaire. Mais ils sont très gentils avec lui. Cela ne le gênera pas.

Lorsqu'ils partirent pour l'école, les enfants paraissaient avoir meilleur moral, et Caroline dut reconnaître qu'elle fut soulagée à l'idée de quitter la maison, même s'ils ne s'éloignaient que de quelques kilomètres.

Elle passa trois coups de téléphone, le premier pour réserver deux chambres au Carlyle Hotel, le second au vétérinaire et le troisième à Fidelia. Puis elle monta préparer les bagages pour un court séjour au Carlyle, cette fois-ci. A dix heures, elle s'habilla pour aller voir David.

Elle devait avertir le policier en faction à l'extérieur de l'endroit où elle se rendait, et il insista pour la conduire à l'hôpital.

– Je suis là pour vous protéger, vous, pas la maison, lui dit-il. On ne tient pas à ce qu'il vous arrive la même chose qu'à votre mari.

David, appuyé sur ses oreillers, regardait un des débats télévisés de la matinée.

– Comment vas-tu, chéri? demanda-t-elle en constatant qu'il était un peu moins livide que la veille.

– Je suis en bonne voie, dit-il en éteignant la télévision. Est-ce qu'ils ont toujours des sujets de conversation bizarres dans ces débats?

– Oui, dit-elle avec un sourire. On en apprend de toutes les couleurs.

– Tom a appelé tout à l'heure pour me parler de la balle que j'ai reçue. On dirait que c'est le même cinglé qui nous a eus, Chris et moi.

– On dirait. Je suppose que tu ne te souviens toujours de rien?

– Non, dit-il en secouant la tête. L'agresseur devait se dissimuler dans les arbres. Si le vent n'avait pas porté, je n'aurais probablement pas entendu la voix.

– Tu es sûre qu'il s'agissait d'une enfant?

– On aurait dit une enfant, mais c'était impossible. En tout cas, pas une petite enfant.

– Je vois, dit-elle en jetant un coup d'œil aux roses que Greg et Melinda avaient achetées la veille. Melinda va t'appeler quand elle rentrera de l'école.

– Tu veux dire juste après son feuilleton?

– Je ne savais pas que tu étais au courant de sa passion!

– Caroline, je ne vis pas complètement dans les nuages. Elle ne cesse d'en parler. (Il posa sa main sur la sienne.) Mais, étant donné le temps que je passe sans toi et les enfants, je ne suis pas surpris de voir que tu penses que je ne sais rien de notre vie familiale.

– Tu as beaucoup travaillé ces dernières années, dit-elle prudemment.

– Je me suis conduit comme un idiot ces dernières années. Je suppose qu'un incident de ce genre vous oblige toujours à vous arrêter pour réfléchir. Hier soir, je n'ai pensé qu'à une chose : « Et si cette balle m'avait tué? Si je n'avais plus jamais revu Caroline et les enfants? » Et, tu peux me croire, penser que tout aurait pu se terminer alors que je vous ai tous les trois ignorés ces derniers temps, cette perspective m'a flanqué une trouille bleue.

Caroline serra sa main dans la sienne.

– Je sais pourquoi tu travaillais autant. Je sais que tu avais le sentiment que tu devais te prouver quelque chose.

– Et te le prouver à toi. Tu aurais pu être mariée à un peintre célèbre, et tu as échoué avec moi. Je voulais te montrer que j'étais digne de toi.

Les yeux de Caroline s'emplirent de larmes.

– Oh, David, tu n'avais rien à me prouver. C'est vrai qu'à une époque Chris a été une personnalité fascinante, et il aurait pu devenir célèbre. Mais c'est toi, la personne sur laquelle j'ai toujours compté. C'est toi qui m'a soutenue après la mort de Hayley, pas Chris. Et, si tu penses que gagner quelques milliers de dollars de moins ou mettre au monde moins de bébés qu'un autre médecin a de l'importance, pour moi ou les enfants, tu te trompes lourdement. Nous t'aimons. Nous n'avons jamais désiré autre chose qu'un peu de ton temps et de ton attention.

– Vous l'avez, à partir de maintenant, dit-il, les yeux brillants. Tu finiras par me supplier d'aller à l'hôpital pour te débarrasser de moi.

– N'y compte pas, dit-elle en se penchant et en l'embrassant. Je t'aime, David.

– Je t'aime aussi, ma chérie.

– Et Melinda ne va pas tarder à appeler.

– Je l'attends avec impatience. A propos d'appels, il y en a eu d'autres?

– Non.

– Nous avons toujours un policier devant la maison?

– Oui. Celui qui est en service aujourd'hui s'appelle Mercer. Sa présence excite beaucoup les enfants. Melinda voudrait qu'il mette tout le temps sa sirène.

– Les voisins vont nous bénir. Lucy a appelé il y a une demi-heure pour dire qu'elle ne pouvait pas passer cet après-midi, Tina n'est pas là, elle a la grippe. Mais elle est décidée à passer la nuit à la maison avec toi, malgré tout. Je crois que c'est une bonne idée. Je n'aime pas te savoir seule.

– Nous allons au Carlyle Hotel. On se débrouillera très bien. Toi, pense à te remettre sur pied.

Elle demanda à Mercer de la reconduire directement chez elle après avoir quitté l'hôpital, pensant combien il était curieux de se promener dans une voiture de police avec un policier pour chauffeur. Quand ils s'arrêtaient aux feux, les gens la regardaient d'un air soupçonneux, comme si elle venait de se faire arrêter.

De retour à la maison, elle invita Mercer à entrer prendre un sandwich et un café, mais il affirma qu'il préférait manger dans la voiture, d'où il pouvait « tout surveiller ». Elle eut l'impression qu'il hésitait simplement à lui imposer sa présence, mais ne discuta pas. Elle alla lui porter un sandwich à la viande et une thermos de café, et se demanda s'il sortirait même de sa voiture pour aller aux toilettes, ou bien resterait assis là tout l'après-midi.

A une heure, Fidelia arriva. Caroline avait mangé son propre sandwich et préparait une nouvelle cafetière lorsque celle-ci frappa doucement à la porte.

– Fidelia, merci beaucoup d'être venue. Je n'ai pas entendu votre voiture.

– Je sais, dit-elle en levant les yeux au ciel, d'habitude, on entend ce vieux tacot à des kilomètres. Mais elle n'a pas voulu démarrer ce matin, alors j'ai pris un taxi.

Elle examina attentivement Caroline, puis la serra dans ses bras minces et forts.

– Je suis désolée pour votre mari. Mr. Jerome m'a raconté ce qui s'était passé.

– Il vous a parlé de la voix d'enfant que mon mari a entendue avant qu'on ne lui tire dessus ? C'était celle de Hayley, vous savez, ajouta-t-elle lorsque Fidelia eut acquiescé d'un signe.

– Ou de quelqu'un qui travaillait pour elle.

Caroline fronça les sourcils.

– Je ne comprends pas.

– Quelquefois, les esprits utilisent des humains pour faire leur sale boulot.

– Tuer des gens, par exemple ?

– C'est arrivé.

– Vous voulez dire qu'il pourrait effectivement y avoir une petite fille qui serait *guidée* par l'esprit de Hayley ?

– Je dis que cela peut arriver.

– Mais *pourquoi* ?

– Hayley a été assassinée. Son meurtrier n'a jamais été retrouvé. Les âmes de ceux qui n'ont pas été vengés reviennent souvent chercher vengeance.

– Mais David n'avait rien à voir avec le meurtre. Melinda non plus, et pourtant l'enfant l'appelle.

– Vous vous êtes remariée, vous avez recommencé une nouvelle vie, vous avez eu d'autres enfants que vous aimez. Peut-être Hayley n'aime-t-elle pas cela.

– Melinda dit en substance la même chose. Mais pourquoi reviendrait-elle après toutes ces années ?

– Vous m'avez dit que vous pensiez à elle sans cesse. Vous n'avez jamais pu oublier. Votre premier mari non plus, d'après ce que j'en sais. Peut-être toute l'énergie que vous avez consacrée à penser à elle lui a-t-elle donné la force de revenir.

– Fidelia, tout cela a l'air tellement fantastique.

– Simplement parce que vous n'êtes pas habituée à penser de cette façon. Moi, j'ai grandi comme ça. C'est pour cette raison que vous vouliez me voir aujourd'hui, non?

– Oui. (Caroline passa la main sur le bois lisse de la table de la cuisine.) Je n'ai pas dormi de la nuit et j'ai passé la matinée à penser à cela. La police n'a servi à rien. Je me tourne vers vous, maintenant. Que pouvez-vous faire pour arrêter ça?

Fidelia croisa les bras sur son torse menu.

– Le vaudou vous apprend à croire aux *loa*. Les loa sont des dieux qui ressemblent à ce que vous appelez des anges gardiens. Mais pour qu'un loa s'attache à vous et à votre famille, vous devez participer à une cérémonie rituelle et laisser le loa vous posséder au cours d'une transe.

Caroline se raidit en pensant aux rituels vaudou qu'elle avait vus au cinéma. Des gens aux regards vitreux en train de chanter, danser, quelqu'un qui tranchait avec ses dents la tête d'un poulet.

– Oh, Fidelia, vraiment, prendre part à une cérémonie rituelle, je ne sais pas..., dit-elle avec hésitation.

Fidelia se rapprocha.

– Je comprends votre peur, parce qu'il s'agit de quelque chose de nouveau pour vous, mais c'est nécessaire, affirma-t-elle tandis que son regard soutenait celui de Caroline avec une intensité quasi hypnotique. Avant que le loa puisse vous aider, il faut participer à la cérémonie. Il faut rencontrer les participants au culte et laisser un *houngan* – un homme prêtre – ou une *mambo* – une femme prêtre – vous guider.

Caroline sentit ses paumes se tremper de sueur. Elle

se sentait déjà pénétrer dans un abîme de magie et de potions.

– Vous connaissez un groupe qui pratique le culte?

– Oh oui! Cela vous surprend? ajouta-t-elle avec un sourire.

– Franchement, oui. David a toujours soutenu que vous pratiquiez le vaudou, mais je n'y croyais pas.

– Je n'en parle pas parce que cela rend les gens nerveux, mais il n'y a pas de quoi avoir peur. Voulez-vous prendre part à une cérémonie?

Caroline se sentit soudain très mal à l'aise. Elle avait pourtant invité Fidelia à venir, pour parler de l'éventualité d'un agent surnaturel derrière ces meurtres, mais se trouver confrontée à l'intensité de celle-ci, au fait que non seulement elle pratiquait le vaudou, mais qu'elle voulait que Caroline participe à une cérémonie, tout cela la démontait.

– Je ne crois pas être prête à affronter ce dont vous parlez. J'ai peur.

– Vous avez plus peur d'un rituel vaudou que du danger qui menace votre famille?

– Eh bien, non, mais ce rituel dont vous parlez paraît tellement...

– Païen?

– Ce doit être cela.

– Votre christianisme vous apprend-il à croire aux fantômes?

– Non, bien sûr que non.

– Mais vous y croyez quand même.

– Je n'en suis pas sûre.

– Tant que vous éprouvez des doutes, ne vaut-il pas mieux tout tenter pour faire cesser cette folie? Quel mal peut-il y avoir à cela?

– Aucun, je suppose.

– Alors, je vais arranger cela.

L'espace de quelques minutes, Caroline avait éprouvé le sentiment de se retrouver dans un monde étranger et exotique. La réalité de son accueillante cuisine, l'odeur du café frais, tout cela s'était évanoui avec les loa, les cultes et les possessions. Mais Fidelia sourit soudain et dit d'un ton parfaitement banal :

– Puisque je suis là, autant faire un peu de ménage. Cela ne vous dérange pas ?

Caroline battit des paupières.

– Non, bien sûr, dit-elle d'une voix éteinte. Faites ce que vous voulez.

– Bien. Les fenêtres des chambres sont sales. Je vais commencer par là.

Dix minutes plus tard, le téléphone sonna. C'était Tom.

– Caroline, j'ai envoyé quelqu'un à l'enterrement de Harry Vinton, ce matin.

– Elles étaient là ? demanda-t-elle d'une voix tremblante.

– Et comment. Un gros bouquet d'orchidées de soie noire, avec une carte et un message : « Pour Harry, Noir comme le souvenir ».

– Alors, il n'y a aucun doute, tous les meurtres sont liés.

– Je dirais que nous ne disposons pas de certitude absolue, s'il n'y avait autre chose.

– Quoi ?

Il laissa tomber un silence, puis reprit :

– Je ne suis pas allé moi-même à l'enterrement parce que j'ai été appelé à la maison de repos Sunnyhill.

– Une maison de repos? Pourquoi?
– Garrison Longworth. Il est mort la nuit dernière.
– Une crise cardiaque?
– Oui. Mais il avait une corde autour du cou, et près de lui se trouvait le bouquet familier, accompagné du message.
– Oh, mon Dieu, dit-elle dans un souffle. Mais comment a-t-on pu parvenir jusqu'à lui, avec tous les gens autour?
– Visiblement, quelqu'un est venu tôt dans la soirée, s'est caché jusqu'à minuit, puis l'a tué. Ou bien a essayé, en tout cas. Mais on n'a pas réussi, parce qu'il a eu sa crise avant.
– Vous avez trouvé des cheveux?
– Je ne sais pas encore. Nous n'avons pas eu tous les rapports du labo.
– S'il y en a, ils seront synthétiques et orange. Et il n'y aura pas d'empreintes. Il n'y aura rien.
– Caroline, l'assassin a failli se faire prendre à quelques minutes, quelques secondes près. Cette fois-ci, c'était du travail bâclé. Une infirmière jure qu'elle a entendu un cri qui provenait de la chambre de Longworth. Un cri de colère, probablement dû au fait que Garrison est mort avant d'être assassiné.
– Quelle sorte de cri?
– Elle a dit qu'il ressemblait à un cri d'enfant. (Tom patienta un instant, puis demanda :) Caroline, ça va?
– Oh, tout va pour le mieux.
– Écoute, je sais quel choc tu as pu ressentir. Je t'en parle parce que je veux que tu comprennes qu'il est primordial que vous quittiez la ville. Et ne me dis pas que vous ne pouvez pas avant que David ne sorte de l'hôpital. Je veux que tu partes ce soir avec les enfants.

– Nous allions descendre à l'hôtel.

– Cela ne suffit pas.

– Non, tu as raison, soupira-t-elle. D'accord, Tom. Je promets que nous partirons dès que les enfants rentreront de l'école.

Elle raccrocha, et le téléphone sonna de nouveau immédiatement. Tom, encore? Elle décrocha d'une main tremblante.

Une voix de femme profonde demanda :

– Mrs. Webb?

– Oui.

– Ici, Donna Bell, l'infirmière de l'école de Melinda. Votre fille est très malade.

– Malade? répéta bêtement Caroline. Mais elle allait très bien ce matin.

– Elle a été prise de violents vomissements. Elle dit qu'elle a mangé quelque chose qu'une petite fille lui a donné ce matin. Je me demande s'il ne s'agit pas d'une intoxication alimentaire.

Caroline raccrocha. Une petite fille avait donné quelque chose à Melinda? L'empoisonnement à l'arsenic ne présentait-il pas les mêmes symptômes qu'une intoxication alimentaire?

Sans même prendre son manteau, elle se précipita vers Mercer.

– Nous devons aller à l'école. Melinda est malade, elle a peut-être été empoisonnée.

Le trajet lui parut sans fin. Lorsqu'ils s'arrêtèrent devant l'école, Caroline se précipita sans attendre Mercer, et on la dirigea vers le bureau de l'infirmière. Caroline découvrit une femme rondouillette d'un certain âge qui remplissait des formulaires sur un vieux bureau.

– Mrs. Bell?

L'infirmière leva les yeux en souriant.

– Non, Mrs. Porter, dit-elle d'une voix haute et flûtée. Puis-je vous aider?

– Je suis Caroline Webb, la mère de Melinda. Donna Bell m'a appelée il y a quelques minutes pour me dire que Melinda était très malade.

Le front laiteux de l'infirmière se plissa.

– Donna Bell? C'est une remplaçante?

– Non. Elle m'a dit qu'elle était l'infirmière.

– Je suis la seule infirmière de l'école, et personne ne m'a amené votre fille.

La panique envahit Caroline.

– Alors, où est Melinda? demanda-t-elle d'une voix effrayée et pressante. Où est ma petite fille?

Mrs. Porter se leva.

– Calmez-vous, madame. Je suis sûre qu'il s'agit d'une erreur. Dans quelle classe est-elle?

La peur submergea Caroline et lui vida l'esprit. Ses mains tremblaient.

L'infirmière la regarda d'un air désapprobateur, et dit du ton qu'elle devait réserver aux débiles mentaux :

– Elle est dans la classe de Mrs. Mailer, celle de Mr. Stewart, ou celle de miss Cummings?

– Cummings! Elle est avec miss Cummings!

– Très bien, dit l'infirmière, rayonnante. Allons donc la chercher.

Caroline la suivit le long du couloir. Melinda, s'il te plaît, sois dans la classe, supplia-t-elle intérieurement. S'il te plaît, ne disparais pas, ne tombe pas aux mains de...

– Tenez, jetez un coup d'œil à travers les vitres et regardez si vous voyez votre petite fille, dit Mrs. Porter. Comme cela, nous ne dérangerons pas la classe.

Caroline parcourut frénétiquement des yeux les rangées de petits sièges. Et Melinda était là, tirant la langue comme elle le faisait toujours sur des problèmes d'arithmétique.

– Elle est là, dit sa mère, soulagée.

– Vous voyez? dit Mrs. Porter avec entrain. Tout va bien, je le savais.

– Je veux quand même la ramener à la maison.

Mrs. Porter se rembrunit.

– Vous ne croyez pas que vous allez inquiéter l'enfant pour rien?

Melinda voudrait savoir pourquoi on la tirait de classe, pensa sa mère, ce qui provoquerait une scène et montrerait à la personne qui les surveillait que Caroline était effrayée, et projetait même peut-être de quitter la ville. Non, il était préférable de laisser sa fille là jusqu'à la sortie de l'école, dans une heure. Demain, ils seraient absents et hors de danger, espérait-elle.

– Bien, je vais la laisser, dit-elle à contrecœur.

Le visage de Mrs. Porter s'éclaira encore davantage.

– Parfait. Vraiment, vous savez, vous ne devriez pas vous laisser bouleverser comme ça par n'importe quoi. C'est très mauvais pour la digestion, déclara-t-elle d'un ton condescendant.

Caroline lui lança un long regard glacial.

– Ma digestion est vraiment le cadet de mes soucis, pour l'instant, Mrs. Porter. Merci de votre aide.

II

Fidelia aspergea de Glassex la fenêtre d'angle de la chambre principale et attrapa le chiffon. Ces fenêtres s'étaient salies de façon effrayante depuis la dernière fois qu'elle les avait nettoyées, un mois auparavant. On disait toujours que le chauffage électrique était plus propre que le fuel, mais si la chaleur dans cette maison était une indication...

Un léger bruit de pas retentit dans le couloir, et elle s'interrompit. Lent et furtif, pensa-t-elle brusquement. Ce n'était pas Caroline. George? Il était étendu dans le hall d'entrée lorsqu'elle était montée. Elle jeta un coup d'œil par la fenêtre et l'aperçut dans la cour.

Elle posa son chiffon.

– Qui est là?

Silence.

– Mrs. Webb? Greg?

Rien.

Fidelia déglutit avec difficulté. Le mal était dans la maison – aussi palpable qu'un puissant courant d'air froid.

– Hayley?

Le tic-tac de l'horloge dans le couloir résonnait de façon lugubre, comme s'il marquait les dernières secondes de son existence. Jamais l'horloge ne lui avait paru aussi sonore.

– Hayley, tu n'as rien à craindre de moi, dit-elle en essayant de conserver le sang-froid que sa mère aurait montré en pareille situation.

Elle regarda de nouveau par la fenêtre et vit George, qui levait la tête avec curiosité en direction de la chambre principale.

– Je cherche seulement à t'aider, pauvre chérie, pas à te détruire. Tu ne veux pas d'aide? Tu ne cherches pas le repos?

– Vous ne pouvez pas m'aider.

Une voix d'enfant, calme et sûre d'elle. Effrayante.

– Mais je peux. J'ai des amis qui peuvent.

Un rire d'enfant coupant comme un rasoir.

Fidelia savait qu'elle était douée de l'étrange pouvoir de sentir le mal. Ce qu'elle ne possédait pas, c'était la capacité de le combattre, et à cet instant elle se trouvait quasiment face à face avec lui. La situation échappait à son contrôle, et elle n'avait jamais eu aussi peur de sa vie. Elle savait qu'il lui fallait immédiatement quitter la maison. Mais d'abord, elle devait descendre le couloir et atteindre l'escalier.

Elle traversa la chambre avec précaution, s'arrêtant à chaque pas pour écouter. Quelqu'un, ou quelque chose, se tenait tout près, mais elle ne savait pas où. Sa peau tannée était devenue glacée, elle se tenait sur ses gardes autant qu'un zèbre sans défense pourchassé par un lion, les sens exacerbés, tentant d'échapper à son prédateur. Lorsqu'elle atteignit la porte de la chambre, elle hésita un instant. Ne vaudrait-il pas mieux s'enfermer dans la pièce? Non. Les portes verrouillées ne faisaient pas peur aux esprits. Elle avait besoin de lumière, d'air frais et de soleil, là où l'esprit mauvais ne pourrait la suivre.

Prenant une inspiration, elle fonça hors de la chambre, ses sandales résonnant sur le plancher brillant du couloir, le plancher qu'elle avait ciré la semaine précédente. Lorsqu'elle atterrit sur le tapis d'Orient rectangulaire qu'elle avait toujours admiré, il se déroba sous ses pieds, et elle se trouva violemment projetée à terre. L'espace d'une seconde de surprise, elle eut une brève vision de son assaillant, avant que la douleur ne la submerge. Puis on la traîna vers l'escalier et on la poussa dans le hall carrelé de marbre du rez-de-chaussée.

18

I

« Et pourtant, qui aurait cru que le vieil homme avait en lui tant de sang ? »

Les paroles de Lady Macbeth ne cessaient de résonner dans la tête de Caroline. Qui aurait cru que la maigre Fidelia pouvait avoir tant de sang ? Et qui aurait pensé qu'elle pourrait en perdre autant et survivre ?

Lorsque Caroline et Mercer avaient pénétré dans la maison et trouvé Fidelia inanimée, tel un pantin désarticulé, au pied de l'escalier, il lui semblait qu'il s'était à peine écoulé quelques secondes avant que des hommes ne surgissent avec une civière et tout le matériel nécessaire. Puis Tom était arrivé.

– Il y avait un carambolage sur l'autoroute, je n'ai pas pu venir plus tôt. Que s'est-il passé ?

Mercer lui expliqua l'appel de l'école et leur découverte de Fidelia au retour. Caroline l'entendit parler, mais fut incapable de dire quoi que ce soit. Assise sur le canapé, elle demeura immobile à regarder sa main droite, couverte de sang depuis qu'elle l'avait passée derrière l'oreille de Fidelia pour sentir le faible battement de pouls. Engourdie, elle se dirigea vers la cuisine et se versa du liquide vaisselle sur les mains avant d'ouvrir le robinet. Elle frotta jusqu'à ce que les taches aient disparu, et Tom entra.

– Tu vas bien?

– Je ne crois pas pouvoir supporter ça beaucoup plus longtemps, Tom.

– Je sais. J'ai appelé Lucy, mais le magasin ne répond pas. J'essaierai de nouveau dans un moment, et elle viendra te tenir compagnie.

– D'accord, dit-elle en allant s'asseoir à la table de la cuisine. Qu'est-ce que tu as trouvé?

Il s'installa près d'elle.

– Fidelia a été frappée dans le couloir là-haut. Il y a du sang partout sur le plancher.

– Mais elle est en vie.

– Tout à fait. Les infirmiers m'ont dit que tout le sang provenait d'une blessure au cuir chevelu. Cela saigne toujours énormément, mais c'est moins grave qu'il n'y paraît.

– Dieu merci.

– Je suis sûr que tu as remarqué qu'elle n'avait pas la gorge tranchée et qu'il n'y avait pas eu de feu. Pas de blessure par balle, non plus. Je dirais que l'intrus n'avait pas l'intention de lui faire mal. Peut-être Fidelia l'a-t-elle simplement surpris.

– Mais pourquoi la pousser dans l'escalier?

– Peut-être ne l'a-t-il pas fait. Peut-être est-elle tombée toute seule. Ou peut-être a-t-elle vu quelque chose, et il a décidé qu'il devait s'en débarrasser. Mais, si c'est le cas, il n'a pas traîné dans les parages pour s'assurer qu'elle était morte.

– Ce n'était pas un de ses jours de travail habituels, souligna Caroline. Je lui ai demandé de venir aujourd'hui parce que je voulais lui parler. Après que nous eûmes fini, elle a dit qu'elle allait en profiter pour faire un peu de ménage là-haut. Si elle ne l'avait pas fait...

– Où est sa voiture? demanda vivement Tom tandis que la voix de Caroline se brisait.

– Chez elle, je suppose. Elle m'a dit qu'elle était en panne et qu'elle avait pris un taxi.

– Donc, elle n'aurait pas dû être là, sa voiture ne se trouvait pas dehors, et comme elle était à l'étage, elle n'a pas dû entendre la personne qui est entrée.

– George aurait dû. Il était à l'intérieur lorsque je suis partie pour l'école, mais, lorsque nous sommes rentrés, il était dehors.

– Fidelia aurait-elle pu le faire sortir?

– Pas sans l'attacher. Elle prenait toujours bien soin de cela.

– Ce qui signifie que George connaissait celui qui l'a mis dehors. Sinon, il aurait attaqué un intrus.

– Je crois, oui.

Tom pianota sur la table.

– Il est évident que ce prétendu coup de téléphone de l'école était fait pour vous écarter de la maison, Mercer et toi.

– L'école! sursauta Caroline en regardant la pendule au-dessus du comptoir de la cuisine. Il est trois heures vingt. Melinda est sortie il y a vingt minutes, et il n'y avait personne pour l'attendre et la ramener!

– Je vais envoyer Mercer. Si elle est partie, quel itinéraire a-t-elle pu prendre?

– Finwood jusqu'à Parkhurst, puis à gauche dans notre rue. Mais je crois que je devrais y aller, moi.

– Tu restes assise ici avec moi et tu te calmes, ordonna-t-il. Mercer peut s'occuper de Melinda.

Après le départ de celui-ci, Tom demanda des détails supplémentaires sur l'appel de la prétendue infirmière.

– Elle a dit qu'elle s'appelait Donna Bell, expliqua Caroline. Elle avait une voix profonde et un peu rauque, comme une grosse fumeuse. Une femme d'une quarantaine d'années.

– As-tu déjà entendu cette voix auparavant?

– Pas que je me souvienne.

– Et tu es partie immédiatement. A quelle heure, à peu près?

– Vers deux heures moins le quart.

– Tu as fermé la porte à clé avant de partir?

– Non, je ne crois pas, j'étais trop affolée. J'étais persuadée que Melinda avait été empoisonnée.

– Par une petite fille. (Il secoua la tête.) Je vais voir là-haut où en sont les types du labo. Tu restes là. Je ne veux pas que tu voies tout ce sang maintenant.

Elle acquiesça et éprouva une douleur fulgurante en pensant au corps de Fidelia dégringolant les escaliers. Fidelia, avec ses yeux bleus étranges, ses solides mains brunes, ses boucles d'oreilles en argent. Fidelia qui avait voulu l'aider par le vaudou, qui avait voulu la faire participer à une cérémonie rituelle.

Tom revint quelques minutes plus tard, s'assit et la regarda avec attention.

– Je suppose que tu n'es pas allée dans ta chambre depuis ton retour.

– Non, je ne suis pas du tout montée. Pourquoi?

– Un message est inscrit sur le miroir.

– Avec du sang, articula-t-elle d'une voix sans timbre. Et il dit : « Au secours, maman ».

– C'est cela.

– C'est ce qu'elle est venue écrire.

– Ce que *qui* est venu écrire?

– Hayley. Elle est venue tracer ce message et Fidelia l'a surprise, alors Hayley l'a frappée.

Tom soutint son regard.

– Caroline, si Hayley était là, c'est qu'elle était un fantôme, et les fantômes n'ont pas besoin de frapper les gens pour s'enfuir. Fidelia a été attaquée par une *personne.*

– Tu ne crois pas aux fantômes, n'est-ce pas?

– Ce n'est pas le problème.

– Je crois que si. Je crois tout à fait. Je crois que c'est cela qui vous pose à tous tellement de problèmes. Vous refusez d'admettre que Hayley est revenue, ce qui explique tout.

– Cela ne m'explique pas grand-chose. Pourquoi aurait-elle tué Pamela Burke? (Il se pencha et la regarda avec gravité.) Caroline, tu as subi un grand choc. Plusieurs grands chocs. Tu ne raisonnes plus rationnellement.

– Tu parles comme Lucy et David. Mais Fidelia savait. Elle allait m'aider. Et Hayley ne pouvait pas la laisser faire.

Il soupira.

– Je ne vais pas discuter sur ce point. Mais...

Mercer entra, le visage tendu.

– Je ne la trouve pas.

Tom bondit.

– Vous ne trouvez pas Melinda?

– J'ai sillonné tous les chemins qu'elle a pu prendre, il n'y a pas trace de son passage.

– Elle est peut-être rentrée avec une amie. (Tom se tourna vers Caroline, pétrifiée.) Elle a une amie chez qui elle aurait pu se rendre?

– Jenny. Elle allait chez Jenny quelquefois.

– Le numéro?

Elle réussit à retrouver le bloc sur lequel elle l'avait écrit. Il appela et parla à la mère de la petite fille, puis, à son ton de voix, elle comprit qu'il parlait à Jenny elle-même. Lorsqu'il raccrocha, il la regarda avec gravité.

– Jenny dit que Melinda a quitté la cour de l'école avec une petite fille blonde qu'elle n'avait jamais vue auparavant.

II

Une centaine d'images traversèrent l'esprit de Caroline, dans ces premières secondes de paralysie qui suivirent la déclaration de Tom. Melinda bébé, avec ses cheveux bruns bouclés; Melinda trottinant derrière Greg tandis qu'il partait à un entraînement de base-ball, et pleurant à fendre l'âme lorsque sa mère l'avait rattrapée et obligée à rentrer à la maison; Melinda descendant bruyamment le couloir le soir de Halloween, déguisée en lapin, avec ses gigantesques oreilles; Melinda conversant avec ferveur avec son germe de haricot pour le faire pousser. Et maintenant, elle était partie avec le monstre qu'était devenue Hayley.

– Quelles sont les amies petites et blondes de Melinda?

Elle regarda Tom l'œil vide.

– Caroline, écoute-moi. Avec quelle amie, petite et blonde Melinda aurait-elle pu rentrer?

– Aucune.

– Des petites filles blondes, il y en a à la pelle. Il y doit bien en exister une.

– Hayley.

Tom l'agrippa par les épaules.

– Arrête, secoue-toi! Il n'y a pas de raison de paniquer. La plupart des enfants se retrouvent dans le quart d'heure qui suit.

– Il me semble que c'est ce qu'on m'a dit la dernière fois, quand Hayley a disparu.

– Nous ne sommes pas la dernière fois. J'ai besoin d'une photo d'elle.

Caroline ouvrit son sac et parcourut les photos de son portefeuille.

– Voici la photo de l'école de l'année dernière et un instantané pris pendant le pique-nique que nous avons fait dans le jardin pour le 4 Juillet.

– Bien. Maintenant, j'ai besoin de savoir comment elle était habillée.

Caroline fut stupéfaite de constater qu'elle se souvenait parfaitement de sa fille ce matin, debout dans la cuisine, qui la suppliait d'aller à l'école parce qu'elle avait peur de rester dans la maison.

– Une jupe écossaise rouge, bleu marine et blanc, décrit-elle tandis que Mercer prenait des notes. Un pull à col roulé bleu marine. Des collants bleu marine. Un manteau poil de chameau.

– Elle portait quelque chose?

– Un panier-repas et un cartable rouge.

– Comme un sac à dos?

– Non, comme une petite serviette. Elle l'adorait parce qu'elle ressemble au sac de médecin de son père.

Tom s'adressa à Mercer.

– Appelle la brigade des mineurs, qu'il mettent des hommes sur l'affaire.

Puis il se retourna vers Caroline et l'obligea à le regarder.

– Caroline, Hayley Corday est morte. Melinda ne peut *pas* être avec elle. Tu dois t'ôter cette idée de la tête pour être capable de nous aider. Maintenant, dis-moi quelles sont les petites filles blondes que connaît Melinda.

Elle se passa les mains dans les cheveux.

– C'est inutile, Tom. Elle n'est pas rentrée avec une de ses amies. Elle aurait appelé.

– Elle a huit ans. Le sens des responsabilités n'est pas ce qui caractérise les enfants de huit ans. *Réfléchis !*

– D'accord. Voyons... Il y a Beth Madison. Elle est blonde, mais Melinda ne l'a jamais aimée. Cookie Stevens... non, elle a déménagé l'année dernière. (La sonnette de la porte d'entrée retentit. Mercer, qui venait de raccrocher le téléphone, quitta la pièce pour aller ouvrir.) Stephanie Crane. C'est une nouvelle. Elle joue dans la pièce de l'école, mais je ne crois pas que Melinda la connaisse très bien – en tout cas, suffisamment pour aller chez elle. Peut-être Carol Braxton. Elle est dans la même classe...

Mercer apparut sur le seuil de la cuisine, tenant un adolescent par le bras.

– Qu'est-ce que c'est ? demanda Tom.

– Ce garçon vient te livrer quelque chose. Montre-leur, petit.

Le gamin, pâle de terreur, tendit un bouquet d'orchidées noires nouées par un ruban de soie. En un instant, Tom, lui avait arraché des mains et regardait la carte agrafée au ruban. Il lut : « Pour Melinda, Noir comme le souvenir ».

Pour la première fois de sa vie, Caroline s'évanouit.

19

I

Elle se réveilla sur le canapé du salon. Sur son front était posé quelque chose d'humide, et Chris était assis sur le sol à ses côtés, son regard bleu fixé sur elle.

– Melinda... ?

– Elle n'est pas encore rentrée.

– Qu'est-ce que tu fais là ? marmonna-t-elle en ôtant le linge de son front.

– J'étais passé dire au revoir avant de partir pour Tao, et savoir comment tout se passait. Tom m'a ouvert et m'a expliqué ce qui s'était produit.

– Quelle heure est-il ?

– Six heures passées. Quand tu t'es évanouie, ils ont appelé un médecin. Tu as repris connaissance quelques minutes, en pleine crise d'hystérie, et il t'a donné un calmant.

– Je ne me souviens de rien. Tom est toujours là ?

– Non, il est allé interroger les gens qui auraient pu apercevoir Melinda. Greg aussi. Lorsqu'il est rentré, il a pris le chien, en disant que si quelqu'un pouvait trouver Melinda, ce serait George.

– Il a raison.

– Il y a un autre policier dans la maison – une femme de la brigade des mineurs, qui s'appelle Ames. Elle a l'air bien.

Caroline eut un mince sourire.

– En général, ils ne mettent quelqu'un sur l'affaire que vingt-quatre heures après la disparition de l'enfant, je m'en souviens. A moins qu'ils ne soupçonnent vraiment quelque chose de grave.

– N'y pense pas, Caro. Tout va bien se passer.

– Mais bien entendu.

– Tom a réussi à mettre la main sur Lucy. Elle s'est rendue à l'hôpital pour prévenir David.

Caroline s'efforça de se relever.

– Je ne veux pas que David sache! Il est immobilisé et il ne peut rien faire.

– La photo de Melinda va passer aux informations de six heures. Tu préférerais qu'il l'apprenne comme ça?

– Non, évidemment.

Le téléphone sonna une fois. Une voix de femme s'éleva dans la pièce voisine. C'était le policier qui répondait à un des nombreux appels qui n'allaient pas tarder à affluer après l'apparition de Melinda aux informations.

– Le téléphone est sur écoute? (Chris hocha la tête.) Mais le ravisseur n'a pas encore appelé.

– Pas encore.

– Et il ne le fera probablement jamais, dit-elle en se passant la main sur le front.

Tous les bruits lui parvenaient comme étouffés, sensation étrange, mais pas désagréable.

– Hayley l'a tuée, tu sais.

– Je ne sais rien, sinon que je ne crois pas au surnaturel.

– Oh, Chris, tu essaies de te montrer raisonnable et sensé, mais ça ne marche pas. Tu devrais bien comprendre la signification du bouquet noir.

– Tout ce que me dit ce bouquet, c'est que les choses se déroulent différemment. Jusqu'à présent, les fleurs sont toujours apparues à l'enterrement.

– Sauf dans le cas de Garrison Longworth.

– Mais il y avait un corps. Il n'y en a pas, cette fois-ci. Je pense que les fleurs sont un avertissement.

– On m'avertit que ma fille va mourir.

– Non. Je sais que cela paraît fou, mais je me demande si le tueur n'est pas dans l'impossibilité de continuer, s'il ne cherche pas à se faire prendre.

– Chris, c'est un tel cliché!

– Les clichés deviennent des clichés parce qu'ils ont bien souvent une base réelle.

Elle ferma les yeux.

– Alors, pourquoi a-t-il enlevé Melinda?

– Peut-être cela faisait-il partie d'un plan, dont il ne parvient pas à accomplir la dernière étape. Il est incapable d'assassiner une petite fille.

– J'aimerais le croire. Qui était le garçon qui a apporté le bouquet?

– Un gamin de quatorze ans qui n'était au courant de rien. Il a raconté qu'il rentrait de l'école lorsqu'une petite fille blonde le lui a donné, avec cinq dollars et l'adresse sur un bout de papier. Les fleurs noires lui ont paru bizarres, mais comme c'était une toute petite fille, il s'est dit qu'elle les trouvait peut-être jolies. Il ne l'a vue ni descendre ni monter de voiture, elle marchait simplement dans la rue.

– Je m'étonne qu'elle n'ait pas envoyé Twinkle avec.

– Caroline.

– Eh bien, si tu ne crois pas que Hayley soit le meurtrier, alors il ne peut s'agir que de la personne qui l'a enlevée. C'est la seule qui aurait pu avoir Twinkle.

– S'il s'agissait bien de Twinkle. Nous n'en sommes pas absolument sûrs.

– Moi, je le suis.

Elle avait perçu le bruit d'une voiture qui s'arrêtait devant la maison, mais n'y avait guère prêté attention, avant d'entendre la porte de derrière s'ouvrir et David appeler :

– Caroline !

Elle posa les pieds par terre et se leva, un peu prise de vertige après le sédatif que lui avait administré le médecin. Elle chancela, et Chris la soutint.

– Je suis dans le salon, David.

Il entra en clopinant, appuyé sur Lucy qui titubait sous son poids.

– Il a refusé de rester à l'hôpital, Caro, dit-elle à bout de souffle. Les infirmières ont piqué une crise, mais le voilà.

David jeta un regard sur Chris. Visiblement, Lucy l'avait prévenu que celui-ci se trouvait là.

– Est-ce que je pourrais vraiment me trouver ailleurs quand ma petite fille a disparu ? demanda-t-il d'une voix brisée.

Caroline se précipita vers lui en pleurant.

– David, je suis si heureuse que tu sois là, même si tu ne devrais pas.

Elle le guida vers le canapé, où il s'affala lourdement.

– Tu souffres beaucoup ?

– Non.

La sueur dont son front s'était recouvert lui montra qu'il mentait.

– On a des nouvelles? demanda-t-il.

– Rien.

– Où est Tom?

– Il interroge les gens qui auraient pu voir Melinda quitter l'école.

– L'école, dit-il avec dégoût. On peut dire qu'ils l'ont bien surveillée.

– J'aurais dû l'empêcher d'y aller aujourd'hui. J'aurais dû la ramener après ce coup de téléphone. J'aurais dû être là à la sortie...

– Arrête, Caroline, intervint Chris. Ce n'est pas de ta faute. Rien de tout cela n'est de ta faute.

David lui lança un regard glacial.

– Qu'est-ce que vous faites là?

– J'essaie d'aider Caroline.

– Elle n'a pas besoin de votre aide. J'aimerais que vous partiez.

– Nous préférerions qu'il reste.

Caroline leva les yeux et découvrit une grande femme d'une trentaine d'années qui se tenait sur le seuil. Ses cheveux bruns étaient nattés en arrière, et son regard noisette étudiait Chris avec attention. Elle ne pouvait être qu'Ames, de la brigade des mineurs.

– Tom Jerome et moi-même, nous aimerions que vous demeuriez sur place, Mr. Corday.

Il la regarda avec surprise.

– Je n'y vois pas d'inconvénient, mais pourquoi?

– Pour votre propre sécurité. Vous avez été agressé une fois par la personne qui a probablement enlevé Melinda. Nous ne voulons pas courir le risque d'une autre agression, et il nous sera plus facile de veiller sur vous ici plutôt que de poster quelqu'un chez vous.

– Je vois, dit-il avant de se retourner vers David. Écoutez, je sais que vous ne m'aimez pas, et à votre place, je ne voudrais pas me voir ici non plus. Mais si la police préfère que je reste...

David détourna le regard.

– Alors, restez. Je suppose que, dans un moment pareil, cela n'a guère d'importance.

Le téléphone sonna de nouveau, et Ames alla répondre. Ils demeurèrent tous pétrifiés, puis l'entendirent déclarer :

– Mr. et Mrs. Webb ne veulent pas accorder d'interview aux informations de ce soir. Ne rappelez pas, s'il vous plaît. Nous devons laisser libre la ligne.

Laisser libre la ligne, pensa Caroline. Laisser libre la ligne pour que Hayley puisse appeler.

II

Après deux heures d'interrogatoire, Tom n'avait rien tiré des gens qui vivaient aux alentours de l'école, aussi prit-il la direction de son bureau pour rassembler ses notes sur l'affaire Webb et déposer à l'expert graphologue le message qui accompagnait le bouquet. En arrivant, Al McRoberts l'informa qu'il y avait là une femme qui insistait pour le voir.

– Je n'ai pas le temps, aboya-t-il. Quelqu'un d'autre devra s'en occuper.

– Elle est décidée à te voir, *toi*. Elle refuse de parler à quelqu'un d'autre. On ne sait jamais, c'est peut-être important.

– Bon sang, marmonna Tom.

Jetant un coup d'œil à travers la paroi vitrée du minuscule bureau, il aperçut une femme d'une quarantaine d'années à l'air épuisé qui se tordait les mains et paraissait sur le point de se mettre à hurler.

– Bon, je vais lui accorder quelques minutes. Rien sur Melinda Webb?

– Rien.

– Bien. Je vais me débarrasser de celle-ci en vitesse.

Il serra les dents et contint son impatience en pénétrant dans son bureau. La femme leva les yeux sur lui, des yeux qui avaient dû être bleu gentiane, mais qui offraient maintenant la nuance rouge et le voile des yeux d'alcoolique.

– Bonjour, Mrs...

– Stanton. Annalee Stanton.

– Mrs. Stanton. On m'a dit que vous aviez quelque chose d'important à me confier.

Elle se pencha et plaça des mains aux grosses jointures sur une jupe de lainage bleu fané.

– C'est à propos de ma petite fille. Ma petite fille Joy.

– Bien. Quel âge a-t-elle?

– Six ans. Et elle a disparu.

– Alors, vous devriez parler à quelqu'un de la brigade des mineurs.

Elle secoua la tête, et sa frange blond pâle dansa sur son front haut.

– Non. Je dois vous le dire à vous.

– Pourquoi moi en particulier?

– Parce que vous êtes le petit ami de Lucille Elder. J'ai vu une photo de vous deux à une soirée dans le journal.

Tom lui jeta un œil soupçonneux.

– Et qu'est-ce que Lucille a à voir là-dedans?

– Il faut que je commence par le commencement. Sinon, vous ne comprendrez pas, et je mélangerai tout. Ça m'arrive souvent, en ce moment. (Ses mains s'étaient mises à trembler, elle parcourut le bureau du regard, puis se pencha avec des airs de conspirateur.) Vous n'avez rien à boire, ici, non? Je suis sortie vers midi et je n'ai pas eu l'argent que j'attendais, alors je n'ai pas pu m'en acheter. (Tom la regarda froidement.) Eh, un verre ça me calmerait, je raconterais mieux mon histoire. Il n'y a pas de quoi en faire tout un plat, non?

Tom avait maintenant envie de mordre plutôt que de serrer les dents. Il avait l'impression que l'hystérie rentrée de la femme avait plus de rapport avec une crise d'éthylisme imminente qu'avec la disparition de sa fille, puis il se souvint brusquement d'une bouteille de whisky qu'un bleu lui avait offerte pour son anniversaire. C'était du whisky bon marché, et de toute façon il détestait le whisky, aussi la bouteille se trouvait-elle toujours quatre mois plus tard dans le tiroir de son bureau. Il fouilla celui-ci, en tira le whisky, dont il versa une rasade dans un gobelet en plastique, et regarda la femme l'engloutir d'un seul coup avec frénésie.

– Ça fait du bien. Un autre, ce serait encore mieux.

– Mrs. Stanton, je suis très occupé...

– Juste un, *s'il vous plaît*. J'ai les nerfs en pelote. Encore un et je pourrai raconter mon histoire.

Le second verre descendit aussi vite que le premier. Puis la femme serra les lèvres avec satisfaction, se détendit sur son siège et le regarda avec des yeux cernés d'une multitude de rides et de vaisseaux éclatés.

– Bon, comme j'ai dit, Joy a disparu. Depuis ce matin.

– Et vous ne venez en parler que maintenant?

– Ben, quelquefois, elle part pendant des heures. Je veux dire, pour travailler.

– Une gamine de six ans travaille?

Mrs. Stanton serra les mâchoires.

– Vous allez me laisser raconter, ou vous allez encore poser des questions idiotes?

– Allez-y. Je me tais.

– Bien. D'abord, il faut que vous sachiez que le père de Joy est mort il y a deux ans et qu'il a laissé plein de dettes et pas d'assurance-vie. Ça lui ressemblait tout à fait, à ce salopard. Un bon à rien.

Le martyre lui voilait encore davantage le regard, et son souffle s'accélérait.

– Oui, Mrs. Stanton?

– Eh ben, voilà pourquoi je dois prendre l'argent d'où il vient. Je veux que vous compreniez ça dès le départ.

– Je comprends. Continuez.

Mrs. Stanton s'éclaircit la gorge, mais sa voix demeura rauque.

– Aux environs de Halloween, cette femme est venue me voir, m'a dit qu'elle voulait faire une plaisanterie à quelqu'un et qu'elle voulait utiliser Joy. C'était une femme qui avait de la classe, mais d'abord, j'étais pas très chaude. Mais, comme j'ai dit, j'ai besoin d'argent, et elle m'a offert vingt dollars, juste pour emmener promener Joy pendant Halloween. La gamine pleurnichait depuis des jours parce qu'elle n'avait pas de joli costume – je lui ai dit de se mettre un sac en papier avec des trous pour les yeux, mais mademoiselle est bien trop raffinée; je crois que je l'ai trop gâtée – et cette femme a dit qu'elle achèterait un costume à Joy, *en plus* des vingt dollars. Alors j'ai dit : « Pourquoi pas ? Dieu sait qu'on a besoin de cet argent. » Elle est venue chercher Joy assez tôt, et la gamine est rentrée tout heureuse, en me disant qu'elle s'était bien amusée. Alors la fois suivante, quand la femme m'a demandé si elle pouvait prendre Joy pour une de ses plaisanteries, j'ai dit : « Oui, bien sûr. C'est-à-dire, avec une bonne contrepartie. »

– Mrs. Stanton, qu'est-ce que Joy a fait pour cette femme le soir de Halloween ?

– Elle dit qu'elle a simplement lié conversation avec une petite fille. Elle devait lui dire qu'elle s'appelait Hayley – vous savez, comme Hayley Mills –, qu'elle vivait dans une maison de rondins et que son papa était peintre. Des conneries dans ce genre-là. Et puis elle est allée sonner à une maison, où elle devait dire : « Des bonbons, ou je vous chatouille ! », un truc idiot.

Le cœur de Tom battait à se rompre.

– Qui était cette femme, Mrs. Stanton ?

– Je vous raconte d'abord mon histoire. Si vous ne savez pas tout, vous ne comprendrez pas.

– Mrs. Stanton, épargnez-moi les idioties !

Elle se redressa, indignée.

– Si vous êtes agressif, je ne dirai plus un mot !

Elle est ravie de son petit jeu, pensa-t-il avec colère. C'est son jour de gloire. Il avait envie de lui tordre le cou, mais se força à sourire.

– Je suis désolé. Allez-y.

– Et si vous me donniez un autre verre ? dit-elle avec nervosité. Vous m'avez fait peur à me dire des choses méchantes comme ça, déjà que je suis toute retournée.

Cette fois-ci, Tom lui offrit sans rechigner. Tout pour qu'elle continue à parler.

– Je m'excuse de vous avoir fait peur. Alors, qu'est-il arrivé ensuite, Mrs. Stanton?

– Eh bien, aujourd'hui, elle voulait deux choses : elle voulait Joy pour la journée et que je passe un coup de téléphone. Je commençais à la trouver vraiment bizarre avec ses histoires, mais elle m'a offert cinquante dollars à la fin de la journée, quand on aurait terminé, Joy et moi. Je devait appeler une femme du nom de Webb et dire que j'étais Donna Bell, l'infirmière de l'école, et que sa petite fille Melinda était très malade. On a répété, et j'étais pas mauvaise, si je peux me permettre. J'avais l'air vraiment classe, ajouta-t-elle avec un sourire vague. Mais la femme avait dit qu'elle ramenait Joy à trois heures. A cinq heures, j'ai commencé à m'inquiéter. Puis j'ai vu aux informations qu'une gamine qui s'appelait Melinda Webb avait disparu. C'était le nom de celle à propos de qui j'avais appelé. Elle avait disparu. Joy avait disparu. Alors, j'ai demandé au gardien – c'est un ami à moi – de me laisser entrer dans l'appartement de la femme.

– Vous connaissez le gardien de l'immeuble de cette femme?

– Évidemment! C'est le même que le mien. Elle habite au bout du couloir, mais ces deux derniers jours, elle a pas été beaucoup là. On a parlé deux ou trois fois, et elle m'a dit où elle travaillait. C'est comme ça qu'elle avait vu Joy, dans l'immeuble. Enfin, je suis rentrée et j'ai vu toutes ces orchidées de soie noire...

– Vous étiez dans l'appartement de qui? explosa Tom, incapable de se contenir plus longtemps. Bon sang, qui est cette femme?

Mrs. Stanton tressaillit.

– L'assistante de votre petite amie, Tina Morgan.

20

I

A huit heures, un dernier carré de journalistes demeurait planté avec obstination devant la maison, caméras vidéo pointées. La déclaration laconique de Tom trois heures auparavant n'avait servi à rien – ils attendaient encore l'information juteuse pour les journaux de onze heures. Le téléphone, qui n'avait cessé de retentir pendant une heure, était enfin, Dieu merci, retombé dans le silence – même si celui-ci était sinistre –, et David était assis, un bras autour des épaules de Caroline pour l'empêcher de trembler, lorsqu'un Greg furieux apparut en compagnie de Mercer, qui avait passé la journée avec eux.

– Pourquoi est-ce que je dois rester ici ? demanda-t-il d'un ton péremptoire. Pourquoi est-ce que je ne peux pas partir à la recherche de Lin ?

– Tu en as déjà fait assez, lui dit Tom. Tu as retrouvé la trace de Melinda jusqu'à Maple Drive et découvert une femme qui l'avait vue monter dans une Volkswagen.

– Mais la femme n'a pas vu le conducteur. Elle n'a aperçu qu'une gamine blonde avec Lin. Si vous me laissiez continuer à interroger les gens...

– Nous avons des hommes qui le font. En plus, nous croyons savoir qui conduisait.

– C'est vrai ? Qui ?

– Tina Morgan.

Greg regarda Tom, puis sa mère.

– Tina ! C'est insensé !

– Je sais que ça en a l'air. Mais Tom a beaucoup d'indices concluants.

– Je n'y crois pas.

Il s'assit sans ôter son blouson de cuir. George le regarda, attendant ses ordres.

– Pourquoi Tina ferait-elle une chose pareille ?

– Nous ne le savons pas, répondit Tom. Mais tout concorde. Apparemment, elle a engagé une petite fille de six ans appelée Joy Stanton pour faire ce qu'elle appelait des plaisanteries. C'est Joy, déguisée en clown, qui a abordé Melinda le soir de Halloween.

– Et la personne qui s'est introduite dans la maison et a saccagé la chambre de Lin, qui a laissé des messages écrits avec du *sang*, c'était Tina aussi ?

Tom acquiesça.

– Elle a aidé Lucy à redécorer cette maison. Elle avait accès aux clés.

– Mais les serrures ont été changées.

– Elle s'est débrouillée pour faire faire un double des nouvelles clés. Et le fait que ce soit Tina explique pourquoi le chien ne l'a pas attaquée. Elle avait veillé à se familiariser avec lui lorsqu'elle a travaillé ici.

– J'aurais dû m'en douter hier, intervint Lucy. Des caisses ont été renversées dans ma réserve, et un clown de chiffon a dégringolé – une poupée semblable à Twinkle, que Caroline m'avait donnée il y a des années. Je l'avais oublié, il était emballé depuis dix ans, depuis que j'ai emménagé dans mon appartement, mais Tina a dû le trouver il y a quelque temps. Lorsqu'il est tombé par terre, elle est devenue absolument livide, puis elle s'est reprise et m'a accusée, *moi*, de l'avoir utilisé pour effrayer ta mère. Elle a l'esprit vif, et c'est une très bonne comédienne. Quand je pense que j'étais là à me défendre de toutes mes forces!

– Où habite Tina? demanda Greg avec fureur.

– Nous avons déjà fouillé son appartement, et il est sous surveillance, Greg.

Celui-ci secoua la tête.

– Elle a tiré sur mon père, et maintenant elle a enlevé ma petite sœur. Bon sang! dit-il en frappant du poing sur le bras du fauteuil.

Le chien se mit à aboyer en accord avec l'humeur du garçon.

– Du calme, Greg, lui dit sa mère. Pourquoi n'emmènes-tu pas George à la cuisine? Donne-lui à boire, il a la langue qui tombe par terre. Et il a besoin de manger.

– Comment peux-tu être aussi calme? demanda-t-il.

Caroline se mit à pleurer en silence.

– Gregory, tais-toi et va nourrir le chien, lui dit son père.

– Je suis désolé, maman.

Il les regarda tous d'un air de défi.

– D'accord, je vais nourrir George, mais je ne resterai pas assis là à ne rien faire. Dès qu'il aura fini, je vais réunir des copains, et nous allons continuer à chercher.

– Je t'ai déjà dit que nous avions des hommes qui travaillaient à cela, dit Tom.

Greg lui lança un regard noir.

– C'est George qui a retrouvé la trace de Melinda jusqu'à Maple Drive, pas vos hommes.

– Mais il l'a perdue à partir de là, après qu'elle fut montée en voiture, lui répéta Tom d'un air patient. Toi et George, vous avez fait du bon boulot. Mais tu n'as que quinze ans, Tina est là dehors quelque part, et comme tu l'as dit, elle a tiré sur ton père et pris Melinda. Tu ne rendras service à personne en constituant la prochaine cible.

– Il a raison, Greg, dit son père. S'il te plaît, ne rends pas les choses plus difficiles qu'elles ne le sont déjà.

Le garçon les regarda d'un air mauvais, particulièrement Chris, toujours présent et mal à l'aise.

– Bon Dieu, marmonna-t-il avant de tourner les talons et de se diriger vers la cuisine avec George.

Le téléphone sonna pour la première fois depuis vingt minutes. Mon Dieu, faites que ce soit Melinda, par pitié, supplia Caroline. Faites qu'elle soit chez une amie et que ces fleurs ne soient qu'une plaisanterie, comme le coup de téléphone de l'école.

– Ames va y aller, dit Tom, mais Greg ne savait pas qu'il n'était pas censé répondre au téléphone, et il décrocha le premier.

– Maman! hurla-t-il de la cuisine. Maman, décroche, vite!

– Melinda, hoqueta Caroline, qui atteignait déjà le combiné. Melinda, ma chérie, c'est toi?

– Bonjour, maman, dit la petite fille. Melinda est encore vivante, mais plus pour longtemps.

Des frissons parcoururent Caroline, tandis qu'elle tentait de conserver son sang-froid.

– C'est Joy, lâcha-t-elle, ou bien Tina?

Elle entendit le sursaut à l'autre bout du fil.

– Tina, nous savons que vous avez Melinda. Nous le savons. Tout est terminé.

– Pas avant que vous ne m'ayez trouvée, dit Tina d'une voix normale. Pas avant que vous ne soyez venue me parler. *Seule.*

– Vous parler de quoi ? Je ne sais pas où vous êtes.

– Si, vous le savez.

– Tina, relâchez ma petite fille. *S'il vous plaît.*

– *Seule.* Pas de police.

La ligne fut coupée.

II

Minuit et demi. Caroline se retourna sur le lit. Elle était étendue là depuis une heure, essayant vainement de trouver le repos, tandis qu'Ames et Tom attendaient d'autres coups de fil au rez-de-chaussée. Avec l'aide du traitement que requérait son état, David, près d'elle, avait sombré dans un sommeil agité. Greg s'était retiré dans sa chambre, boudant en silence, et Tom avait expédié Lucy se reposer, au cas où on aurait besoin d'elle le lendemain matin, si Melinda n'était pas retrouvée. Il avait également demandé à Chris de rester plutôt que de regagner sa maison isolée.

Chaque fois que le sommeil gagnait Caroline, elle voyait le corps de Fidelia dans le hall, dans une mare de sang, et elle se réveillait en sursaut. Melinda baignait-elle déjà dans son sang elle aussi ? Ou bien la ravisseuse avait-elle décidé de lui faire attendre sa mort, comme Hayley ? La mort de Hayley aurait pu être évitée, pensa Caroline. Je n'ai rien fait, je m'en suis entièrement remise aux mains de la police, et voilà ce qui est arrivé.

– Mais cela ne se reproduira pas, murmura-t-elle en se levant. Cette fois-ci, je ne m'en remettrai pas aux autres. Si j'ai l'esprit clair, j'arriverai bien à trouver quelque chose. Il le faut.

Elle enfila un jean et un sweat-shirt et descendit, George sur les talons. Ames se trouvait dans le salon.

– Où est Tom?

– Il a fini par mettre la main sur Lowell Warren, le petit ami de Tina, qui se trouvait en congrès à Washington. Il a dit à Tom qu'il avait quitté sa femme et acheté une maison pour lui et Tina. Peut-être s'est-elle rendue là.

– Pourquoi personne ne me l'a-t-il dit?

– Vous êtes sous pression depuis des semaines, vous allez vous écrouler de fatigue. Il a demandé à ce qu'on vous laisse reposer le plus possible. Vous ne pouvez rien faire. Il s'est rendu à la maison.

– Vous croyez vraiment qu'elle a emmené Melinda là-bas?

– Il y a toujours une possibilité, dit Ames en détournant le regard.

Mais vous n'y croyez pas, pensa Caroline. Tina savait bien entendu qu'on pourrait la trouver là. Si elle raisonnait encore rationnellement, bien sûr. Mais peut-être n'était-ce plus le cas.

– Je vais faire du café, dit-elle avec abattement.

La jeune femme sourit, les yeux légèrement voilés de fatigue.

– Bonne idée. J'en ai besoin.

Combien de litres de café avaient-ils ingurgités depuis huit ou neuf heures? se demanda Caroline en branchant le percolateur. Elle s'assit à la table de la cuisine, fouillant les recoins de son esprit à la recherche d'un détail qui pourrait la mettre sur la piste de l'endroit où Tina avait bien pu emmener Melinda. Elle n'était pas venue travailler le veille, et aucun des hôtels des environs n'avait remarqué sa voiture. Mais elle avait dû attendre Melinda dans Maple Drive. Caroline ne comprenait pas comment Melinda avait pu monter avec elle. On lui avait maintes et maintes fois recommandé de ne jamais monter en voiture avec quiconque, à l'exception de la famille proche. Pourtant, elle avait apparemment quitté l'école avec Joy Stanton, et elles avaient toutes deux disparu avec Tina.

Lorsque le café fut prêt, elle en apporta à Ames, qui se trouvait de nouveau au téléphone. La jeune femme raccrocha, déçue.

– C'était Tom, annonça-t-elle. Tina ne se trouve pas là-bas.

– Non, je ne croyais pas qu'elle puisse s'y trouver.

– Tom dit qu'il n'y a même aucune trace de son passage à un moment quelconque. Mr. Warren lui a avoué que Tina n'avait pas encore emménagé, car le divorce risque de créer des problèmes. Lui vit là-bas tout seul depuis deux semaines.

– Je vois. Comment a-t-il pris la nouvelle?

– Il s'est mis en colère. Il n'y a pas cru, bien sûr. Il ne nous a donné l'adresse de la maison que pour prouver que Tina n'y dissimulait pas d'enfant. Pourtant, ajouta-t-elle, Tom semble avoir eu le sentiment que Mr. Warren était bouleversé, comme si, au fond de lui-même, il était conscient que quelque chose n'allait pas chez Tina. Il avait peut-être toujours refusé de l'admettre. Enfin, ce n'est que pure hypothèse.

– Nous en sommes tous réduits à cela – aux hypothèses. Personne ne sait même pourquoi Tina a pu faire ça.

– Tina, ou qui qu'elle puisse être.

Caroline lui jeta un regard interdit.

– Elle ne s'appelle pas Tina Morgan ?

– Si, peut-être, mais Tina Annette Morgan a disparu à Indianapolis il y a plus de dix-neuf ans. Quand elle avait six ans.

– Dix-neuf ans ? Six ans ? répéta lentement Caroline.

– Je sais. C'est trop proche de votre fille pour n'être qu'une coïncidence. Nous avons contacté la mère de la petite Morgan. Elle dit que Tina était brune, avec des yeux bruns. Ce sont des indices bien minces, et pourtant...

– Bon Dieu ! s'exclama Chris, debout sur le seuil, ses cheveux blonds lui tombant sur le front. Vous voulez dire que Tina serait une enfant qui a disparu à peu près à la même époque que Hayley ? Enlevée peut-être par le même pervers ?

– *Peut-être,* Mr. Corday. Nous n'en avons aucune preuve.

Le téléphone sonna de nouveau, et la jeune femme décrocha.

– Non, Mrs. Webb ne désire pas assister à votre débat télévisé demain, dit-elle tandis que Caroline retournait à la cuisine, bouleversée.

Chris la suivit et, tandis qu'elle s'asseyait, il leur servit deux tasses de café, puis s'installa à côté d'elle.

– Mon Dieu, Chris, que se passe-t-il ? gémit-elle en se prenant la tête dans les mains.

– Je ne sais pas, Caro. Je ne comprends pas du tout. Peut-être cette femme n'est-elle pas la même Tina Morgan. Enfin, où aurait-elle pu disparaître tout ce temps? Et si le ravisseur a tué Hayley, pourquoi n'aurait-il pas tué Tina?

– Qui sait quelle est la logique de ces gens? S'ils en ont une. Et peut-être les deux enlèvements n'ont-ils aucun lien entre eux. Nous ne savons même pas exactement quand Tina Morgan a disparu.

– Tu sais bien qu'ils ont un rapport, Caro. Cette femme a mis des fleurs sur la tombe de Hayley et a envoyé les mêmes aux enterrements des gens qui ont connu Hayley.

– Mais Tina! Elle paraissait tellement normale, tellement compétente. Pourtant, elle a tué trois personnes et en a blessé quatre. Et maintenant, elle a enlevé deux petites filles, dont une qu'elle veut tuer.

– Je te l'ai déjà dit, cette fois-ci sa méthode diffère. Les fleurs sont venues en premier. Puis le coup de téléphone. Peut-être est-elle en train de craquer, elle ne peut plus tuer.

– C'est une pensée réconfortante, j'aimerais pouvoir y croire. Je ne cesse de repenser à l'enterrement de Pamela Burke, dit-elle en levant la tête. Tina s'est montrée tellement gentille avec moi. Selon toute vraisemblance, elle venait de déposer le bouquet et voulait observer ma réaction. Lorsque j'ai failli m'évanouir, elle m'a fait sortir, nous sommes allées prendre un café, puis nous avons fait un tour en voiture. Elle m'a parlé de sa petite fille, qui est morte de leucémie l'été dernier.

– Où se trouve son mari?

– Il n'y en avait pas. Elle a dû supporter cela toute seule.

– Tu crois qu'elle a enlevé Melinda pour lui servir de substitut?

– Et elle veut la tuer?

Il eut une grimace.

– Non, bien sûr, c'est idiot. J'essaie simplement de trouver pourquoi elle fait ça.

– A cause de Hayley. Tout ceci est en rapport avec Hayley. Je voudrais bien que nous en sachions un peu plus sur le passé de Tina.

– Lucy ne sait rien? Elle a dû vérifier ses références.

– Non.

– Merde. Lucy avec sa philosophie du « suis ton intuition »! Cette fois-ci, elle aurait pu se retrouver dans les ennuis jusqu'au cou.

– Tina lui a fourni une raison très plausible à son absence de références, et tu sais combien elle est séduisante. Était. On avait toujours envie de la croire. (Elle réfléchit en silence.) Elle a raconté qu'elle avait travaillé à New York.

– Autant chercher une aiguille dans une botte de foin, dit-il en se renversant sur le dossier de sa chaise. Et pendant ce tour en voiture, où t'a-t-elle emmenée?

– A la réserve naturelle.

– A l'emplacement de la vieille usine de munitions? Je l'avais presque oubliée.

– Moi aussi. Je n'étais pas ravie quand nous avons atterri là. C'est un endroit tellement déprimant.

Elle demeura bouche bée.

– Mon Dieu! Tu parles d'un blocage subconscient! C'est là qu'elle a emmené Melinda! J'étais tellement bouleversée par la découverte d'un autre bouquet que cela ne m'a pas intriguée qu'elle m'ait emmenée là-bas, en me demandant si j'étais déjà venue. C'est une drôle de question à poser à quelqu'un qui a vécu ici toute sa vie. Elle attirait mon attention sur cet endroit, Chris.

Même à ce moment-là, elle devait savoir qu'elle allait enlever Melinda. Elle m'a conduite droit à sa cachette. Voilà pourquoi elle a dit au téléphone que je savais où la trouver!

– Il faut prévenir Ames, dit-il en se levant.

Elle le retint par le bras.

– Non! Elle m'a recommandé de venir seule.

– Tu ne peux pas y aller toute seule!

– Ne crie pas si fort!

Il retomba sur sa chaise.

– Chris, c'est à *moi* qu'elle veut parler. Si la police déboule là-bas, ils peuvent lui faire peur au point qu'elle tuera Melinda, si ce n'est déjà fait.

– Ils ne vont pas *débouler* là-bas, Caro. Ils savent gérer ce genre de situation.

Elle se pencha vers lui.

– Chris, nous parlons de ma petite fille. Et s'il s'agissait de Hayley? Tu courrais le risque de la faire tuer parce qu'il faut respecter la procédure? La dernière fois, nous avons scrupuleusement suivi les instructions de la police, et Hayley est morte. *S'il te plaît,* Chris, laisse-moi y aller et n'en parle pas à Ames.

Il la fixa un moment en silence.

– D'accord, dit-il enfin à contrecœur. Mais Tina n'a parlé que de la police. Elle n'a pas parlé de moi.

– Non, Chris, je ne veux pas...

– Je vais avec toi, ou je parle à Ames.

– Bon sang! fulmina-t-elle. Bon, d'accord.

Le téléphone avait de nouveau sonné, et elle entendait Ames parler dans l'autre pièce.

– Mais dépêche-toi. Il faut que nous sortions sans qu'elle le sache.

Ils se levèrent en silence. Chris s'esquiva par la porte

de derrière, tandis qu'elle prenait sa veste et regardait George, qui s'était approché en traînant sa laisse.

– Non, tu ne peux pas venir, murmura-t-elle en enfilant sa veste.

Le chien se dressa et posa ses pattes sur ses épaules. Il était si fort, si protecteur!

– D'accord, d'accord. Tu as montré que tu étais le meilleur pour retrouver Melinda.

– Mrs. Webb, où allez-vous? demanda Ames, qui entrait dans la cuisine au moment où Caroline se précipitait dehors. Mrs. Webb!

Caroline l'ignora. Chris effectuait déjà une marche arrière avec la jeep, et elle grimpa dedans avec George.

– Caroline, on ne part pas en pique-nique! protesta-t-il. Toi *et* le chien?

– Son flair est meilleur que le tien ou le mien. Maintenant, démarre, avant qu'Ames ne tire dans les pneus, ou ne trouve quelque chose pour nous arrêter.

La voiture bondit dans un rugissement, sous le regard d'Ames. A cette heure de la nuit, les routes étaient désertes, et le trajet parut durer une éternité. Caroline le pressait de conduire plus vite, mais, lorsqu'ils quittèrent enfin la route nationale pour pénétrer dans la réserve, elle eut soudain un frisson de doute. Tina avait un revolver. Elle était capable de tout. Peut-être n'auraient-ils pas dû venir. Peut-être auraient-ils effectivement dû laisser cela à la police. Puis elle pensa à Melinda toute seule, torturée peut-être, et son doute s'évanouit.

La nuit sans étoiles était si profonde qu'elle eut d'abord du mal à repérer la silhouette de la chaufferie de brique qui s'élevait sur trois étages. Lorsqu'elle était adolescente, cet endroit désert avait été le lieu de rendez-vous des jeunes des alentours, et plus d'une histoire de fantômes avait circulé autour des bâtiments en ruine où on avait autrefois fabriqué de la dynamite. La gigantesque chaufferie dans laquelle résonnait l'écho avait suscité un intérêt particulièrement morbide. Il y avait toujours eu là quelqu'un pour rôder la nuit à la recherche de vampires ou de loups-garous. Le vieux bâtiment avait ensuite été surveillé de près pour écarter les intrus, puis, au fil du temps, la surveillance s'était relâchée, mais Caroline savait que l'endroit n'était jamais redevenu le centre d'attraction qu'il avait été.

– Essayons d'abord la chaufferie, dit-elle à Chris.

– Ce n'est pas trop évident? Tu sais qu'il y a tout un réseau de tunnels sous la réserve, sans parler de tous ces petits bâtiments qui servent à entreposer la dynamite.

– Chris, elle a dit que je savais où elle se trouvait. Je ne crois pas qu'elle s'attende à ce que je la cherche dans un labyrinthe de tunnels. En plus, ces entrepôts sont fermés à clé.

– On peut forcer des serrures.

– Chris, la chaufferie. S'il te plaît.

Il quitta la route et arrêta la jeep. Ils ne pouvaient courir le risque de laisser entendre le moteur, ou le grincement du changement de vitesses sur la route gravillonnée qui longeait la chaufferie. Avant de descendre, Chris passa la main sous le siège et en retira une arme.

– C'est mon vieux P. 38, expliqua-t-il, et Caroline se souvint qu'il était un tireur émérite.

Ce mortel talent avait toujours paru en contradiction avec sa personnalité artistique, peut-être était-ce pour cela qu'elle l'avait complètement oublié.

– Tu le trimbales toujours avec toi?

– Seulement depuis qu'on m'a tiré dessus. Allons-y. Et reste *derrière* moi.

Ils laissèrent la voiture et se faufilèrent en silence vers la vieille carcasse du bâtiment. Lorsqu'ils se rapprochèrent, un grondement sourd monta dans la gorge de George.

– N'aboie pas, s'il te plaît, lui enjoignit Caroline.

George se calma, comme s'il avait compris, bien qu'il continue de tirer sur la laisse tandis qu'ils traversaient le terrain vague qui séparait la chaufferie de la route. Le chien alla droit à une fenêtre, pendant que Caroline et Chris tentaient de se dépêtrer d'un entrelacs de pieds de chèvrefeuille mort qui cédait sous leur poids, s'enroulait autour de leurs chevilles et faillit les faire tomber.

Se rapprochant, ils distinguèrent une faible lueur.

– Un feu, murmura Chris.

– Oh, mon Dieu. Elle met quelquefois le feu à ses victimes.

– N'y pense pas. C'est probablement pour se réchauffer.

Lorsqu'ils atteignirent la fenêtre, Chris tira son revolver et obligea Caroline à se baisser.

– Elle est peut-être là à nous regarder, on n'en sait rien, murmura-t-il. Ne te relève pas.

Caroline ferma les yeux tandis qu'il avançait en rampant et jetait un coup d'œil à travers la vitre assez basse.

– Tina est là, dit-il dans un souffle rauque.

– Et Melinda?

– Je ne la vois pas, mais la majeure partie du bâtiment est plongée dans l'obscurité. Je ne vois pas grand-chose d'autre que Tina assise devant un petit feu, qui regarde dans le vide. Mais Melinda est là, Caro. Il n'y a pas d'autre possibilité.

– Qu'allons-nous faire?

– Exactement ce qu'ils font au cinéma. La prendre par surprise.

Avant même qu'elle ait réalisé ce qu'il allait faire, Chris avait ramassé un gros caillou et l'avait lancé de toutes ses forces à travers la fenêtre. George se précipita à l'intérieur en aboyant comme un fou, et Chris le suivit, revolver pointé en avant. Tina se leva en poussant un hurlement, un cri aigu de cauchemar que Caroline n'oublierait jamais.

– Où est-elle? cria Chris, sa voix résonnant à travers le bâtiment tandis que Caroline s'introduisait par la fenêtre brisée. Où est Melinda?

– Maman!

Caroline tourna la tête sur sa droite. Sa fille se trouvait quelque part dans les ténèbres. George esquissa un mouvement dans sa direction, mais Tina hurla :

– Elle est bardée de dynamite!

Caroline se figea.

– Vous mentez?

– Oh non, je ne mens pas. Il y a beaucoup de dynamite ici. Pour la faire sauter, il suffit de vingt kilos de pression, et j'ai un détonateur. Je l'ai volé sur un chantier de la Burke Construction Company. Voilà qui aurait plu à Pamela, non?

La voix de Melinda, pleine de larmes, s'éleva dans l'obscurité :

– C'est vrai. Il y a plein de fils sur Joy et moi.

George bondit, mais Caroline le retint fermement par sa laisse.

Les yeux de Chris s'étrécirent.
– Détachez-les, Tina.
Elle lui rendit un regard froid, le visage hagard à la lueur vacillante du feu.
– Non.
– Si vous ne les détachez pas, je vais vous tuer.
Tina le fixa sans rien dire, et il braqua son arme sur sa poitrine.
– Non, ne tirez pas! cria Melinda. C'est Hayley, votre petite fille.
Le revolver trembla dans la main de Chris.
– Qu'est-ce qu'il y a, papa? Tu ne me reconnais pas?
Un voile noir passa devant les yeux de Caroline, lorsqu'une voix de petite fille sortit de la bouche de Tina. La voix de Hayley.
– Hayley est morte, dit Chris d'un ton ferme. Son corps a été retrouvé il y a dix-neuf ans.
– Tu veux dire, *un* corps a été retrouvé il y a dix-neuf ans. (Tina s'avança plus près du feu.) Le corps d'une petite fille de six ans, brûlée, décapitée, avec auprès d'elle mon médaillon avec vos photos à l'intérieur.
Caroline ferma les yeux. La description exacte du bijou était un détail que la police n'avait jamais divulgué. Elle reprit son souffle et tenta de parler, mais rien ne sortit. Elle crut qu'elle allait de nouveau s'évanouir.
– Vous êtes Tina Morgan, dit Chris d'un ton morne. Vous êtes Tina Morgan, qui a disparu à Indianapolis il y a près de vingt ans.
– J'ai connu Tina. Un petit moment. Jusqu'à ce que...
Sa voix mourut, et elle fixa sur eux un regard vide.
– Jusqu'à ce que quoi? demanda Chris.
– Je garde Tina vivante. Elle est vivante à l'intérieur

de moi. Je crois que, dans un sens, je suis Tina. Quelquefois, j'oublie que je ne le suis pas. (Elle secoua légèrement la tête, comme pour s'éclaircir les idées.) Mais je n'oublie pas toujours.

Un tremblement s'était emparé de Caroline.

– Tu veux dire que tu es véritablement Hayley?

– Je suis les deux, maintenant.

– Je vois, dit-elle en déglutissant. Vous avez toutes les deux été enlevées par la même personne?

– Oh oui!

– Qui? demanda Chris.

– Garrison Longworth.

– Je sais maintenant que vous mentez, dit-il. Il se trouvait en Italie.

Le visage de Tina s'anima, et elle eut un petit sourire narquois.

– Ah oui, vraiment? Je suppose que vous avez cru ce que vous a raconté Harry Vinton, sans chercher plus loin? (Elle s'exprimait maintenant d'une voix d'adulte.) Cet été-là, il est rentré parce qu'il avait perdu les pédales. Il avait probablement fait quelque chose à une petite fille là-bas, et sa femme l'avait quitté. Il avait honte et voulait que sa présence au manoir demeure secrète. Maman était partie toute la journée, toi tu étais occupé à peindre, aucun de vous ne l'a jamais vu. Mais moi, si. Il jouait avec Twinkle et moi, mais il disait que c'était un secret. Et puis il m'a tendu un piège, dit-elle tandis que son assurance s'évanouissait. Il s'est habillé comme Twinkle, et il m'a cachée ici dans les tunnels. Millicent savait qu'il m'avait enlevée, mais elle n'a rien fait. Pas même quand je l'ai suppliée. Je suppose que Harry Vinton a tout deviné, mais ils ont acheté son silence. Pamela aussi m'a vue. Quand Garrison a quitté la ville avec moi, elle m'a vue dans la voiture. Mais elle n'a rien fait. Elle est partie, c'est tout.

Caroline et Chris demeurèrent pétrifiés devant la jeune femme. Puis Chris dit d'une voix monocorde :

– Vous-ne-pouvez-pas-être-Hayley.

Elle sourit.

– Pourquoi, papa ? Parce que je ne ressemble pas à ta petite fille ? Je suis adulte, tu sais. Mes cheveux sont teints, et je porte des lentilles de contact. Mais je ne les ai pas pour l'instant, et si la lumière n'était pas si mauvaise ici, tu verrais que j'ai les yeux bleus, comme les tiens.

– C'est *vrai*, intervint Melinda. Je les ai vus.

– Toi, la ferme ! aboya Tina.

Sa colère soudaine effraya encore plus Caroline. Elle devait détourner l'attention de Tina.

– Quel était le corps qui a été identifié comme le tien ?

– Celui de Tina Morgan, je suppose. Garrison l'avait enlevée à Indianapolis. Je me souviens du nom de la ville parce que ça donnait l'impression que des Indiens y vivaient. C'est ce que j'ai pensé, même si je ne voyais rien. En tout cas, un soir, il l'a enlevée. Il a dit qu'il allait lui acheter une glace. Puis il a dit que c'était juste une petite fille laide, qu'elle n'était pas aussi jolie que moi. Elle ne valait pas la peine d'être gardée. Mais moi, je la trouvais jolie, dit-elle d'une voix frémissante. Je l'aimais bien.

Tina parut s'étouffer, puis reprit son sang-froid et continua.

– Il a dit qu'il allait nous ramener ici toutes les deux, chez moi. J'étais tellement heureuse. Mais il n'a fait que nous ramener dans les environs pour pouvoir la tuer. Il m'a obligée à le regarder la tuer dans les bois. Il lui a coupé la tête et il l'a brûlée, tout ça parce que personne ne m'avait aidée. Si l'un d'entre eux avait parlé, il n'aurait pas pu lui faire de mal. Elle est morte à cause de moi. A cause d'eux. Pamela. Millicent. Harry Vinton. *Garrison.*

Son visage s'anima, des larmes brillèrent sur ses joues à la lueur du feu. L'estomac de Caroline se serra, et elle comprit qu'elle se trouvait bien en face de Hayley. Elle pensa, avec un mélange d'allégresse et d'horreur : C'est ma petite fille. Et une meurtrière.

– Garrison a dit que je devais voir la violence, parce que le monde est plein de violence, continua Hayley. Il a dit aussi que je devais voir ce qui m'arriverait si j'essayais de m'enfuir. Mais c'était tellement épouvantable. Elle criait, criait! Il y avait tellement de sang! Sa tête... le feu... (Elle frissonna, puis sourit.) Vous savez que même Millicent a cru que c'était moi qu'il avait tuée? Il ne voulait pas qu'elle sache la vérité. Pourtant, elle ne l'aurait pas dénoncé, de toute façon. Elle était folle.

– Mais il y a eu une autopsie, protesta faiblement Chris.

Hayley haussa les épaules.

– C'était une enfant. Pas de tête, pas de dents. Brûlée, pas d'empreintes. Le même âge. Mon médaillon.

– Mais le groupe sanguin était identique, insista Chris.

– J'ai pensé à ça. C'était le seul moyen par lequel on aurait pu savoir qu'il ne s'agissait pas de moi. Soit il se trouvait qu'elle était du même groupe que moi, soit Harry Vinton a acheté un médecin légiste. Certaines personnes feraient n'importe quoi pour de l'argent.

Elle parle de façon tellement prosaïque, pensa Caroline, hébétée. Prosaïque et effrayante.

– Que s'est-il passé après que Garrison eut tué la petite fille? demanda-t-elle pour gagner du temps, se demandant comment ils allaient réussir à sauver Melinda, Joy *et* Hayley.

– Garrison m'a emmenée en Californie. Il m'a dit que mes parents ne voulaient plus de moi. S'ils avaient voulu de moi, ils seraient venus me chercher. Mais vous ne m'avez pas cherchée.

– Mais si, Hayley, s'écria-t-elle. Nous avons même engagé des détectives privés pour te retrouver après que ton corps eut été identifié. Mais il n'y avait aucune trace.

– C'est ce que tu dis. Enfin petit à petit, j'ai commencé à oublier cet endroit, même si papa et toi, je ne vous ai jamais complètement oubliés. Quelquefois, j'ai pensé que j'avais dû vous inventer en rêve. La seule chose réelle, c'était Garrison. (Elle manqua de nouveau s'étouffer.) Il me faisait mal. Il me faisait tellement mal.

Une vague de nausée submergea Caroline à la pensée de sa belle enfant aux mains d'un pervers sexuel.

– Je suis désolée, murmura-t-elle.

– J'étais tellement perturbée, continua Hayley presque comme si elle parlait toute seule. Il m'achetait des jouets. Il m'emmenait dans des tas d'endroits. Il m'apprenait des choses. Il disait que c'était comme ça qu'une vraie dame apprenait – avec un précepteur. Voilà pourquoi je connais tellement bien la décoration – il achetait des livres en quantité, des livres sur les antiquités, la porcelaine, le cristal. Mais il me faisait *mal*. Et plus je grandissais, plus je le haïssais pour cela.

Il disait toujours que c'était le prix que je devais payer parce qu'il m'avait prise alors que mes parents ne voulaient pas de moi, mais je savais que ce n'était pas bien. Il ne me quittait jamais des yeux. Il ne me laissait jamais regarder la télévision ou écouter la radio. Mais il m'a laissé Twinkle. (Elle jeta un regard furieux à Caroline.) Et tu l'as mis à la poubelle! Je passais en voiture tous les soirs devant chez toi, et j'ai trouvé Twinkle dans la poubelle!

C'était donc bien réellement Twinkle que Caroline avait découvert dans la chambre de Melinda, et non la poupée de Lucy. Caroline savait qu'elle ne s'était pas trompée.

– Je suis désolée pour Twinkle, dit-elle. C'était une erreur.

– Cela n'a pas d'importance. Je l'ai récupéré.

Chris avait baissé son arme, et Caroline vit que sa main tremblait. Alors, lui aussi, il la croit, pensa-t-elle. Il sait qu'il se trouve en face de sa fille.

– Comment as-tu échappé à Garrison?

– Nous avions déménagé. Nous déménagions souvent pour que les gens ne soupçonnent rien, je suppose. Nous nous trouvions dans le Maine, dans un endroit complètement désert. C'était à des kilomètres d'une ville, et Garrison ne me laissait jamais y aller. Et je savais ce qui m'arriverait si j'essayais. Mais une nuit, il... il m'a *vraiment* fait mal. Pire que jamais. (Caroline frissonna.) Je ne sais pas ce qui m'a pris, dit Hayley d'un ton rêveur. J'ai couru dans le salon, j'ai ramassé un tisonnier et je me suis mise à le frapper. J'ai cru que je l'avais tué. Je voulais le tuer. Puis j'ai pris Twinkle, les clés de la voiture et tout l'argent qu'il gardait dans la chambre, et je suis partie. Je n'avais que quatorze ans. A mi-chemin de la ville, je suis rentrée dans un arbre, et j'ai dû marcher le reste du chemin. Puis j'ai pris un autocar, je suis allée à New York et je me suis mise à mon compte, comme on dit.

– A *quatorze ans*? dit Caroline avec un hoquet.

Hayley haussa un sourcil.

– Beaucoup d'hommes aiment les jeunes filles.

– Je ne peux pas y croire, dit Chris.

Elle le regarda d'un air farouche.

– Qui d'autre aurait pu avoir Twinkle? Qui aurait pu savoir « Des bonbons ou je vous chatouille! »? Je t'ai vraiment fait peur, avec celle-là, hein, maman?

– Oui, Hayley, dit celle-ci, la bouche sèche et la voix enrouée.

– Dans la réserve aussi. Lucy était tellement absorbée par ce qu'elle faisait qu'elle n'a pas remarqué que je m'étais éclipsée une minute quand j'ai vu ta voiture entrer sur le parking.

– C'était très sournois de ta part.

– Je sais. Et le fait que j'aie obtenu ce travail avec Lucy, qu'est-ce que tu en penses? Tu comprends, il y a quelques années, j'ai commencé à me souvenir de tout, mais je n'aurais rien fait. Je croyais que vous ne vouliez pas de moi, j'avais un ami et une petite fille que j'aimais, je n'avais pas besoin de vous retrouver. Et puis Valerie est morte. Et *lui* m'a laissée tomber. Après tout, je n'étais qu'une ancienne prostituée. Il ne me devait rien. Et je savais que, si vous aviez essayé de me retrouver il y a des années, si Millicent ou Pamela avaient parlé, rien de tout cela ne serait arrivé. Alors, j'ai décidé de revenir pour remettre les choses en place. Mais je devais me montrer futée. Je me suis procuré la clé de ta nouvelle maison, maman. Puis tu as fait changer les serrures, mais quand ton mari t'a appelée pour te dire qu'on avait tiré sur papa et que tu es montée à l'étage, au magasin, j'ai pris ta nouvelle clé et j'en ai fait une empreinte pour la copier. Et je surveillais tout le monde. *Tout le monde*. Je n'ai été surprise que par Garrison. Je n'arrivais pas à croire qu'il soit revenu ici. Mais j'en étais contente, parce que cela signifiait que j'allais le tuer.

Elle s'était rapprochée du feu, et ses yeux bleus étincelaient d'une lueur fébrile, tandis qu'elle serrait le poing d'un mouvement convulsif.

– Mais il a encore gagné, vous savez? Il m'a échappé encore une fois. Je n'ai pas pu le tuer comme je le voulais.

Caroline se raidit. Étaient-ce des pneus qu'elle venait d'entendre sur le gravier? La police les avait-elle suivis? Hayley semblait ne rien avoir remarqué, pourtant, et Caroline demanda vivement :

– Et le gardien du cimetière?

Hayley sursauta et leva les yeux, comme si elle venait d'apercevoir celui-ci.

– J'étais en train d'ôter les fleurs de la tombe de Pamela, et, soudain, il était là. Il m'a jetée par terre. Il a essayé de m'enlever mes vêtements, de les déchirer. Il m'a giflée. Ma perruque – ma perruque de Twinkle –, il l'a arrachée en riant. Je n'ai pas cessé de lutter, je lui ai arraché son arme et j'ai tiré. J'aurais bien aimé qu'il meure, lui aussi, dit-elle en serrant les dents. Mais il y a pire que la mort. Je le sais.

Caroline éprouvait tout à la fois l'envie de pleurer, de hurler et de s'enfuir en courant.

– Hayley, je suis tellement désolée de tout ce qui t'est arrivé, dit-elle doucement. Surtout pour Valerie.

Hayley se décomposa.

– J'avais une petite fille. C'est la seule personne qui m'ait jamais aimée. Et elle est morte.

Caroline fit un très léger pas en avant. Hayley leva un revolver caché dans les replis de sa jupe et le braqua sur elle.

– Tu ne veux pas me tirer dessus, Hayley.

– Non, mais je le ferai.

Caroline repoussa sa peur, se força à parler avec calme.

– Hayley, Valerie n'est pas la seule personne qui t'ait jamais aimée. Ton père et moi, nous t'aimions.

– Vous m'aimiez tellement que vous avez cessé de me chercher?

– Je te l'ai dit, nous n'avons pas cessé.

Elle leur jeta un regard froid.

– Je ne vous crois pas.

– C'est pourtant vrai.

Maintenant, elle le percevait distinctement, ce bruit : quelqu'un se déplaçait derrière la fenêtre brisée, on piétinait les herbes. Elle se trouvait plus près de la fenêtre que Hayley, qui ne semblait toujours rien entendre, mais parla plus fort pour couvrir le bruit.

– J'ai toujours été persuadée que tu n'étais pas morte. Je n'aurais jamais dû cesser de te chercher.

– Non, tu n'aurais pas dû, dit méchamment Hayley. Et tu n'aurais pas dû avoir d'autres enfants à ma place, surtout une autre petite fille.

– Hayley, ma chérie, ce n'est pas de la faute de Melinda, dit-elle en s'avançant légèrement. Tu ne peux pas punir Melinda pour l'erreur que nous avons commise.

– Une erreur? Ce qui m'est arrivé, tu appelles ça une *erreur*?

– C'était de ma faute, intervint Chris d'une voix chevrotante. Tout était de ma faute. Si je ne t'avais pas laissée sur la colline ce soir-là...

– Mais tu l'as fait, n'est-ce pas? C'est pour ça que je t'ai tiré dessus. Pour te punir. Mais je ne voulais pas te tuer. Si je l'avais voulu, je l'aurais fait.

Le sourire rusé de Hayley réapparut.

– Demande-moi pourquoi je ne t'ai pas tué.

– Pourquoi ne m'as-tu pas tué? dit-il d'un ton morne.

– Parce que tu es mon papa.

Elle avait de nouveau l'air d'une petite fille.

– Tu ne voulais pas me faire de mal. Les autres, si.

– Pas Fidelia. Pas mon mari, intervint Caroline.

– Je ne les ai pas tués, non? Lucy m'a dit que vous partiez. Il fallait que je tire sur ton mari pour vous en empêcher. Et cette femme de ménage s'est trouvée sur mon chemin. Et elle m'a vue.

Caroline se rapprocha encore. Elle pouvait voir la sueur briller sur le visage de Hayley.

– Mais, bien qu'elle t'ait vue, tu ne l'as pas tuée. Jusqu'à présent, tu n'as tué que ceux qui t'avaient fait du mal il y a longtemps. Joy ne t'a rien fait, Melinda non plus, tu ne peux pas les tuer.

– Oh si, je peux!

– Valerie voudrait-elle que tu tues ta propre sœur?

La perplexité se peignit soudain sur les traits de Hayley.

– J'aimais Valerie. Elle m'aimait, répéta-t-elle comme une litanie. Mais, quand elle est morte, personne ne m'a aidée. Même à ce moment-là. Il est parti. J'étais seule de nouveau. Comme avant. J'étais seule.

– Mais tu ne l'es plus, continua Caroline avec désespoir. Papa et maman sont là.

– Vous ne vivez même plus ensemble! cria-t-elle en resserrant ses mains sur son revolver. Et toi, tu as eu d'autres enfants. Le garçon, ce n'est pas encore trop grave, mais *elle*! jeta-t-elle en agitant l'arme dans la direction de Melinda.

Le cœur de Caroline battait à se rompre.

– Hayley, écoute-moi. Les choses ne peuvent plus être comme avant, même si tu tues Melinda.

– Je le sais bien, dit-elle avec un ricanement. Tu me prends pour une idiote? Mais je ne le suis pas. Je n'avais pas l'intention que tu découvres qui j'étais. Je voulais juste te côtoyer en tant que Tina. Et je voulais épouser Lowell et avoir un autre bébé.

Caroline inspira profondément.

– Tu voulais avoir un autre enfant exactement comme moi après que tu as disparu.

Hayley se figea.

– Ce n'est pas pareil!

– C'est exactement la même chose.

– Non, dit-elle avec colère. Ma petite fille est morte. Moi, je ne suis pas morte. Tu as simplement décidé que je l'étais parce que c'était plus simple. Et tu as eu une autre petite fille pour prendre ma place. Je la *déteste*! hurla-t-elle.

– Non, tu ne la détestes pas! cria Caroline. Tu l'aimes, sinon, tu l'aurais déjà tuée!

– Je vais la tuer!

– Non. Tu ne peux pas. Tu veux que je t'en empêche. Depuis le début, tu veux que je t'en empêche. Voilà pourquoi tu m'as dit : « Au secours, maman! » Tu n'as même pas essayé de dissimuler ton identité à la mère de Joy. Tu pensais qu'elle parlerait bien avant.

– C'est faux.

– Oh non, c'est vrai! Mais maintenant, tu ne peux pas aller plus loin. Tu ne peux pas tuer une petite fille qui t'aime.

– Elle ne m'aime pas.

– Si, dit Melinda. Je t'aimais quand tu étais Tina. Tu étais tellement gentille avec George et moi. Je croyais que tu m'aimais bien. Tu disais que, si tu avais une petite fille, tu voudrais qu'elle me ressemble.

– Non, je n'ai jamais dit ça.

Elle parut hésiter.

– Je ne me souviens pas.

– Tu as bien dit ces choses, reprit Caroline. Hayley, tu ne peux pas tuer ta propre petite sœur.

– Je le ferai... Je...

Hayley leva les mains à sa tête, désemparée, et son arme se trouva pointée en direction de Caroline.

Un coup de feu éclata dans l'ombre, à l'autre extrémité de la chaufferie. Des éclats de brique jaillirent lorsque la balle s'écrasa contre le mur. Caroline poussa un cri. Les petites filles se mirent à hurler. Hayley recula, jetant des regards fous autour d'elle.

– Tu as amené la police!

– Non!

Qu'ils aillent au diable! pensa frénétiquement Caroline. Ils s'étaient introduits par une autre entrée et allaient pousser Hayley à commettre l'irréparable.

– Hayley, je ne les ai pas amenés! répéta-t-elle en tentant de percer l'obscurité. Cessez de tirer!

– Jetez votre arme!

Une voix d'homme. Des pas qui résonnaient sur le sol de ciment froid.

– J'ai dit : « Jetez votre arme! »

Hayley se retourna, et, à la lueur du feu, Caroline distingua le détonateur.

– Chris! hurla-t-elle, mais sa voix se perdit dans l'explosion fracassante du coup de feu que tirait celui-ci.

Hayley se raidit, se retourna pour lui jeter un regard de stupéfaction peinée, puis s'effondra en avant.

– Je l'ai touchée à la cuisse, cria Chris.

Les petites filles poussaient des hurlements hystériques tandis que George aboyait de toutes ses forces. Caroline distingua vaguement des hommes qui grimpaient par la fenêtre ouverte, pendant que Chris et elle se précipitaient vers Hayley. Chris posa son arme et retourna doucement sa fille.

Dans sa chute, son nez s'était mis à saigner, et elle le regardait avec des yeux semblables aux siens.

– Je n'ai pas pu le faire. J'allais juste m'enfuir.

Puis, dans un éclair, elle se saisit du revolver, le porta à sa tempe et tira.

Épilogue

Ainsi, elle avait perdu Hayley une seconde fois.

Caroline n'avait que des souvenirs fragmentaires de ce qui s'était passé après la mort de celle-ci : l'arrivée de Tom dans une seconde voiture de police, la première les ayant découverts après l'avis de recherche lancé par Ames ; les pompiers déboulant toutes sirènes hurlantes pour désamorcer la bombe posée sur Joy et Melinda ; une ambulance emmenant le corps de Hayley ; Chris les reconduisant à la maison, elle et Melinda, et les abandonnant à contrecœur aux soins de Greg et de David bouleversés et muets.

L'enterrement fut un cauchemar. Des foules entières se déplacèrent pour assister à la mise en terre d'une femme qui avait assassiné trois personnes et enlevé deux petites filles. Elles lancèrent des épithètes tout autant que des pierres, des gobelets et des paquets de cigarettes vides. Je crois que plus jamais je ne serai capable d'aimer les gens, pensa froidement Caroline en se dirigeant vers la tombe. La police lutta pour contenir la foule sans interrompre la cérémonie, mais ses efforts demeurèrent vains. Même la première neige de la saison, qui tombait en un voile épais sur les tertres bruns du cimetière vallonné, ne put contenir l'enthousiasme barbare de la foule, et Caroline sut qu'elle devrait faire garder la tombe jusqu'à ce que la fureur s'apaise.

David, l'air pâle et malade, l'avait accompagnée. C'était son premier jour de sortie, et il n'était guère obligé de s'imposer tant d'efforts, mais il avait insisté. Il se tenait près d'elle, appuyé sur ses béquilles, un sourire d'encouragement se dessinant sur son visage tendu lorsque leurs regards se croisaient. Chris se tenait seul, les mains serrées, les yeux creux, et Caroline comprit qu'il était encore plus accablé qu'elle par la réapparition et la mort de Hayley, peut-être parce qu'il n'avait personne dans sa vie pour l'aider à amortir le choc. Ils n'avaient pas eu l'occasion de parler depuis cette terrible nuit à la chaufferie, et, le service à peine terminé, il se détourna et s'éloigna d'un pas raide.

Caroline prit le bras de David pour l'aider à descendre la colline, et Lowell Warren se dirigea vers eux. Il paraissait avoir vieilli de dix ans depuis la dernière fois qu'elle l'avait vu à une réception l'année précédente.

– Mrs. Webb, je sais qu'il n'y a rien à dire dans de telles circonstances, articula-t-il d'une voix nouée, et Caroline vit des larmes naître dans ses yeux. Je veux que vous sachiez que j'aimais beaucoup Tina – Hayley.

Elle eut un pauvre sourire, consciente de l'hostilité de la foule qui s'attardait à les regarder.

– Je crois qu'à l'exception de son père, de sa sœur et de moi, vous êtes le seul à l'avoir aimée.

Les rides verticales entre les sourcils de Lowell s'accentuèrent.

– Nous avons tous une face cachée. Celle de Hayley a simplement pris le dessus à cause des choses horribles qui lui sont arrivées. Mais même ce monstre de Longworth n'a pas pu la détruire totalement. Elle a encore été capable de m'aimer, d'aimer sa petite fille, et Melinda. Nous devons nous souvenir de ce côté-là, Caroline.

Celle-ci étouffa un sanglot et étreignit impulsivement Lowell. Il tremblait mais lui rendit son étreinte farouchement. Tandis qu'elle aidait David à monter en voiture, elle se retourna pour le regarder. Les mains dans les poches de son manteau, il fixait le cercueil que l'on se préparait à descendre en terre.

Pendant les deux jours qui suivirent, Caroline demeura étendue dans sa chambre, amorphe, la tension de ces dernières semaines l'ayant finalement rattrapée. Ils avaient décidé de ne pas envoyer Melinda à l'école pendant une semaine, pour donner le temps à l'agitation de retomber, et la petite fille, qui semblait s'être merveilleusement remise, joua les infirmières auprès de ses parents, leur apportant des jus de fruits et bavardant sans interruption.

– Fidelia se remet très bien, tu sais, annonça-t-elle un matin à sa mère. Papa dit qu'elle a eu un petit os de son cou qui s'est fêlé, mais pas cassé. Elle était inconsciente parce qu'elle avait une componction cérébrale.

– Une commotion, rectifia Caroline en buvant son jus de fruits avec une paille rayée.

– Oui, eh bien, j'ai parlé avec elle ce matin au téléphone, et elle a dit qu'elle voulait me voir dès qu'elle irait mieux.

– Je pourrai peut-être t'emmener quand elle rentrera chez elle.

– Ce serait chouette, dit Melinda, rayonnante. Tu veux que je te redresse ton oreiller?

– Non, ma chérie. Tu viens de le faire il y a cinq minutes.

David lui avait donné un vieux stéthoscope, qu'elle brandit pour ausculter sa mère. Celle-ci soupira et se laissa faire.

– Cent cinquante battements à la minute, annonça-t-elle après avoir longuement cherché le cœur. C'est bien.

– Tu m'en vois ravie.

Bien qu'elle semble en pleine forme, Caroline s'inquiétait de l'effet qu'avaient eu sur Melinda l'enlèvement et le suicide de Hayley, aussi lui posa-t-elle de temps en temps quelques questions prudentes.

– Melinda, pourquoi es-tu partie avec Joy ce jour-là après l'école?

Sa fille s'assit sur le bord du lit.

– Quand elle est venue me voir, je lui ai dit de s'en aller parce que je pensais qu'elle était un fantôme. Elle a ri et m'a demandé de la toucher. Elle a dit que, si elle était un fantôme, ma main la traverserait. Elle ne l'a pas fait. Puis elle a dit qu'elle était venue me prévenir que George s'était enfui et avait été renversé par une voiture. Elle a dit qu'elle allait m'emmener près de lui.

Ce ne pouvait être que quelque chose de ce genre, pensa Caroline. L'inquiétude pour son chien adoré lui avait fait oublier les centaines de recommandations de ses parents.

– Tina, ou Hayley, était là dans sa voiture. Elle est sortie, m'a dit que tu avais déjà emmené George chez le vétérinaire et qu'elle allait m'y conduire.

– Est-ce qu'elle vous a fait mal, à Joy ou à toi?

Melinda baissa les yeux.
– Non. Mais elle avait un revolver et elle le braquait sur nous. C'est comme ça qu'elle nous a fait tenir tranquilles pendant qu'elle nous attachait.
– Tu avais très peur?
– Très, très peur. (Elle releva les yeux et fronça les sourcils.) Mais au fond, je ne croyais pas que Tina nous ferait vraiment du mal. Même quand elle a mis les fils en disant qu'ils étaient reliés à de la dynamite, je n'ai pas cru qu'elle nous ferait sauter. Je crois qu'elle ne savait plus où elle en était. Elle n'arrêtait pas de parler toute seule et de m'appeler Valerie.
– Valerie était sa petite fille, qui est morte.
– Oh, c'est triste. Alors, Valerie aurait été ma... cousine?
– Nièce. Ça te gêne de savoir que Hayley était ta sœur?
Melinda haussa les épaules.
– Je ne sais pas. Elle était jolie. Et elle était gentille avant, même si après elle ne savait plus où elle en était. Je sais qu'elle ne voulait pas faire de mal à Fidelia ou à papa, ou à ton premier mari. Et elle n'a pas fait de mal à George. Les gens qui sont bons avec les animaux sont des gens bien. (Ses yeux s'emplirent de larmes.) Mais elle s'est tiré une balle dans la tête!
– Tu l'as vue?
– Non, j'avais les yeux fermés. Mais j'ai entendu.
Caroline serra l'enfant dans ses bras. Un jour prochain, David et elle l'emmeneraient voir un psychiatre pour faire un diagnostic, mais pour l'instant, le mieux semblait être de lui fournir tout le réconfort nécessaire.
– Ce dont tu dois te souvenir, c'est que maintenant tout va bien pour Hayley, dit-elle doucement. Elle est

probablement beaucoup plus heureuse qu'elle ne l'a jamais été lorsqu'elle était vivante.

– Tu crois ?

Caroline hocha la tête.

– C'est parce qu'elle est au ciel avec Valerie ?

– Oui, je suis sûre.

– Alors, elle sera sûrement contente de nous voir, toi, moi et George quand on ira au ciel nous aussi, dit-elle avec un soupir. Tu veux une autre couverture ?

– Oui, ce serait parfait.

Le lendemain, Caroline se dit qu'elle avait passé suffisamment de temps à se prélasser au lit. Hayley était morte, mais elle avait un mari et deux enfants bien vivants. Elle décida de célébrer cette matinée, et lorsqu'elle atteignit la cuisine, inondée d'un soleil hivernal, elle les trouva tous déjà réunis. Greg était à table, tandis que Melinda s'affairait autour de son père en lui demandant s'il voulait qu'elle lui prenne le pouls.

– Ma puce, je vais très bien, lui dit-il avec bonne humeur. Pourquoi ne t'assieds-tu pas, au lieu de jouer les Florence Nightingale ?

– Je ne suis pas Florence Nightingale, je suis l'infirmière Lèvres en feu Hoolihan de M.A.S.H. Tu veux que je te prenne ta température ?

– Tu l'as déjà prise trois fois ce matin. Va prendre celle de Greg.

– Personne ne lui a tiré dessus. Allez, papa, encore une fois ?

David céda en gémissant. Au bout de quelques secondes, Melinda reprit le thermomètre.

– Deux cent dix degrés.

– Je me disais que je me sentais un peu chaud.

– Microbe, si la température de papa était aussi forte, il s'enflammerait tout seul, dit Greg en riant.

– Tu vas prendre feu? demanda Melinda en regardant son père avec inquiétude.

– Je n'ai pas entendu parler de cas de combustion spontanée, ces derniers temps. Je crois que tu as dû mal lire le thermomètre.

– Oh, dit-elle en regardant l'objet avec perplexité.

– Voilà la première tournée de pancakes, annonça Caroline avec une gaieté forcée.

Malgré ses efforts, elle ne parvenait pas à se débarrasser de la dépression qui s'était abattue sur elle lorsque Hayley avait porté l'arme à sa tempe.

– Greg, tu veux ôter les saucisses du feu?

– Ça me paraît délicieux, Caroline, dit son mari.

– Nous avons même du sirop d'airelle pour accompagner les pancakes.

– Il faut en garder pour George, remarqua Melinda. Il adore les pancakes au beurre et au sirop.

Elle s'assit tandis que Caroline retournait à la poêle.

– Tu ne manges pas, ma chérie? demanda David.

– Dans une seconde. Je vais juste mettre en route une deuxième fournée.

En fait, elle réprimait son envie de pleurer. Elle avait essayé trop tôt. Elle ne pouvait pas se sentir le cœur léger alors qu'elle avait enterré sa fille trois jours plus tôt. Peut-être n'aurait-elle plus jamais le cœur léger.

– Allez, on attaque, dit David avec entrain.

– Attends, dit Melinda. Le sirop d'airelle!

– Il est sur le comptoir, ma chérie, lui dit distraitement Caroline.

Melinda se précipita vers le comptoir, près du téléphone. Puis elle poussa un cri.

Le cœur de Caroline cessa de battre un instant, et Greg sauta en l'air. Ils avaient tous les nerfs à fleur de peau.

– Qu'est-ce qu'il y a? cria David. Que se passe-t-il?

– Aurora! dit la petite fille en brandissant le pot qui contenait son germe de haricot. Elle est vivante!

Elle se précipita vers Caroline et le lui fourra dans les mains.

– Regarde, maman, elle pousse!

Effectivement, une petite pousse vert tendre était apparue. Greg se leva pour venir jeter un coup d'œil.

– Stupéfiant, dit-il doucement. J'étais persuadé que ce truc était mort.

– Oh, mais j'ai toujours su que non, affirma Melinda avec assurance. Mais ce n'était pas facile pour elle. Il lui fallait beaucoup de soins et d'attention. Il fallait qu'elle sache que quelqu'un l'aimait. C'est maman qui m'a dit ça, hein, maman?

Les yeux de Caroline s'emplirent de larmes. Elle regarda David, souriant, Melinda, les yeux brillants d'excitation, Greg, beau et fort. Ils allaient bien ensemble, tous les trois. Et peut-être, avec beaucoup de soins et d'attention, peut-être, avec beaucoup d'amour, ils pourraient tous ensemble laisser loin derrière eux le souvenir de ces dernières semaines.

Elle regarda David et sourit.

Cet ouvrage a été réalisé par la
SOCIÉTÉ NOUVELLE FIRMIN-DIDOT
Mesnil-sur-l'Estrée
pour le compte des Éditions de La Table Ronde
en août 1995

Imprimé en France
Dépôt légal : juin 1991
N° d'édition : 2603 - N° d'impression : 31724